侍女に求婚はご法度です！

内野月化

Gekka Uchino

Regina

RB

レジーナ文庫

登場人物紹介
フレドリック
セレス=アルド王国の王太子。
病床の女王に代わり、
国の政務をこなしている。
恋愛に関してはやや暴走気味。
カルセドニー
クレアに命を救われた蛇。
魔法によって喋ることができる。
クレア
フレドリックの部屋付き侍女。
真面目な性格で、
熱心に仕事に取り組む。
過去の辛い経験で、恋愛には
消極的になっている。

ノイマン
聖女を祀《まつ》る教会の司教。
ラシヌ
王家に仕える古《いにしえ》の四公爵の
一人で、「東の将軍」と称される。
卓越した剣術の腕前を持つ。
バアル
四公爵の一人で、「北の騎士」と
称される王家の懐刀《ふところがたな》。だが、
王家について思うところが
あるようで……
ネフェルティス
四公爵の紅一点。
「南の魔女」と呼ばれ、
強力な魔法を使える。
ラシェット
「西の賢者」と呼ばれる
四公爵の一人。
フレドリックの側近を
務める。
ルナーリア
フレドリックの従妹で、
王太子妃候補と
噂されている。

目次

侍女に求婚はご法度《はっと》です！

第一章　王太子と侍女

「まいっちゃったなぁ」

絨毯《じゅうたん》に点々とこびりついた泥を布で擦《こす》り落としながら、クレア・リンドールは独り言を呟《つぶや》いた。

いつもなら一息ついているはずの時間なのに、今日は予定外の絨毯掃除なんてやっている。クレアは、いくら擦っても落ちない汚れを恨めしく眺めた。

貴賓室《きひんしつ》を彩る臙脂《えんじ》色の絨毯は、緻密《ちみつ》な文様《もんよう》を織り込んだ最高級品で、手入れにも気を遣っている。

座り込んで泥落としにやっきになっていると、中庭に面した窓から風が吹き込んだ。ミルクティー色のポニーテールが初夏の爽《さわ》やかな風にさらりと揺れる。

クレアが手を止めて目を向けると、四角い窓枠の外に、空を舞うのどかな鳥の姿がある。

そこから目線を屋内に戻すと、透かし彫りが施《ほどこ》された黒檀《こくたん》の柱と、豪奢《ごうしゃ》なタペストリーが飾られた白い壁。柔らかな朝の光が差し込んで、贅《ぜい》を尽くした部屋を余すところなく照らしている。

ここは、建国から七百年ほどの歴史を持つセレス＝アルド王国。その王太子、フレドリック・オルタ・セレスこそがクレアの仕える主人であり、高価な絨毯に泥を撥《は》ね飛ばした張本人だ。

フレドリックは少し前から乗馬に熱中していて、厩舎《きゅうしゃ》の藁《わら》くずや泥をブーツに付けたままで帰ってくる。彼は二十歳のクレアより四つも年上なのに、振る舞いはまるで子どもみたいだ。

そうは言っても、絨毯の汚れにすぐ気付かなかったのは、部屋を預かる侍女としては失格かもしれない。

特に今日は、高貴な身分の女性が二人もやって来るのだ。泥の付いた絨毯を彼女達に見られてしまったら、気の利かない使用人を置いているのかと主《あるじ》に恥をかかせてしまうことになる。それはなんとしても避けなければならない。クレアは溜息をひとつ零《こぼ》し、布を再び絨毯に叩き込んだ。

こんなふうに毎日やることがたくさんあって大変だが、この伝統ある王宮で働いていることはとても誇らしく思っている。

このセレス＝アルド王国は、周囲を他国に囲まれているにもかかわらず、過去一度も領土を侵略されたことがない。長きにわたって平和を享受《きょうじゅ》してきたこの国は、『聖女の護《まも》りし安寧《あんねい》のセレス＝アルド』と呼ばれている。

それは強大な魔力をもって魔物を倒し、たった一代で荒れ地《アルド》に王国を築いた、聖女セレスティナの伝説に由来している。

聖女は国を東西南北の四つの地方に分け、それぞれを四人の臣下に護らせた。それが『古《いにしえ》の四公爵』家であり、数百年経った今でも、代々その子孫が王家を支えている。四公爵家はそれぞれが担《にな》う役割に応じ、『東の将軍』『西の賢者』『南の魔女』『北の騎士』と敬意を込めて呼ばれている。

そして、偉大な聖女の血を受け継ぐ直系の子孫が代々この国を治めてきたのだ。王太子フレドリックもまた、次の歴史書に名を記されることだろう。

「クレア、今日もお花が届いてるわよ」

明るい声にしゃがんだまま顔を上げると、クレアとお揃《そろ》いの侍女服を着たリゼットが、真っ白な百合《ゆり》の花束を持って立っていた。お喋《しゃべ》り仲間でもある彼女の姿に、クレアは自然と笑顔になる。

「今日もお花にカードは添えられていないの？」

「ないない、いつもの通り、この花束は名無しの誰かさんからよ」

リゼットは肩をすくめて、おどけてみせた。

数か月前からこの貴賓室《きひんしつ》に届けられるようになった切り花は、どれも瑞々《みずみず》しく見栄えがするものばかりだ。最初は王太子への贈り物かと思ったが、宛名もカードもなく、誰宛のものか探しようがなかったので、この貴賓室に飾ることになっていた。

リゼットは花束を手際よく窓際の花瓶に生けていく。

清々《すがすが》しさのある甘い香りが、クレアの鼻をくすぐった。

「百合の花が届いて良かったわ。今日おいでになるルナーリア様にぴったりだもの」

王太子の従妹《いとこ》であり、最も王太子妃の座に近いと噂される侯爵令嬢ルナーリア・カリウス。今日の賓客《ひんきゃく》である彼女も、清楚な白い花をきっと気に入ってくれるだろう。

形良く収まった花束をうっとりと見上げていたら、リゼットがニヤリと笑いながら振り返った。

「ねえ、クレアは知ってた？　王太子殿下とルナーリア様は婚約しないかも、って噂」

「そうなの？　どうして？」

噂では二人の婚約は近いという話だったのに、とクレアは首を傾《かし》げて立ち上がった。

リゼットは声をひそめて話を続ける。

「あのね。どうやらフレドリック殿下には、他に好きな人がいるらしいのよ！」

「えっ、相手は誰なの？」

隣国出身の両親のもとで育ったクレアが王宮に出仕して四年。フレドリックの傍《そば》に仕えて一年が経つが、彼が誰かに恋しているとは気付かなかった。王太子の貴賓室《きひんしつ》付きの侍女としてお相手の女性の性格や好みを把握できれば、今後の仕事の役に立つはずだ。それに、なによりフレドリックがどのような女性を選んだのか、好奇心がそそられた。

期待の視線を送るクレアに、リゼットは唇を尖らせる。

「そこまでは知らないわ。でも相手はネフェルティス様じゃないかって」

古《いにしえ》の四公爵の一人である彼女の名前を聞いて、クレアは目を丸くした。

「え、だってネフェルティス様は殿下より年上じゃ——うぐっ」

「しーっ！　ネフェルティス様の年齢の話はご法度《はっと》よっ！　ばれたら魔法で鼠《ねずみ》にされちゃうんだからっ！」

リゼットは慌ててクレアの口を押さえ込み、びくびくと辺りを見回した。

今日の来客はルナーリアだけではない。ネフェルティスも招かれているのだ。

妖艶《ようえん》な肢体《したい》と美しい黒髪を持つ魅惑的な魔女、ネフェルティス。

彼女の家は代々魔力を持って生まれた女性が当主を務める。そして、王国の南方地域を守護してきたことから『南の魔女』と称号で呼ばれたりもする。

王宮にもよく出入りするネフェルティスには、美貌《びぼう》だけでなく、人当たりのよさもあって信奉者《しんぽうしゃ》が多い。ただ、年齢の話題になると、途端に不機嫌になり、時には怒りに任せて魔法をかけてしまうこともあるらしい。

リゼットはネフェルティスがまだ現れていないのを確認し、ほっとして溜息をつく。

「実は建国祭に合わせて殿下が婚約を発表するんじゃないかって、もっぱらの噂なの。相手はルナーリア様かネフェルティス様かで、賭けだって始まってるのよ」

リゼットは小声でそんな話を教えてくれた。

五年に一度執《と》り行われる建国祭は、建国の祖である聖女を讃《たた》える祭典だ。半月後のその日に合わせて王太子が婚約発表を行えば、国民は大いに沸くかもしれない。

「でも、女王陛下はずっとご病気で伏せっていらっしゃるのよ。それなのに、おめでたい話なんてできるのかしら？」

病《やまい》に倒れた女王が国民の前に姿を現さなくなって二年近くになる。王宮でひっそりと囁《ささや》かれる病状についての噂は芳《かんば》しくないものばかりだ。そのため、息子であり後継者であるフレドリックは、女王の名代《みょうだい》として政務や国の行事などで忙しい日々を送っている。

最近やけに乗馬に熱心なのは、その重圧の反動なのかもしれない。

せめて馬と触れ合ったりお茶を飲む時ぐらいは、心癒《いや》されていればいいのだけれど――

クレアがそんなことを考えていると、リゼットが「お願い！」と、両手を組んでにっこり笑った。

「だからね、もし殿下のお相手が分かったら、私にだけこっそり教えて欲しいの！」

「リゼットも賭ける気？」

「もちろん！」

それはずるいだろうと呆れつつも、クレアは「分かったらね」と曖昧《あいまい》に返事をしておいた。

その答えに満足したリゼットは、ポンと手を打って次の話題に移る。

「そうそう思い出した。来月の休息日に皆で飲みに行く予定なんだけど、クレアももちろん来るわよね？」

「えーっと……建国祭の準備もあるし、難しいかもしれないわ」

楽しそうに誘ってくれるリゼットに悪いと思いながらも、クレアはそう言った。

我ながら言い訳じみた断り文句だと思ったが仕方ない。それを聞いて、リゼットは大きな溜息をついた。

「どうして？　素敵な出会いを見つけるチャンスでしょ。それとも、クレアはまだあの男を忘れられないの？」

「違うってば。そうじゃない。あれは終わった話だもの」

クレアは思わず強い口調で反論した。するとリゼットは畳《たた》みかけるように話を続ける。

「だったらまた恋をするべきだわ。クレアは一生独身でいいの？」

一瞬、それでもいいとクレアは思ったが、言葉にするのはやめた。自分のことを心配してくれているからこそ、リゼットが強く言うのだ分かっている。

王宮に勤め始めてクレアは一人の男性と知り合った。それはクレアにとっては初めての恋だったが、そのわずか半年後には初めての失恋も経験することになった。

あれから一年。恋などというものは、もはや自分には無縁のように思える。

「クレア、よく聞きなさい。あの男は最低だったけど、そうじゃない人もたくさんいるの。積極的になればいくらだって素敵な人を捕まえられるわよ。『下手な鍛冶屋も一度は名剣を造る』って昔から言うでしょ」

「それ、フォローになってないじゃない」

クレアは、リゼットのおかしな喩《たと》えに呆れて笑い声を漏らした。

もちろん、過去の失恋を引きずっているつもりはない。だけど、駄目だったから次を探そうと簡単に割り切れないのも事実だ。同じことを繰り返してしまいそうな気がして、どうしても臆病《おくびょう》になる。

リゼットみたいに積極的になれたらいいのに。クレアは眩《まぶ》しそうに彼女を見つめた。

そんなクレアの気持ちを知ってか知らずか、なおもリゼットが説得を続けようと口を開きかける。その時、中庭に面した窓の外からギャッギャとけたたましい音がした。

窓の下を覗《のぞ》き込んだリゼットが「やだっ！」と小さく悲鳴を上げる。クレアも思わず立ち上がって窓から顔を出した。

見れば、地面の上で黒いカラスが大きな翼を広げ、小さな白蛇と睨《にら》み合っているではないか。

どうやらカラスは蛇を捕まえて食べるつもりらしい。

先ほど聞こえた音は、興奮したカラスが威嚇《いかく》する鳴き声だったようだ。カラスは太いくちばしで小さな蛇の身体をつつこうとしているが、蛇はすんでのところで攻撃を避けている。

「気持ち悪い……」

リゼットが眉間に皺《しわ》を寄せて不快そうにするのは当然だろう。

真っ黒いカラスは『冥界の使い鳥』と呼ばれ、死者の魂を連れ去ると言われる不吉なものだ。それに、蛇もまた不気味な生き物である。

しばらく攻防を続けていたカラスと蛇だったが、いよいよ蛇の方が壁際まで追い詰められてしまった。

でっぷりと太ったカラスがじりじりと小さな蛇に迫っていく。

瞬間、クレアは部屋の窓際に視線を戻し、急いで花瓶から百合の花を引き抜いた。そのまま花瓶を持ち上げると、窓の外で逆さにし、カラス目がけて一気に水をぶちまける。

頭から水を被ったカラスは「ギャッ」と甲高い鳴き声を上げ、大慌てで空の彼方へ飛び去っていった。

リゼットはしばらくカラスを目で追っていたが、やがてクレアを振り返って言った。

「……クレアって、たまに大胆なことするわね」

「そう？　あそこで蛇が食べられていたら、後始末をするのは私たちでしょ？」

外とはいえ、貴賓室《きひんしつ》のすぐ近くにカラスの食べ残しがあれば、片付ける羽目になるのは明らかだ。別に蛇が可哀想だと思って助けたわけではない。

「それもそうね。花瓶をこっちに渡してちょうだい。お水を汲《く》んでくるわ」

そう言いながらリゼットが部屋を出ていくのを見送って、クレアは小さく溜息をついた。

この騒ぎのおかげで、居心地の悪い恋愛話が途切れたのはありがたかった。

窓の下を覗《のぞ》くと、すでに蛇の姿は見当たらない。ポニーテールを風に遊ばせつつ、クレアは再び絨毯《じゅうたん》の泥落としに取りかかった。


クレアが茶器とお菓子の載ったワゴンを貴賓室《きひんしつ》に運び入れると、フレドリックがソファに深く腰掛けていた。なにやら難しそうな表情で書類に目を通している。

太陽のように明るい琥珀色《こはくいろ》の瞳が、書類の上をせわしなく行き来する。ラズベリーのような深みのある赤髪と整った顔立ちは、見慣れているはずのクレアですら思わず息を呑むほどの美しさだ。

ただ、不機嫌そうに眉間に皺《しわ》を寄せる癖が唯一のマイナス点かもしれない。

そんなことを考えながら彼を見つめていると、紙の束から顔を上げたフレドリックと目が合ってしまった。なんとなく気まずくて、慌ててクレアは視線を逸《そ》らす。

この一年、ほとんど毎日顔を合わせているのだ。いまさら見惚《みと》れるはずがない。

そう自分に言い聞かせつつ、落ち着くために深呼吸した。それから客人をもてなすためのカトラリーを点検し、フレドリックのために紅茶を淹《い》れる。

互いのやるべき仕事の邪魔をしないようにと、特に用がなければ言葉を交わすこともない。だが、今日はフレドリックの視線が背中に突き刺さっているみたいで、クレアは落ち着かない気分になった。そう言えば、フレドリックから掛けられた初めての言葉は『酷《ひど》い顔だな』だった。またなにか気に入らないところでもあったのかと思うと、段々心配になってくる。

いつも通り紅茶の入ったカップを差し出しても、フレドリックはじっとクレアを見上げているだけで口を付けようともしない。クレアは困惑しながらも意を決して訊《たず》ねてみた。

「殿下。あの、なにか不手際《ふてぎわ》がございましたでしょうか？」

「あ、いや……そういうことではないんだ」

フレドリックは気まずそうに目を逸らした。

普段は明朗闊達《めいろうかったつ》な彼である。口籠《くちご》るところなんて想像したこともなかったクレアは、呆気に取られてしまった。

フレドリックはしばらく視線を彷徨《さまよ》わせていたが、意を決したようにゆっくりと口を開いた。

「ずっと考えていたんだ。指輪を贈りたいのだが、どんな宝石が良いだろうか？」

「指輪でございますか？」

急に重大な秘密を打ち明けられて、クレアは思わず目を丸くする。

相手は噂で名があがっていたネフェルティスだろうか、それともルナーリアか。

頭の中に二人の女性を思い浮かべて、クレアは困ってしまった。だって、贈る相手がどちらか分からなければ、答えられるはずもない。

「殿下のお選びになったものならば、どのような宝石でも喜ばれると思います」

侍女らしく言葉を選んで答えてみたものの、いきなり立ち上がったフレドリックから「それではだめだ！」と強い口調で否定されてしまった。

あまりの剣幕《けんまく》にクレアはびくっと身体を震わせる。

「品質も未来永劫《みらいえいごう》に亘《わた》って語り継がれるぐらいのものが良い。素晴らしくて気に入ってもらえるものを贈りたいんだ。だから、選んでくれないか、クレア」

「えっ!?　私が……ですか？」

唐突に責任重大な選択を押し付けられて、クレアは固まってしまった。

万が一、クレアが選んだ宝石を相手の女性が気に入らなかったらどうするのか。そう思うと恐れ多くて、クレアは黙り込んでしまう。

何も言わないクレアに業《ごう》を煮やしたのか、フレドリックは真剣な眼差《まなざ》しで告《つ》げる。

「なにもそんなに迷うことはないだろう。好きな色か石の名前を答えればいい」

「す、すぐにはお答えしかねます。宝石は詳しくございませんので」

「では、考えておいてくれるか？」

自分で選べばいいじゃないか、とクレアは恨めしい気持ちでフレドリックを見る。

おそらく、彼は相手の好みを知らないのだろう。だから同性であるクレアの意見を求めているのだ。

そしてクレアはふと気がついた。こんな重大な相談を持ちかけられるというのは、侍女として王太子殿下に信頼されている証《あかし》なのかもしれない。そう思うと、なんだかとても誇らしくもある。

クレアはフレドリックの信頼に全力で応《こた》えようと、しっかりと彼の目を見据《みす》えて力強く言った。

「殿下、お任せください！　どのような宝石を望まれるのか、必ずやご本人様に聞いて参ります」

その瞬間、フレドリックの表情はなんとも言えないものになった。

「……。クレアは、その相手を誰だと思っているんだ？」

呆れているのか、それともがっかりしているのか。いずれにせよ明らかに沈んだ声で訊《たず》ねられ、クレアはたじろいでしまった。

相手の女性が分からないなんて、侍女として注意力が欠けていると暗に指摘されたみたいだ。

クレアは慌てて言葉を付け足す。

「あ、あの。ルナーリア様かネフェルティス様のどちらかと思いましたもので……」

「……」

フレドリックが漏らした溜息に、クレアはますます狼狽《うろた》えてしまう。

「あら、わたくしたちがどうかしまして？」

その時、澄んだ少女の声と共に、廊下に通じる扉が勢いよく開いた。声の主はフレドリックの従妹《いとこ》であるルナーリアだ。明るい栗色の髪と淡いブルーの瞳を持つ彼女は、十六歳の少女らしい可憐《かれん》な微笑みを浮かべて扉の前に立っている。

その隣にはアメジストの双眸《そうぼう》を煌《きら》めかせて魅惑的に笑う女性――『南の魔女』ネフェルティスが寄り添っていた。

クレアは慌ててフレドリックの傍《そば》から離れ、壁際まで下がって深くおじぎをした。

それを見てフレドリックは不満そうに来客たちを睨《にら》む。

「ずいぶんとタイミング良く現れたな」

「あら。別に盗み聞きしていたわけではありませんわよ。ねぇ、ルナーリア姫」

フレドリックの視線をものともせず悠然と微笑んで、ネフェルティスは隣の愛らしい少女の名を呼んだ。

「そうですわ、まったく人聞きの悪い。わたくしたちはただお兄様を心配して、聞き耳を立てていただけですもの」

従兄《いとこ》である王太子を「お兄様」と呼ぶルナーリアが、微笑みながらしれっと返す。

「それを盗み聞きと言うんだろうがっ！」

フレドリックはがっくりと肩を落とし、ソファに身体を沈み込ませた。

「僕は殿下のお気持ちを考えると切なくなりますけどねぇ。おいたわしくて」

その言葉とは裏腹に、笑いを堪《こら》えるのが精一杯といった様子で、扉の脇から細身で背の高い男性がひょいと姿を見せた。

王太子の側近であり、『西の賢者』と称される、四公爵家のラシェット・ソルテだ。明るい金の髪を後ろで束ね、片眼鏡《モノクル》を付けている。女性たちが溜息をつくのも頷《うなず》けるほど端整な顔立ちだ。

ラシェットはにこやかに微笑みながら、二人の貴婦人を部屋の中へ案内した。

「ルナーリア姫とネフェルティス殿はどうぞご着席ください。クレアは傷心の殿下と皆さんに、美味《おい》しい紅茶をお出しするように」

そうラシェットに言われ、クレアはフレドリックのために穏やかな気分になれる紅茶を淹《い》れようと、ポットを手に取った。

今日はこれから建国祭の打ち合わせが行われるのだ。ところがルナーリアは椅子に腰掛けるなり憂《うれ》いのこもった溜息を零《こぼ》した。

「お兄様がふがいないのですわ。いつまで経っても良い話が聞こえてきませんもの。こんなにもわたくしが心配しておりますのに」

「お前は、私のことよりも自分のことが心配なんだろう」

「当然ですわ」

ルナーリアはぴしゃりと言い返した。

「だって、このままだとお兄様と結婚させられてしまいますのよ。教会の人たちは『聖女の血こそが国を護《まも》る力』だなんて言い伝えをまだ信じ込んでいますからね。この間は司教様が屋敷まで説得しにいらしたのよ。もちろんわたくしはお会いしませんでしたけれども」

その言葉を聞いて、フレドリックは不機嫌そうに片眉を上げた。

「その話はラシェットから聞いている。まったく、あのじいさんは……」

建国の祖である聖女セレスティナの存在は、国民の心の拠《よ》り所《どころ》であり、その聖女を祀《まつ》る教会は、王宮や民の生活と密接に繋がっている。そして現在、教会の頂点に立つのが司教のユーゲル・ノイマンだ。

聖女セレスティナの血統を重んじる教会は、過去に王族への婚姻統制を強《し》いてきた歴史もある。今はそういったことは行われていないが、その因習《いんしゅう》から抜け切れないノイマンはルナーリアを説得しに屋敷へ赴《おもむ》いたようだ。だが、どうやら無駄足だったらしい。

それでもルナーリアの怒りは一向に収まらない。

「迷信を本気で信じるユーゲル様の思い通りにはさせません！　お兄様との結婚なんて、そんなの絶対にお断りですわ！」

「私だってお断りだ！」

フレドリックも気色《けしき》ばんで言い返す。

ルナーリアを宥《なだ》めるように、ラシェットが口を挟んだ。

「まぁまぁ。教会にとって聖女の伝説は絶対ですし、殿下やルナーリア姫はその大切な聖女の子孫ですから。心配のあまり口うるさくなってしまうんでしょうねぇ」

「いつまでも古い慣習に縛られたままなんて、納得いきませんわ！」

頬《ふく》を膨らませているルナーリアの前に、クレアはそっと紅茶の入ったカップを置いた。

フレドリックにもルナーリアにも、互いに結婚する意志がないのはこれではっきりと分かる。リゼットが教えてくれた今朝の噂話は本当だったのだと、クレアは内心でしっかり頷《うなず》いた。

ならば、もう一人の噂の相手であるネフェルティスはどうなのだろう?

紅茶を差し出しながら、ネフェルティスの表情をこっそり窺《うかが》う。彼女は気だるそうに胸元から柄《え》の長い煙管《きせる》を取り出し、魔法で小さい火を灯して一服した。吐き出した紫《し》煙《えん》がゆっくりと天井へ流れていく。

そして、ネフェルティスはおもむろに口を開いた。

「大丈夫ですわ。わたしたち四公爵は、いかなる時も殿下の後ろ盾となりましょう。古臭い教会の連中の顔色など窺う必要ありませんわ。百年前ならともかく、今は誰と恋愛して結婚しようが自由でしょうに。――ねえ、クレアもそう思うでしょ?」

紫の瞳がクレアを流し見る。するとルナーリアも両手で拳《こぶし》を作り、力強く訴えた。

「教会の命令でむりやり結婚だなんて、酷《ひど》いと思わなくて? クレア」

「さ、さようですね……」

高貴な女性二人に同意を求められたら、クレアは首を縦に振るしかない。

時代がいくら移り変わっても、王侯貴族の女性は政略結婚や親同士の決め事に従うのがまだまだ一般的である。だからこそルナーリアは自由な恋愛に憧《あこが》れているのかもしれない。クレアはなんだか切ない気持ちになってきた。

ネフェルティスはにっこりと微笑んで隣の少女へ向き直る。

「ルナーリア様のためにも、殿下が意中の娘をさっさと射止められるように、お相手にわたし特製の惚れ薬をたっぷりと盛って差し上げたいと申し上げましたのよ。塔にでも監禁して薬漬けにしてしまえば、あとはお好きなように楽しめますのに、そんなもの要らないって拒《こば》まれてしまって」

紅茶を飲んでいたフレドリックがむせた。

クレアもぎょっとして一瞬仕事の手を止めたが、何も聞かなかったように再び動き出す。

さすがに顔を引《ひ》き攣《つ》らせたルナーリアは、救いを求めるようにフレドリックへ視線を送る。

「そ、そこまで過激なことはしなくていいと思うの。ほ、ほら、女性にはお花を毎日贈ってさしあげるとか。諦めの悪……ではなくて、忍耐強いお兄様にぴったりですわ」

「花なら毎日贈っている」

「そ、そうでしたの……」

むすっとした顔で小さく答えるフレドリックを見て、ルナーリアは打つ手がないとばかりにがっくりとうなだれる。

それを聞いたクレアは、ワゴンで運んできたチェリータルトを取り出しながら、首を傾《かし》げた。

どうやらフレドリックはネフェルティスにも特別な感情はないらしい。

そして、彼が花を贈っているなんて初耳だった。一体誰に贈っているのだろう？

そんなことを考えながらも、タルトにケーキナイフを入れる。サクッと小気味良い音が響き、熟したチェリーの甘酸っぱい香りが部屋に広がっていく。

美味《おい》しそうな香りに誘われたのか、皆の視線がクレアに向いた。

「教会もそうですが、宰相殿も殿下を心配しておいでですよ。美しいご令嬢がたには見向きもしないで、馬と剣の相手ばかりしていると嘆いていましたからねぇ」

軽口を叩くラシェットは、歳が近いせいかフレドリックにも遠慮がない。

「本当に、馬の尻ばかり追いかけていますものね、殿下は」

同じくネフェルティスが容赦《ようしゃ》ない言葉を浴びせると、フレドリックは鼻白んで反論した。

「だが、きっちり仕事はしている！　大体、今だって建国祭の打ち合わせの時間のはずなのに、なんで私が一方的に責められてるんだ。ラシェットこそ、王宮の女性の誘いをことごとく断っているじゃないか」

今まで言われ放題だったフレドリックは、ここぞとばかりに反撃する。しかしラシェットにはまったく響かないようだ。

「やだなあ、殿下。僕は聖女セレスティナ一筋なんですよ。聖女の伝説を調べれば調べるほど興味が湧きますからね。素敵なお嬢さんがたの誘いをお断りするのは大変心苦しいのですけれど、セレスティナの魅力に敵《かな》うような人はなかなか」

「何百年も前に死んだ人間と比べるのはどうかと思うが……」

フレドリックのぼやきに呼応するように、ネフェルティスがうんざりした表情になった。

「あなたも変わっているのね、ラシェット。そんなに聖女が好きなら、教会の修道士にでもなればいいのではなくて？」

「ネフェルティス殿までひどいなあ。僕が好きなのはセレスティナであって、教会じゃないんです。教会は聖女セレスティナを神格化しすぎていて、僕の見解と合わないですからね」

「なんだか面倒くさいわね、ここの殿方たちは。クレアもそう思うでしょう？」

「え？　あ、はいっ」

またもや急に話題を振られ、顔を上げたクレアはケーキナイフを持ったまま困惑した。

しかもネフェルティスだけでなく、ルナーリアやラシェットさえも、にっこりと笑顔を向けてくる。

ただ一人、フレドリックだけは気まずそうに視線を逸《そ》らしてしまった。

しかし、ネフェルティスの呼びかけにうっかり間抜けな返事をしてしまったし、そのうえなんの話を振られたかすら聞いていない。なんてみっともない仕事ぶりかしらと、クレアは段々不安になってきた。

戸惑うクレアを見かねてか、フレドリックがぶっきらぼうに指示を出した。

「いいから、早くそのタルトを寄こせ。それとお茶のお代わりもだ」

「はいっ」

フレドリックの命令に、クレアは急いでタルトの載った皿を運んだ。

それから、クレアはワゴンの下を覗《のぞ》き込んで新しい陶器のポットを取り出した。甘いお菓子に合わせて、今度はさっぱりとした口当たりのお茶を淹《い》れよう。

ポットの蓋を外して中を覗き込むと、暗闇の中にきらりと反射して光るものがある。

なんだろうと目を凝《こ》らすと、二つの小さな目玉がこちらを見ているではないか。

「き、きゃあああっ!!」

驚いてとっさに叫び声を上げたクレアは、手に持っていたポットを宙に放り投げた。

「どうした!?」

フレドリックは反射的に立ち上がり、壁に掛かっていた剣を手に取る。

ラシェットも身構えて、ネフェルティスとルナーリアを庇《かば》うように一歩前に出た。

「あ、あれが……」

クレアが震える指で指した先には、ポットが転がっている。ふかふかの絨毯《じゅうたん》の上に落ちたため、割れてはいない。その中から白くて長細いものが這《は》い出てきた。

「蛇？」

フレドリックが眉を顰《ひそ》めた。

ポットから出てきたのは一匹の小さな白い蛇だった。逃げる様子もなく、頭をもたげてこちらを見ている。

「どうしてポットに蛇が入っているんだ！　入れたのは誰だ！」

フレドリックが鞘《さや》から剣を引き抜いて蛇に近づき、刺し殺そうとする。

瞬間、鋭い声でネフェルティスが制止した。

「おやめくださいませ！　殿下！」

なにか魔力を使ったのか、剣を持つフレドリックの手がぴたりと動かなくなった。

「なぜ止める？　これが毒蛇だったらどうするんだ。クレアが噛まれていたかもしれないんだぞ」

フレドリックの声は低く、怒気がこもっている。それに、誰かが王太子の命を狙って毒蛇を潜《ひそ》ませた可能性もあるのだ。

「大丈夫です。毒を持つ類《たぐい》の蛇ではございません。それに……このお部屋を汚すのは、殿下も気分が悪いでしょう？」

諭《さと》すようなネフェルティスの声は、蛇を殺させまいと訴えているようにも聞こえる。

ネフェルティスの言うことはもっともだと、クレアは同意の意味を込めてこくこく頷《うなず》いた。剣で真っ二つに裂かれた蛇なんて見たくはないし、その死骸を片付けることになったらもっと嫌だ。

それを想像したクレアはぞっとして、なんとかフレドリックに蛇を殺すことを思いとどまって欲しくて言った。

「じゅ、絨毯《じゅうたん》が汚れるのは困ります。その蛇に罪はありませんので、どうか命だけはお助けください」

「絨毯？　いや、クレアがそう言うなら……」

フレドリックは溜息をついて剣を下ろした。

「ありがとうございます、殿下」

ネフェルティスは礼を述べ、椅子から立ち上がった。そして片手に煙管《きせる》を持ったまま小蛇へ近づき、躊躇《ちゅうちょ》なく小蛇の細長い身体を掴んで持ち上げる。

そして、掌《てのひら》の上に蛇を乗せてフレドリックに恭《うやうや》しく差し出した。

「殿下、この蛇はクレアに今朝の礼をしたいと申しておりましてよ」

「……へ？」

突然自分の名前が出て、クレアはまた間の抜けた声を上げてしまった。

「どういうことだ？　クレアは蛇に知り合いがいるのか？」

フレドリックが怪訝《けげん》な顔をする。クレアはなんと答えれば良いのか分からなくて、しどろもどろになりながら蛇とカラスが睨《にら》み合っていた今朝の出来事を話した。

「まあ。律儀な蛇さんですわねぇ」

「そんなことを信じるのか？　これは蛇だぞ。そもそも喋《しゃべ》るわけがないだろう」

感心したように声を上げるルナーリアとは対照的に、フレドリックは疑わしげな表情でネフェルティスに向き直った。

「あら、蛇は魔女の使い魔ですのよ。では殿下も声をお聞きになってはいかが？」

ネフェルティスは煙管《きせる》に口を付け、それから薄紫の煙をふぅと蛇に吹き掛ける。次に呪文らしきものを唱えるが、何を言っているのかクレアには聞き取れなかった。

すると、白かったはずの蛇の身体が頭の天辺《てっぺん》から徐々に白銀色に変わった。しっぽの先までゆっくりと変色していく。

部屋にいた一同は、その様子を呆気に取られて眺めていた。

「古《いにしえ》の契約により、我が僕《しもべ》となる者に名と言《こと》の葉《は》を与えよう。汝《なんじ》の名は『カルセドニー』」

今度はクレアの耳にも、ネフェルティスの厳《おごそ》かな声が聞き取れた。

すると、小蛇はゆっくりと水色の瞳をクレアに向ける。

「お嬢！　二度も命を救っていただきありがとうございまっす！」

少年のように澄んだ声と共に、小さな銀色の頭がぺこりとおじぎした。

ネフェルティス以外の誰もが戸惑っていたが、真っ先に状況に適応したのがラシェットとルナーリアだ。

「あははは。蛇がお喋《しゃべ》りしちゃいましたねぇ。こりゃすごい」

「なかなか可愛らしい声ですわね。……でも、クレアは大丈夫かしら？」

ルナーリアが心配した通り、クレアはびっくりして固まったままだ。

そんな彼女を、白銀色になった蛇が不思議そうに首を傾《かし》げて見つめている。

「おい、大丈夫か？　しっかりしろ、クレア」

フレドリックに肩を強く掴んで揺さぶられ、クレアは慌てて我に返った。

「……ど、どういたしまして……」

ネフェルティスの手の上にいる蛇から目を逸《そ》らしながらも、なんとか声を振り絞った。

言葉を喋ろうとも蛇は蛇である。つるりとした頭と、ちょろちょろ出ている二股の長い舌がなんとも気持ち悪い。

だが小蛇は、クレアが怯《おび》えていることなどまったく気付いていないらしい。

「ネフェルティス様！　お嬢がお話ししてくれましたよっ！　僕の言葉が伝わるんだ！」

蛇は興奮しながら矢継《やつ》ぎ早《ばや》にネフェルティスへ報告すると、クレアの方へ身を乗り出そうとした。

「ひっ……」

クレアが小さく息を吞むのを見て、フレドリックがネフェルティスの手に乗っていた蛇を払い落とした。「ふみゃっ！」と可愛らしい叫び声を上げて、蛇は床に落ちてしまう。

「やめろ。クレアに不気味なものを近づけるな」

「ええ、確かに蛇ですものね。……クレアはこんな気持ちの悪い生き物、嫌いだったかしら？」

伏し目がちに問いかけるネフェルティスに、クレアは言葉を詰まらせた。

嫌いです、と正直に言えてしまえば良いのかもしれない。でも、ネフェルティスが王太子を止めてまで命を救ったものを無下《むげ》にすることはできない。

ふと、クレアは床の上でカルセドニーがこちらをじっと見上げていることに気付いた。わざわざ自分にお礼を言いに来た律儀な蛇。そして今は、人の言葉を理解しているらしい。

そんな蛇の前で、存在そのものを否定するようなことを言い放つことはできない。嫌いと言ってしまったら、いくら蛇だって傷ついてしまうだろう。

「いいえ、平気です」

そうクレアが答えると、ネフェルティスは花が綻《ほころ》ぶような笑顔を見せた。

「あら、嬉しい！　それじゃあ、この子の面倒はクレアに任せることにするわ」

「えっ？」

目をぱちくりとさせるクレアなど気にもせず、ネフェルティスは再びカルセドニーを手に乗せた。そして、クレアの左手を掴んで引き寄せ、そこにカルセドニーを置く。

「ひいっっ……」

鱗《うろこ》が手の甲を這《は》う冷たい感触に、クレアの頬が思い切り引き攣《ひ》った。

腕を引こうにも、ネフェルティスがしっかりと掴まえているので動かせない。

クレアの手首をぐるりと一周したカルセドニーは、自分の尾を自らの口でくわえて輪を作る。すると、キン、と高い音が鳴って、そのままカルセドニーが動かなくなった。

「あ、あれ？　固まった……？」

「カルセドニーの身体の構造を変えて、金属にもなれるようにしたの。こうすると白金《はっきん》のブレスレットみたいですてきでしょ」

恐る恐る右手の指先で叩くと、冷たく硬い質感に変わっている。不思議な気持ちで手首を窓から差し込む光にかざすと、カルセドニーはもはや銀色のブレスレットにしか見えない。

「お守りぐらいにはなるわ。でも、鬱陶《うっとう》しいお喋《しゃべ》りは我慢するしかないわね」

「……」

クレアはまんまと魔女の口車に乗せられて、カルセドニーの世話を押し付けられたことに気付いた。クレアが唖然としていると、ブレスレットが勝手にぐるりと回って、蛇

の身体のカルセドニーに戻る。

「お嬢は二度も僕の命を救ってくれたんだ。今度は僕がお嬢を守ってあげるよ！」

救ったと言ってもたいした事はしていないし、そもそも助けるつもりがあったわけではない。

口では平気と言ったものの、本当のところ蛇は苦手なのだ。ましてや世話なんてまっぴらごめんである。しかもカルセドニーはただの蛇ではなく、喋《しゃべ》る蛇。万が一、周りの人間に見られたらどう思われるだろうか。クレアはそう思って、ネフェルティスに声をかける。

「あの、ネフェルティス様。カルセドニーを助けたのは偶然だったんです。感謝されるようなことはしておりませんし、魔法の蛇に守ってもらうこともございませんが……」

だが、ネフェルティスは真顔になってクレアを窘《たしな》めた。

「それはだめよ。あなたにとっては何気ないことでも、助けてしまった時、カルセドニーと縁ができて繋がってしまったの。あなた自身が行ったことなんだから、最後まで責任を持たなくてはいけないわ」

「せ、責任なんて……」

思っていた以上に重い言葉が出てきて、クレアは戸惑った。ますますこの蛇と離れたくて仕方がない。そこへ、フレドリックが救いの手を差し伸べてくれた。

「いくら魔法をかけたと言っても、こいつは蛇だぞ。そんなものを好む人間がいるはずないだろう。それにクレアは毎日忙しいんだ。そんなものの相手をする時間はない」

「殿下。ネフェルティス殿の言う通り、これは手を出した者の責任なのですよ。クレアが蛇を助けてしまったことで、カラスだって飢えて今日か明日かの命かもしれない。あ
あ、なんと哀れなカラスでしょう」

ラシェットがわざとらしく袖を目に当てて涙を拭《ぬぐ》う仕草をする。

「わ、私、そんなつもりじゃ……」

演技だと分かっていたが、クレアはおろおろと狼狽《うろた》えた。

蛇を助けたことは結果でしかないのに、まさかこんな大事《おおごと》になるとは思わなかったのだ。

「あら、ラシェットはカラスの肩を持つのね。わたしの可愛い蛇が食べられれば良かったとでも言いたいのかしら？」

ネフェルティスが柳眉《りゅうび》を逆立てて睨《にら》むと、ラシェットはへらりと笑った。

「そんなことは申しておりませんよぉ。ただ、カラスは我が一族の眷属《けんぞく》でしてね。国中からありとあらゆる情報を集めてきてくれる大事な存在ですから」

知識を司《つかさど》る『西の賢者』と呼ばれる所以《ゆえん》はそこにあるのだ、とラシェットは胸を張る。そして片眼鏡《モノクル》の縁を指でぐいっと押し上げ、クレアの耳元で囁《ささや》いた。

「そう。例えば『殿下の婚約者は誰か』などという不敬《ふけい》な賭け事が王宮で行われている、なんてこともね」

政治の裏取引から昨日生まれた子犬の名前まで、この国で『西の賢者』が知らないものはないという噂は本当なのだ。それを聞いて、クレアは恐ろしくなった。

「まぁ、そういうわけで、クレアにはうちのカラスに対する責任もあるのですよ。分かりましたね？」

ラシェットがそう言いながら口元を釣り上げて見せたので、クレアは壊れた人形のように首をかくかくと縦に振った。彼に逆らったらこの王宮で生きていけない気がした。

「良かったですわねぇ、カルセドニー。クレアが面倒を見てくれるそうですわ」

ルナーリアが無邪気に声をかけると、カルセドニーはくるりと一回転してクレアの手の甲へ恭《うやうや》しくくちづけした。それはまるで姫君に誓いを立てる騎士がするみたいなキスだった。

「ありがとう！　僕、お守りとして頑張るからね！」

――ぎゃああっ！　蛇にキスされたっ！

心の中では盛大に叫び声を上げつつも、クレアは必死に平然とした表情を取《と》り繕《つくろ》う。

冷や汗が背中を伝うのを感じながら、なんとしても断るべきだったとクレアは後悔したのだった。


カルセドニーの一件で喧《やかま》しかった話は、建国祭の打ち合わせへと流れていき、やがてお開きとなった。

静寂を取り戻した部屋に残ったのは、フレドリックとクレア、そして彼女の手首にぴったりと巻きつくカルセドニーだけだ。

フレドリックはぐったりと椅子にもたれかかって、溜息をついた。容赦《ようしゃ》のない客人と側近は、フレドリックの執務などおかまいなしに騒ぐ。

「あいつらの相手は疲れる……。クレア、タルトはまだ残っているか?」

「たくさんございます。お茶も用意しますね」

クレアは、疲れに効くというハーブティーを用意して、タルトをテーブルの上に置いた。

「こんなにたくさんあっても食べきれないな。クレアも付き合ってくれ」

フレドリックは軽く手を上げて、自分の正面にある椅子に座るよう勧めた。

「……ありがとうございます。でも、よろしいのでしょうか？」

少し迷ってから、クレアはためらいがちに椅子に浅く腰掛ける。侍女が王太子と向き合ってお茶をするなんて、褒められたことではない。特に口うるさい侍女長にばれたら、大目玉を食らうに決まっている。

「そんなに心配しなくていい。クレアも、面倒くさいのを押し付けられて疲れただろう。甘い物で一息ついたらいい」

フレドリックが目を細めて笑うと、眉間の皺《しわ》が消えて和《やわ》らいだ表情になる。

何度かこうして、フレドリックから勧められるままにお茶を共にしたことがある。

思い返せば、クレアが厄介な仕事を抱えて難しい顔をしていたり、今日みたいに疲れている時はいつも、この小さなお茶会が開かれている気がする。

きっと彼なりに慰《なぐさ》めてくれているのかもしれない。そう思うとクレアはなんだか温かい気持ちになった。

それに、目の前にあるチェリータルトの誘惑に勝てるはずもない。完熟を告《つ》げる真っ赤な実にさっきから釘付けになっていたのだ。

クレアは目を輝かせながらタルトにフォークを入れた。

「クレアには、どんな宝石よりもお菓子がいいのか」

考え込むように呟《つぶや》くフレドリックを見て、クレアはフォークを慌てて皿に戻した。

「宝石は勉強して参ります！　でも、あの……お相手のご令嬢に聞かなくてもよろしいのでしょうか？」

小声で訊《たず》ねると、フレドリックは一瞬だけ困惑の表情を浮かべたが、すぐにからかうような顔を見せた。

「そのご令嬢とやらは宝石に疎《うと》いのだ。それどころか、毎日花も届けているというのに、私の想いなど気付きもしない。どうやら少々鈍い質《たち》らしいな」

「え、それって、もしかして……」

言いかけたクレアの前に身を乗り出して、フレドリックは嬉しそうに琥珀色《こはくいろ》の瞳をきらめかせた。

「なんだ。ようやく分かってくれたのか」

「……つまりこれは、殿下の片思いなのですね」

クレアはやっと合点がいった。宝石の好みを相手に直接聞かないのではなく、両想いではないから聞けないのだ。

ご令嬢が鈍いのならば、指輪よりもまず気持ちを打ち明けることが先決ではないだろうか。

クレアの言葉を聞いて、フレドリックはガクリと肩を落とした。先ほどまでの期待に満ちた表情は一瞬で消え去り、その代わりに眉間の皺《しわ》が復活する。確認するまでもなく、フレドリックはすっかり不機嫌になってしまった。

余計なことを言って機嫌を損ねてしまった自分を、クレアは心の中で叱責した。人間、図星を指されると怒りたくなるものだ。沈黙は金だと、クレアは深く反省する。

「もう、いい。なんだか私の心がガリガリと削られていく気がする」

フレドリックは拗《す》ねた子どものようにぷいと顔を横に向け、大きなタルトが載った皿を手に取る。そしてフォークを突き立てようとした瞬間——タルトの真ん中からカルセドニーが頭を突き出した。

「え!?　どうしてっ!?」

クレアが慌てて自分の手首を見ると、先ほどまで巻き付いていたはずのブレスレットがない。

カルセドニーは自分を取り囲むタルトをパクリと呑み込むと、満足げに長い舌で口の周りを舐めた。

「ごちそうさま！　美味《おい》しかったよ！」

「……なぜだ。これは私のタルトだったんだぞ。蛇が菓子を食べるなど聞いたことがないし、なにより許可した覚えもない。そもそもお前の食事は蛙や野鼠《のねずみ》だろうが！」

フレドリックが不快そうにフォークの先でカルセドニーをつつこうとすると、蛇はひらりとそれを避けて、頭を持ち上げ威嚇《いかく》のポーズをとった。

「ネフェルティス様がお菓子を食べられるように、魔法で身体を変えてくださったんだよっ！　お嬢が好きな物は僕だって好きになるし、お嬢の傍《そば》にいられるならなんだってする！　お前が僕とお嬢の仲を邪魔するなら、容赦《ようしゃ》しないぞ！」

聞きようによっては情熱的な愛の告白みたいで、クレアはなんだか気恥ずかしくなった。だが、そんな心ときめく台詞《せりふ》を言ってくれるのは、一目で恋に落ちてしまいそうな美青年ではなく、小さな蛇だ。がっかりを通り越して虚《むな》しくなってしまう。

「ほう。小蛇ごときが生意気なことを言う。自分の立場をわきまえたらどうだ？」

片眉を釣り上げたフレドリックはフォークを握り直し、剣を捌《さば》くように水平に突いた。カルセドニーは向かってくるフォークの剣をさっとかわして一歩下がる。

何度か繰り出される攻防は本物の剣舞みたいに鮮やかだったが、武器のないカルセドニーが圧倒的に不利。フレドリックの繰り出す技に押されている。

分が悪いと踏んだカルセドニーは後ろに飛び退《の》いて、そのままクレアの手首に巻き付いた。

「ふんだっ！　僕はお前の言うことなんか聞かないからな！　お嬢に手を出したら噛みつくぞ！」

フレドリックの座っている位置からでは、さすがにクレアの腕までは届かない。それを見越してカルセドニーは虚勢を張ったのだ。

フレドリックは、カルセドニーではなくクレアに向かって命令する。

「それではクレア。カルセドニーが私の言うことを聞くように躾《しつけ》ておけ。それから、この部屋の中以外でお喋《しゃべ》りをさせるな。他人に見られたらお前まで不気味がられるぞ」

「かしこまりました」

侍女として、いつもと同じように背筋を伸ばして返事をする。

クレアの言葉を聞いたカルセドニーは、顎《あご》が外れるのではないかと心配になるぐらい口をあんぐりと開けて絶句した。

そんなカルセドニーの様子を見て、フレドリックは勝ち誇った表情を浮かべる。

「私の言うことは聞かなくても、クレアの言葉には従うんだろ？　せいぜいクレアの評判を落とすなよ、カルセドニー」

「えっ……えええええ!?」

カルセドニーはフレドリックの言う通りになるのがよっぽど悔しかったのか、身体を丸めて白銀のブレスレットに変身し、そのまま沈黙したのだった。

「ねえ、カルセドニー。あなたはもう普通の蛇に戻れなくていいの？」

昼下がりの王太子の貴賓室《きひんしつ》。クレアは周りに誰もいないことを確認すると、意を決してカルセドニーに訊《たず》ねた。

ネフェルティスからカルセドニーを押しつけられて三日。おかしな蛇の存在にも段々慣れてきた。枕元で伸びて眠っているカルセドニーを見ても、悲鳴を上げなかったくらいだ。

すると、テーブルの上に置かれたシフォンケーキの天辺《てっぺん》を突き破って、カルセドニーがにょろりと顔を出した。

「いいよ！　普通の蛇に戻っちゃったら、こんなに美味《おい》しいものが食べられなくなっちゃうもんね」

堂々と言って、カルセドニーは身体の周りに広がるシフォンケーキにパクリとかじりついた。

これは専属の菓子職人がフレドリックのために焼いたケーキなのだ。なんとしてもばれないうちに新しいお菓子を用意しなければなるまい。クレアは溜息をついた。

「だけど、あなたにだってお友達や家族はいるでしょう？　会えなくて寂しくない？」

正直なところ、クレアはカルセドニーの扱いに困っているのだ。一体いつまで、この蛇と一緒にいなければいけないのか。そう考えると段々頭が痛くなってくる。

だから、ここで彼が「寂しい」と返事をしたら、ネフェルティスにひれ伏して元の姿に戻してもらい、野に帰すつもりだった。

そんなクレアの期待とは裏腹に、カルセドニーは小さな頭を傾《かし》げて不思議そうな顔をした。

「家族って、なに？」

「えっ？」

思いがけない質問が返ってきて、クレアは困惑する。

「家族って、お父さんとかお母さんとか……兄弟はいないの？」

「兄弟ならいっぱいいるよ！　一緒に生まれた同族のことだよね？　でも、お父さんとお母さんってなに？」

改めて聞かれるとクレアもなんと答えればいいか困ってしまう。

「えーっと、お母さんっていうのは、カルセドニーを産んで育ててくれた人……じゃなかった、蛇のことで――」

たどたどしく答えるクレアに、カルセドニーがやれやれ、と言うように首を横に振る。

「あのね。蛇はだいたい、卵を産んだらそのままだよ。育てないし、お互い顔も知らないのが普通だね！」

「……あ、そうなんだ」

なんだか自分の無知を指摘されたみたいで恥ずかしくなって、クレアは唇を尖らせた。

「お嬢は家族っていうのを持ってるの？」

「うん。お父さんとお母さんと兄さんが一人いるの。お店をいくつか持って商売をしているわ」

クレアの両親は、隣国マルシャとの交易でそれなりに成功している商人だ。兄は家を継ぐために父のもとで修業している。たまに休暇を取って実家に帰ると、クレアは使用人から「お嬢様」と呼ばれる立場だった。

「お店⁉　それはどんなの？　見てみたいなぁ！」

カルセドニーは、うっとりしたように溜息をついて、シフォンケーキの皿からテーブルに飛び移った。

「僕は王宮の中庭だけで生きてきたから、知らないことがたくさんあるんだ。空が四角じゃないって、中庭を出て初めて知ったし、お城の中にだって入ったことはなかったよ。

だからお嬢のお守りになってあちこちに行けて、僕は今、すっごく楽しいんだよ！」

小さな蛇はそう言って、無邪気に笑った。

「……そっか」

素直で純粋なカルセドニーの言葉に、つい絆《ほだ》されてしまう。

同時に、世界をなにも知らないと率直に認めるカルセドニーに、クレアは軽い敗北感も覚えていた。無知を指摘されて拗《す》ねた自分は、いかに幼稚だったかを思い知らされたのだ。

こんなにも心が強くて優しいカルセドニーを「蛇だから」なんて理由で嫌ってしまったら、きっと後悔する。クレアはしみじみとそう思った。

カルセドニーの告白は、クレアの中にあったわだかまりを溶かしてしまうには十分だった。

代わりに、小さいけれど温かいものが胸の奥に生まれた気がして、それがこそばゆくなったクレアは頬を緩《ゆる》ませた。

「これからたくさん見に行けるわ。私が連れて行ってあげる」

「ほんとに⁉　ありがとう！」

人差し指で蛇の小さな頭を撫でると、カルセドニーは淡い水色の瞳を細めて嬉しそうに笑った。横に大きく裂けた蛇の口も、もう以前ほどは怖くない。

「どういたしまして。カルセドニーは、今度はなにを見てみたいの？」

王宮の中ならば、仕事の合間を縫《ぬ》って色んなところに連れて行ってあげられる。すると、カルセドニーはしばらく宙に目をやって考えたのち、声を上げた。

「馬が見てみたい！」

「馬？」

「だって、王太子《あいつ》がいつも自慢してる馬がどんなヤツか、お嬢も気になるでしょ？」

確かに、フレドリックは自身が所有する馬に惚れ込んでいる。特に、半年前に隣国マルシャ王室から贈られた二頭の馬がお気に入りらしい。

マルシャ出身の両親のおかげで、クレアも幼い時から馬に親しんでいる。王太子が「王国一の駿馬《しゅんめ》」と自慢するほどの馬なら、是非会ってみたい。

「そうね、行ってみましょう」

一人と一匹の気持ちがぴたりと重なった瞬間だった。

それからクレアとカルセドニーは王宮の庭園を横切り、敷地の端に立ち並ぶ厩舎《きゅうしゃ》へ向かった。

もちろん普段は王宮勤めの侍女には用がない場所だ。休憩中の馬丁《ばてい》は、歩いてくるクレアを見て不思議そうな顔をしたが、フレドリックの侍女だと名乗ると、あっさり専用の建物を教えてくれた。

幸いにも厩舎に人影はなく、クレアとカルセドニーはそっと中に入り込む。

「あっ……！」

すぐ目の前に大きな体躯《たいく》の青毛が佇《たたず》んでいて、クレアは思わず息を呑んだ。

がっしりとした骨格に、しなやかに盛り上がった筋肉。張りのある肌を見れば、まだ若い牡馬《ぼば》だと分かる。

ただ、鬣《たてがみ》はボサボサで伸びきっているし、なんだか毛艶《けづや》も悪そうに見える。

本当にこれが王太子の馬なのだろうか。

馬の方は、見慣れない人間を不審に思ってか、漆黒の瞳でクレアを見つめていた。

驚かさないように、クレアはゆっくりと馬に近づいてみた。左腕に絡みついているカルセドニーは、初めて見る馬があまりに大きいことに驚いたのか、ブレスレットに化けることも忘れてあんぐりと口を開けている。

「素敵な子ね。あなたの名前はなんて言うの？」

黒い瞳に吸い込まれて馬の鼻先へ手を伸ばした時、ふいにがっちり手首を押さえ込まれた。

カルセドニーが邪魔をしているのかと思い、クレアはムッとしながら自分の左手を睨《にら》む。

「えっ……殿下っ！」

するとそこには、いつの間にかフレドリックが立っていた。眉間に深い皺《しわ》を刻んだまま、クレアの手首をぎゅっと掴んでいる。

勝手に王太子の厩舎《きゅうしゃ》に入って、大切な馬に触ろうとしたのだ。不敬《ふけい》な行為だったことに今さら気付き、クレアの頭の中が真っ白になる。

「あっ、お前っ！　お嬢に触るなよっ！」

そんなことを知る由《よし》もないカルセドニーがフレドリックへ飛びかかる。

だが、フレドリックの人差し指と親指に弾《はじ》かれて、小さな蛇の身体は厩舎の片隅にあえなく落ちた。

怒鳴られると思ったクレアは、覚悟をしてぎゅっと目をつぶる。

「クレア。噛みつかれたくなければ、この馬に近づいてはいけない」

だが、フレドリックの声は拍子抜けするくらい穏やかだった。彼はクレアを諭《さと》すように言葉を続ける。

「こいつの名前はガッシュと言うんだが、とにかく気性が荒い。ベテランの馬丁《ばてい》ですら触ることができなくて、蹴られたり噛みつかれて髪を毟《むし》られたりしているんだ。クレアもその綺麗な髪をごっそり毟られたら嫌だろう？」

フレドリックはわざとらしく肩をすくめて、それから掴んでいたクレアの手首をそっと離す。

その途端、ガッシュは前足を跳ね上げ、フレドリック目がけて砂を飛ばした。

びっくりしたクレアが恐る恐るフレドリックに視線を向けると、砂を被った彼は思いきり顔をしかめていた。王太子の威厳など、この馬には全く通用しないらしい。

「ガッシュは人に慣れないのですか？」

目を丸くして訊《たず》ねると、フレドリックは砂の付いた顔で黙ったまま頷《うなず》いた。

それは驚くべきことだ。ガッシュが王宮に来てからというもの、フレドリックはほぼ毎日この厩舎に足を運んでいるはずである。

それなのに未だ懐《なつ》かないのは、いくらなんでも頑固すぎるだろう。

そこに、ゆっくりと鹿毛《かげ》の馬が近づいてきた。黒い鬣《たてがみ》は綺麗に整えられていて、なめらかな体毛は輝かんばかりに艶《つや》を帯《お》びている。一目見て、こちらは世話の行き届いた馬だと分かった。

「こっちの馬は、ガッシュの妹、レディ・ミランダだ」

ミランダは顔を寄せて、ガッシュに相手にされないフレドリックを慰《なぐさ》めるような仕草をする。

「初めまして、レディ・ミランダ」

クレアが挨拶《あいさつ》すると、妹馬は穏やかな瞳で見つめ返してくれた。

馬体はうっとりするくらい優美で、まさに『淑女《レディ》』の称号が相応《ふさわ》しい。

「ガッシュは言うことを聞かないからな。私の相手はいつもレディ・ミランダになってしまう」

兄妹馬であっても、その気質はだいぶ違うらしい。

クレアが感心していると、弾《はじ》き飛ばされていたカルセドニーが地面を這《は》って戻ってきて、馬栓棒《ませんぼう》の上にぴょんと飛び乗った。

「この野郎！　僕が魔法の蛇じゃなかったらとっくに死んでるところだったんだぞ！」

「なんだ無事だったのか、つまらん。蛇の分際で私に噛みつこうとするからだ」

フレドリックが一瞥《いちべつ》すると、カルセドニーは身体を大きく膨《ふく》らませて怒鳴った。

「ふんだっ！　お前なんか一生ガッシュに乗れないよっ！　ガッシュは雄が大嫌いなんだってさ！」

子どもの喧嘩《けんか》みたいな捨て台詞《ぜりふ》だったが、フレドリックとクレアを驚かせるのに十分だった。

「なんだと？　どういうことだ、カルセドニー」

「雄が大嫌いって、どういうこと？　カルセドニー」

二人の声が重なる。カルセドニーは、フレドリックに用はないとばかりにそっぽを向き、クレアの方を見ながら話を続けた。

「僕は魔法の蛇だからね、ガッシュの言葉も分かるんだよ！　理由は聞いてないけど、人間であれ、馬であれ、雄は嫌なんだってさ。でも、お嬢なら喜んで乗せるって！」

顔を上げると、ガッシュの大きな双眸《そうぼう》がクレアを見つめている。

「私を乗せてくれるの？」

そう訊《たず》ねると、乗ってみたくてうずうずしているクレアの気持ちが伝わったのか、ガッシュは小さく嘶《いなな》いて返事をした。

クレアはくるりと回って、フレドリックを仰ぎ見た。

「殿下、ガッシュの背に乗ってもよろしいですか？」

「よせ、振り落とされたらどうする。それに、そう簡単に乗れるものじゃないだろう」

「大丈夫です。乗馬には自信があります」

クレアがきっぱり告《つ》げると、フレドリックは一瞬だけなにか言いたそうな顔になったが、やがて苦笑した。

「……そうか。クレアのご両親はマルシャの出身だったな。ならば馬に乗るのも朝飯前か」

この国では女性が馬に跨《また》がる習慣はないが、隣国のマルシャは、もとは騎馬民族が立ち上げた国家で、馬と共に過ごす文化が根付いている。

「はい。同じマルシャ生まれですから、きっとガッシュとは馬が合うはずです」

クレアがそんな冗談を飛ばすと、フレドリックはおかしそうに笑った。

「鞍《くら》は奥に置いてある。取ってきてやろう」

「殿下、身体を締め付けることを嫌がる馬かもしれません。鞍を付けるのはもっと人間に馴《な》らしてからの方がよろしいかと」

「クレアは裸馬に乗る気なのか？」

止めようとするフレドリックを制して、クレアは傍《そば》にある飼桶《かいおけ》を逆さに置いた。それを足場にしてガッシュの鬣《たてがみ》を掴み、反動をつけて飛び上がる。

その瞬間、ポニーテールとスカートが大きく翻《ひるがえ》った。

「殿下！　ガッシュが乗せてくれました！」

「……あ、ああ」

信じられない、と呟《つぶや》いたフレドリックに、思わずクレアは満面の笑みを見せた。

「ガッシュは賢い馬ですね。それに、こんなにおとなしいですよ」

馬首を強く撫でてやると、ガッシュはその手の動きを楽しむかのように目を細めている。

こんなに従順なのに、馬丁《ばてい》たちに怪我を負わせるような暴れ馬だなんてとても信じられない。

同じことをフレドリックも思ったらしく、クレアとガッシュを何度も見比べて首をひねっている。

馬に乗ったクレアを見て、馬栓棒《ませんぼう》の上でカルセドニーがぴょんぴょん跳ねた。

「お嬢！　僕も一緒に乗せて！」

そう言った瞬間、ガッシュに荒い鼻息をかけられて、カルセドニーは吹き飛ばされた。

小さな蛇の身体は宙を舞い、フレドリックの胸にぶち当たる。

「雄が嫌いだというのは、どうやら本当らしいな」

「そんなぁ……」

目を丸くしてショックを受けているカルセドニーに、フレドリックは嫌味たらしく笑った。

そんな彼らを余所《よそ》に、久しぶりに馬に触れて心が弾《はず》んだクレアは、勢いでフレドリックに切り出してみる。

「あの、殿下。ガッシュとこのまま散歩をしてきてもよろしいでしょうか？　この馬は少し運動をさせた方が良いようにも思います」

腿《もも》に当たるガッシュの感触は、若い馬にしては太っている気がする。人の言うことを聞かないガッシュは遠出をさせてもらえないため、贅肉《ぜいにく》がついてしまったのかもしれない。

「それは許可できない」

「僕も、このまま外に出るのは止めた方がいいと思うよ……」

二人の言葉を聞いた直後、クレアはふとあることに気付いた。

フレドリックとカルセドニーが、揃《そろ》って一点を食い入るように見つめているのだ。その視線は、クレアの顔ではなくもっと下に注がれていた。

そこに見えるのは、ガッシュの青毛の脇腹と、大きく捲《まく》れ上がったスカートから剥《む》き出しになっている自分の白い腿だ。

「……え？　えっ？」

顔を上げると、フレドリックとカルセドニーが慌てて目を逸《そ》らした。

「ぎゃあああ！」

女性らしからぬ叫びを上げて、クレアは急いでスカートの裾《すそ》を下に引っ張った。だが、慌てすぎて姿勢を崩してしまい、ずるっと身体が横に滑り落ちる。

反射的に鬣《たてがみ》を掴んで落馬はしなかったものの、片方の脚がガッシュの背に引っ掛かってしまった。

「ほら。手を放せ」

呆れながらも、フレドリックはクレアの背後から腕を回して抱きかかえた。大きく温かい手の感触に、思わずクレアの鼓動が高鳴る。

「あ……ありがとうございます」

軽々と抱えられたまま、クレアは消え入りそうな声で礼を言った。

馬からずり落ちそうになったことも相まって、耳まで真っ赤になる。

地面に足が着いてフレドリックの身体が離れてからも、情けないやら恥ずかしいやらで目を合わせられない。

「クレアがガッシュに乗れることは、よぉく分かった」

頭上から聞こえる声が小刻みに震えている。やはり怒っているのだろうかと恐る恐る目を上げると、口に拳《こぶし》を当てて笑いを堪《こら》えているフレドリックの顔が見えた。目が合った瞬間、彼はいよいよ我慢できなくなったのか「ぶっ」と噴き出した。

「……酷《ひど》いです」

助けてくれたのに失礼だと思いながらも、クレアはついムッとしてしまう。

「まあ、いや、その……なんだ」

フレドリックは咳《せき》払いを一つしてから、気を取り直してクレアに宣言した。

「どうやらガッシュはクレアにだけは心を許しているみたいだ。だから、クレアにガッシュの世話を任せようと思うのだが」

予想もしなかった言葉に、クレアは目をぱちくりと瞬《また》かせた。

「私で、よろしいのですか？」

「よろしいもなにも、ガッシュは他の誰にも従わないいんだ。幸い、クレアは馬についての知識はあるみたいだしな」

そう言われて、クレアの顔が輝いた。

「精一杯務めさせていただきます！」

嬉しさと感謝を込めて返事をすると、フレドリックはクレアの返事に満足したようで、微笑みながら頷《うなず》いた。

「では明日から走らせることにしよう。私も一緒に行くから、クレアも準備をしておけよ」

「は、はいっ」

慌てて頷いたものの、クレアは内心でフレドリックも同行するのかと焦った。

王太子と外出だなんて、なんだか緊張してしまう。だが、ガッシュは大切な馬だから、心配して付いてきてくれるだけなのかもしれない。

そのまま厩舎《きゅうしゃ》を出るフレドリックの後ろを、一歩下がって歩く。フレドリックはそんなクレアを気遣うようにゆっくりと歩調を合わせた。

「ガッシュとレディ・ミランダは、マルシャの王太子から半年前に頂いたものだ」

「はい、存じております。マルシャ王国は殿下のお姉様の嫁ぎ先でございましたね」

「そうだ。マルシャの王太子は義理の兄になる」

そしてフレドリックは、はぁと溜息をついた。

「クレアは知っているか？　マルシャには『どんな馬も乗りこなせてこそ、一人前の男である』という格言があるらしい」

「父から聞いたことがございます」

クレアの父は、この言葉をしっかり受け継いだマルシャの男である。結婚相手はどんな馬も乗りこなす男を選べ、とクレアに言い聞かせているが、熱狂的な馬好きの父が納得できる相手など、この国にはそうそういないだろうと思う。

「……ということは、だ。ガッシュに乗れない私は一人前ではないことになるぞ。どう考えても、義兄上《あにうえ》はわざと面倒な馬を寄こしたとしか思えん！」

口をへの字に曲げるフレドリックに、クレアは少し同情した。

それは送り主からの『一人前の男になれ』という厳しいメッセージなのだろう。だが、気難しい性格のガッシュを送り付けることは、義兄から義弟への子どもじみた意地悪だと思えなくもない。

するとフレドリックは急に立ち止まって、クレアの方を振り返った。

「だからな、クレア」

フレドリックはそう言うと、いきなりクレアの両肩をがっしりと掴んだ。

ゆっくりと顔を近づけてくるフレドリックに、クレアも思わず身構えてしまう。真っ直ぐに見つめられて、クレアは動けなくなる。

「なんとしてもガッシュを説得しろ。私が乗れるようにするのだ！」

「そんな無茶な！」

とんでもない無理難題を突き出されて、クレアは思わず大声を上げた。

「無茶でもなんでも、義兄上にひと泡吹かせてやりたい。ガッシュがクレアの言うことは聞くと分かっただけでも、今日は大きな前進だ。なんとかなる！」

フレドリックは勝ち誇ったように満面の笑みを見せた。要するに彼は負けず嫌いなのである。

「そうだ。喉《のど》も渇いたし、クレアも一息入れないか。シフォンケーキを用意しておくと料理長が言っていたから、一緒にお茶にしよう」

貴賓室《きひんしつ》に着いた途端、フレドリックにそう言われ、クレアはびくりと肩を震わせた。すっかり忘れていたが、ケーキはカルセドニーが食べてしまったのだ。馬を一目見たらすぐに戻ってくるつもりだったので、新しいお茶菓子はまだ準備していない。

部屋に入るなり、ブレスレットに変身していたカルセドニーが元の姿に戻る。

「へへん！　とぉーっても美味《おい》しいシフォンケーキだったよ！　食べられなくて残念でしたー」

無残に食い散らかされたシフォンケーキの皿を顎《あご》で示して挑発する。

フレドリックは無表情のままテーブルの上の皿を眺め、それからゆっくり顔をクレアに向けた。

「クレア、急いで湯を沸かせ。こいつを熱い紅茶の海に沈めてやる」

第二章　公爵は集《つど》う

クレアが空いた時間にガッシュの世話をするようになって、十日が経った。

ガッシュは相変わらずクレアにしか懐《なつ》こうとせず、フレドリックには触れることすら許さない。ただ、厩舎《きゅうしゃ》から出られるようになったのは嬉しいらしく、機嫌は良い。

いつかはフレドリックに馴《な》れてくれたら――

そんな淡い期待を抱きながら、クレアは明るい日差しに照らされた回廊を歩き、王宮の調理場へと向かった。

王太子に来客があるため、お菓子とお茶の準備をするのだ。

回廊を歩いている途中、ふと庭園に目を遣《や》る。すると、高い鉄柵《てっさく》に囲まれた小さな区画が目に入った。その柵の前に男が一人佇《たたず》んでいる。

そこは病床の女王を慰《なぐさ》めるための花が植えられている場所だ。王宮の人間でも入ることが許されるのはわずかな庭師だけである。

それなのに男は、柵を乗り越えて中に入ろうと足をかけ始めるではないか。

クレアはとっさに回廊から飛び出し、男のもとへ走った。

「おやめなさい！　そこは女王陛下のお庭です。勝手に入れば厳しく罰せられますよ！」

クレアが勇気をふりしぼって声を上げると、男は柵から足と手を離し、青い瞳をこちらに向けた。

男の姿にクレアは思わずのけぞりそうになる。

——熊だ！　金色の熊が二本足で立っている!!

短く切りそろえられた金髪と、頬を覆《おお》う髭《ひげ》が野性的で、まるで熊のような見た目だった。背が高いだけではなく、肩幅もがっしりとしている。服の上からも、厚く鍛《きた》え上げられた胸板が見て取れた。

クレアは、この男に関わったことを一瞬で後悔した。怒鳴り返されるとか、突き飛ばされるとか、最悪な事態ばかりが思い浮かんでしまう。

「それは知らずに失礼した。だが、以前はこの場所に柵などなかったはずだが」

野太い声だったが、予想に反して紳士的な男だったので、クレアはほっとした。

「はい。半年ほど前に新しく作られました。女王陛下に毎日お届けする花を育てているので、立ち入りが制限されているのです」

「む、そうか。ならばここに入るには、どうすればいい？」

「えっと……。誰であっても入ることは許されません」

クレアがおずおずと答えると、男は焦《じ》れたように庭を指差して語気を強めた。

「あなたには聞こえないだろうが、木々がざわめいて落ち着かないのだ。誰かが中に入って庭を荒らしていると訴えている」

「……えっ？」

男の口から発せられた言葉の意味が分からなくて、クレアは首を傾《かし》げた。

耳を澄ましても聞こえてくるのは、庭の葉が風で擦《す》れる音と鳥たちのさえずり、それから遠くで人々が談笑している声だけだ。

「ふ、不審者ということでしょうか？　それなら衛兵を呼んで参ります」

クレアは心もとなくなって、急いでこの場から立ち去りたくなった。

今の状況をよくよく考えれば、女王陛下の庭に侵入しようとした男と二人なのだ。しかも、この熊男は意味の分からないことを口走っているのである。

衛兵を呼んでくれば、言葉の真偽もすぐに分かるだろう。

すると、ふいに冷やかすような別の男の声が聞こえてきた。

「へー、珍しいものを見たよ、将軍殿。あんたが女の子と一緒にいるなんてさ」

誰もいないはずの庭の奥から、銀髪の若い男が歩いてくる。彼は柵に手をかけたかと思うとあっと言う間に飛び越えて、クレアの前に降り立った。すらりとした体格に整った顔立ちの男は、太陽の下で輝くヘーゼルの瞳でクレアを面白そうに見つめている。

「なっ……あなた！　女王陛下のお庭に無断で入るなんて！」

どうしてまた身勝手な人が現れるのか。しかも、すでに庭に入り込んでいたなんて。

この熊男が言うことは本当だったのだと、クレアは呆然とする。

すると、将軍と呼ばれた熊男が呻《うな》るような声で詰問した。

「バアル、貴様か！　中でなにをしていた？」

「別になにも。建国祭の打ち合わせとやらで呼びつけられて、散歩してから最後に行こうと思っただけさ。なにか文句があるのかい？」

バアルと呼ばれた男は、悪びれもせずにへらりと笑った。将軍の目つきがますます鋭くなる。

二人の間に険悪な空気が流れるが、クレアにはどうしようもない。

それどころか、この二人の正体を知って、なおさらこの場から逃げたくなった。

不審人物の熊男は、『東の将軍』と渾名《あだな》される、ラシヌ・フランブル。そして軽口を叩く銀髪の男は、『北の騎士』と称されるバアル・グレインだ。

どちらも古《いにしえ》の四公爵で、今日フレドリックのところに訪れる予定の二人である。

まさかこんな形で出くわすとは思わなかったので、挨拶《あいさつ》すらしていないことが気まずい。いや、そんなことよりも一介の侍女の身分でラシヌに注意してしまったのだ。知らなかったとはいえ、とんでもなく無礼な振る舞いである。

これ以上失礼な態度を取らないようにと、クレアは空気に徹することを決めた。

「で、この身の程知らずな女の子が将軍殿の恋人かい？　痴話喧嘩《ちわげんか》でもしているのかと思っちゃったよ」

ラシヌをからかう格好の材料だと思ったのか、バアルはクレアを話題の中へ引きずり込んできた。

「この女性は、庭へ入ろうとする私を注意していただけだ。ここは女王陛下の庭だから立ち入りは許されないそうだぞ。寝るなら王宮の中にすればいい」

「ははっ、なにが女王陛下のお庭だよ。くだらない」

皮肉混じりの嘲笑《ちょうしょう》を浮かべるバアルの横顔を、クレアは呆然と眺めた。

古《いにしえ》の四公爵は建国からずっと王家に仕え、『王家の懐刀《ふところがたな》』として尊敬されてきた一族である。

そんな彼が、女王陛下を軽んじるような発言をすることが信じられなかったのだ。

「黙れ、バアル。場所をわきまえろ」

クレアをちらりと見たラシヌは、バアルのお喋《しゃべ》りをさえぎった。不敬《ふけい》な言葉を王宮の侍女に聞かせたくないのだろう。

「ふん。王宮は化粧やら香の臭いがぷんぷんして耐えられないんだ。それに教会の連中の臭いだって。庭で過ごすほうがずっとマシだね」

バアルは鼻であしらって、それから品定めするような視線をクレアに寄越した。

「――だけど、君みたいないい匂いの女の子が隣で一緒に寝てくれるなら、悪くないかもな」

「に、匂いっ⁉」

その言葉にクレアは思わずたじろいだ。

王宮や教会に対するバアルの態度に不穏な感じがしてクレアが身構えた時、左の手首が熱を持った。カルセドニーがクレアの異変を察知したみたいだ。

「うん、君は香《かぐわ》しい匂いがするよ。でもなにか混じってる？ますます興味深いな」

バアルは、まるで花の香りを吸い込むような仕草でクレアの頬に鼻を寄せてきた。クレアがびくりと身体を引いても、バアルはお構いなしに耳に口を近づけ、からかい混じりに囁《ささや》く。

「――へえ。実に美味《おい》しそうだ」

クレアが驚いて目を見開いた瞬間、カルセドニーが元の姿に戻って二人の間に割って入った。

「お嬢に近寄るなよっ！　このケダモノ！」

カルセドニーが噛み付かんばかりに頭を上げて、シューシューと威嚇《いかく》の音を立てる。

突然現れた蛇に虚を突かれたバアルだったが、すぐに口の端を釣り上げて不敵な笑みを見せた。

「なーんだ。変わった匂いがすると思ったら、あの蛇女の守護が付いていたからか」

「お前、ネフェルティス様と呼べよっ！」

「カルセドニー！　噛んじゃだめっ！」

カルセドニーが大きく口を開けて飛び出すのを、クレアはなんとか捕まえて止めた。

「ははっ。蛇なんかが俺に敵《かな》うわけないだろ。噛まれてもどうってことないよ」

バアルはカルセドニーのことなど意にも介さない様子で笑った。

彼はすぐにカルセドニーの正体を見破ったらしい。さすがは『北の騎士』と言うべきか。

この場をどう収めればいいのか分からなくなったクレアは、助けを求めるかのように辺りを見渡す。

「うわっ！　いらしていたのですか、ネフェルティス様！」

するといつの間にやって来たのか、すぐ隣にネフェルティスの顔があった。

ネフェルティスは優雅に微笑んで、それから二人の男性に視線を投げる。

「あらまあ。カルセドニーがうるさいから来てみたら、バアルとラシヌじゃない。久しぶりだこと」

「ネフェルティス様っ！　こいつがお嬢にちょっかい出すんだ！　お前なんかネフェルティス様にやっつけられちゃえ！」

主《あるじ》に会えて気が大きくなったのか、カルセドニーはクレアの腕から挑発する。

「ご無礼はだめよ、カルセドニー！　お願いだから外でいきなり元の姿にならないで」

なんにせよ相手は公爵なのだ。クレアはカルセドニーを落ち着かせようと、ゆっくりと頭を撫でてやる。

「腕に蛇を飼っているなんて、おかしな女性だな」

「ふふ。クレアも蛇の魅力の虜《とりこ》なのよ。ほら、鱗《うろこ》の感触もなかなかいいものでしょう？」

「そ、そういうわけでは……。カルセドニーだけが特別なんです」

そう答えると、ネフェルティスは楽しそうにカルセドニーをクレアの手首ごと撫で上げた。

「ねえバアル、この娘はわたしのお気に入りなの。いきなりやってきて横取りしようなんて、ずいぶん虫のいい話じゃなくて？」

ネフェルティスがにっこり微笑むと、バアルはわざとらしくひょいと肩をすくめて見せた。

「横取りする気はないよ、ネフェルティス。あんたのものだなんて知らなかったんだからさ」

「あらそう？　じゃあしっかりと印を付けておかなくちゃね」

そう言うなり、ネフェルティスはクレアの身体をぐいっと引き寄せる。そして抵抗する間も与えず、クレアの首筋に唇を這《は》わせて、肌を強く吸い上げた。

「い、ひゃあ！」

痛いほどの刺激が走り、クレアは全身を震わせて硬直した。ネフェルティスはそれを見て楽しそうに笑う。

人前でおもちゃにされているのは、さすがにクレアでも理解できる。こんな辱《はずかし》めはあんまりではないか。

相手がネフェルティスであろうと一言物申したい。そう意を決したクレアが顔を上げると、ネフェルティスは先ほどまでの悪戯《いたずら》めいた表情を消し、真剣な面持ちでバアルに対峙《たいじ》していた。

ひしひしと伝わってくる緊張感に、クレアは黙るしかない。

「せっかくだから教えてあげるけど、クレアはフレドリック殿下の大事な侍女なの。殿下の不興を買いたくなければ、この子には手を出さないことね」

ラシヌは無言で眉を跳ね上げ、バアルは両手を上げて降参のポーズを取った。

「王太子と魔女が後ろについた女なんて、怖くて手を出せないね。親切なご忠告には礼を言うべきかな、ネフェルティス？」

「けっこうよ、バアル」

そっけない一言で切り捨てられると、バアルはやれやれとばかりにまた肩をすくめて、庭から立ち去った。

クレアが呆気に取られてバアルの後ろ姿を見送っていると、ネフェルティスがくるりと振り返った。ネフェルティスからは、先ほどまでの恐ろしく冷たい雰囲気は消えている。

「クレア、ああいう輩《やから》には気をつけなさいよ。それに、カルセドニーではバアルに勝てないわ」

「僕は負けないもんっ！」

その言葉に反応したカルセドニーが不服そうにクレアの手首をくるくる回る。いくら魔法の蛇とはいえ、『北の騎士』と讃《たた》えられるバアルに立ち向かうのはさすがに無謀だろう。

「ネフェルティス様、ありがとうございます。バアル様は私の無礼な態度のせいでお怒りになったのだと思います。……以後気をつけます」

「いや、あなたは王宮の侍女として自分の仕事をしただけだ。気にすることはない」

ラシヌはそう言った後、訝《いぶか》しげな表情になった。

「ところで、あなたがフレドリック殿下の侍女ということは、花は受け取っているのか？」

思いがけずラシヌに訊《たず》ねられて、クレアは一瞬なんのことかと首を傾《かし》げた。すぐに貴賓室《きひんしつ》に届けられる花のことだと合点して、微笑みながら返事をする。

「はい、毎日とても素敵な花束をいただいております」

「そうか。殿下たってのご希望で、王都にある我が屋敷の庭で咲いた、その日で一番美しい花をお届けしているのだ。喜んでもらえてなにより」

見た目は屈強な熊みたいなラシヌだが、本当は花を愛する人らしい。照れくさそうに頬を掻《か》く彼は、クレアの答えに満足そうに頷《うなず》いた。

「そうだったのですね。すごく立派な花束ですから、貴賓室《きひんしつ》に飾るととても映えるんですよ。いつもお忙しい殿下もお花を眺めて安らいでくださっていると思います」

「……ん？　殿下が花を眺める？　貴賓室？」

ここぞとばかりに花束の素晴らしさを讃《たた》えるクレアに対して、ラシヌはなぜか首を傾《かし》げた。それを見たネフェルティスは呆れたように苦笑する。

「その目で確かめてみればいいじゃない。ちょうど殿下とお話があるのではなくて？」

「おお、そうだった。今日は御前試合の打ち合わせで呼ばれていたのだった」

「じゃあね、クレア。また後で」

連れ立って王宮の建物内へと消える二人の公爵を見送って、クレアははっと気がついた。

「そうだ、お茶の準備がまだだった！　急がなきゃ」

クレアは急いで調理場へと駆け出したのだった。

ポットとお菓子をワゴンに載せて貴賓室に戻ると、すでにラシヌの姿があった。

対面にフレドリックが座り、その脇に立つラシェットが話を振っている。

今日の議題は御前試合についてらしい。

これは建国祭の開幕前に行われる余興で、王と聖女の前で官兵たちが剣の腕を競うのだ。もちろん聖女は遠い昔に亡くなっているので、聖女に扮《ふん》する女性が代わりを務めることになっている。

「ですからね、ラシヌ殿には監督ではなく参加いただいて、御前試合を盛り上げていただきたいのですよぉ。お遊びみたいなものですから、気楽でしょ？」

ずいぶんと軽い口調だが、ラシェットはラシヌのことが怖くないのだろうか。

先ほどラシヌの険悪な表情を見てしまったクレアは、ポットを握る手を震わせながらもなんとかカップへ紅茶を注ぐ。

案の定、ラシヌは苛立たしげにラシェットの提案を突っぱねた。

「お遊びだと⁉　私が試合に出れば、相手の兵は怪我では済まないのだぞ。剣も握れず馬にも乗らず、いつも書き物ばかりしている貧弱な貴様らしい言い草だな！」

「おっしゃいますねぇ。時の王の傍《そば》でこの国のあらゆる事象を書物に書き留めることこそが、『西の賢者』と謳《うた》われる我が一族の大事な仕事なんですよ。そもそも、他人に興味がないはずのあなたが誰かを気遣うなんて。もしかして、気になる人でもできましたかねぇ？」

「……なんのことだ。さっぱり意味が分からん」

ラシェットはニヤリと笑って、横を向く。

「分からないのはご自分だけですよぉ。ねえ、殿下」

「ラシェット！　これ以上話をややこしくするな」

ラシヌの鋭い視線を避けるように、フレドリックは慌てて顔の前で手を振った。それから、ごほんと咳《せき》払いをしてラシヌに向き直る。

「御前試合への参加は、私からもお願いしたい。セレス＝アルドの武神と誉《ほま》れ高い『東の将軍』の剣技を、若い兵たちに学ばせるいい機会にもなる」

「恐れながら殿下。剣は本来、戦いで相手を打ち倒すためのものです。見世物として剣を交えて、若い兵が落命するのは忍びないこと。試合への参加は見送らせていただきたい」

ラシヌの重い口調に、フレドリックもラシェットも一瞬固まった。

「……御前試合は訓練の一環だぞ？　貴公は模擬戦でも相手を殺す気か？」

こめかみを揉みながら溜息をつくフレドリックの隣で、ラシェットが腹を抱えて笑い出す。

「ラシヌ殿は難しく考えすぎなんですよぉ。なんなら、あなたの剣だけ木刀にでもすればいいじゃないですか」

「たかが木とあなどるなよ。木刀でも人間など簡単に殺せるのだぞ」

「わあ怖い。じゃあ思いっきり手加減してくだされはいいですから。はい、参加は決定っと」

微塵《みじん》も怖いと思っていない声色で名簿に印をつけるラシェットを、ラシヌはぐっと睨《にら》みつけた。

「おい、私は参加するとは言ってないぞ！」

「え、参加なさらない？　それは残念だなあ」

ラシェットはわざと大げさに肩をすくめる。

「今回の御前試合では、ルナーリア姫が聖女の役をお務めになるんですけれどね、優勝者は聖女にお願いごとができるんです。ルナーリア姫から褒美のキスを賜《たまわ》りたいって、若い兵たちは張りきっちゃって。……あ、でもラシヌ殿は興味ないですよねぇ。僕もすばらしい剣技を見たかったけど、いやあ、本当に残念だ」

あははと屈託なくラシェットが笑うと、ラシヌの青い目がこれ以上ないくらい大きく見開いた。

「ま、待てラシェット。別に参加しないとも言ってない！」

みるみる焦り出すラシヌの前で、フレドリックは腕を組み、うんうんと頷《うなず》いた。

「ふむ。さすがにルナーリアがいやいや兵の誰かにキスするのを見るのは忍びない。フランブル公爵、ここはひとつ、試合で優勝して不遇の我が従妹《いとこ》を救い出してもらえないだろうか？」

フレドリックが真面目くさった顔で依頼すると、ラシヌの表情がぱっと明るくなる。

「殿下のお願いとあらば、お断りするわけには参りますまい。不肖《ふしょう》このフランブル、死力を尽くして戦い、必ずや優勝してご覧にいれましょう」

「私が最初に頼んだ時はあっさり断っていなかったか？」

ぼつりとフレドリックが零《こぼ》したが、そこはラシヌとラシェットに黙殺された。

「あの、お茶を……」

クレアがカップを差し出しても、ラシヌは気付かない。ラシヌは赤らんだ顔で立ち上がってぎこちなく一礼した後、右手と右足を同時に出して歩き、退出した。

「わっかりやすーい」

カルセドニーがしゅるんと蛇の姿に戻って、ラシヌが出ていった扉を見つめて言う。

「でしょ。ラシヌ殿もまた、実に可愛らしい御仁《ごじん》なのですよ」

ラシェットが意味ありげにクレアとカルセドニーに向けて片目をつぶってみせた。クレアも同意してこくこくと首を縦に振る。

まさか、あの強面《こわもて》の熊のようなラシヌが、子兎みたいに愛らしいルナーリアに恋しているなんて。

「でも……あの、ルナーリア様のお気持ちは？」

気になったことが口をついた。恋に落ちた熊に追われる兎なんて、想像するだけで可哀想だ。

「ルナーリアが先に惚れたんだ。あいつの恋は十年越しだぞ」

「じゅ、十年でございますか!?」

十年と言えばルナーリアが六歳の頃だ。まさかそんな幼い時からラシヌを想い続けているなんて。フレドリックの言葉に、クレアは驚いて目を丸くした。

それを聞けば、フレドリックに対するルナーリアの態度も納得である。王太子の婚約者候補であることをルナーリアは疎《うと》ましそうにしていた。

「互いに想い合っているのは分かっていたし、頭の堅い連中に結婚を押し付けられるのは可哀想だからな。お膳立てしてやって、ようやくここまできたんだ。さっさとくっついてもらいたいものだが」

「そりゃ、ラシヌ殿だって立場のあるかたですからねぇ。殿下の従妹であるルナーリア様とご結婚するとなると、いろいろ悩むと思いますよ。いろいろとね」

訳知り顔でラシェットが頷《うなず》き、それを見たフレドリックは肩をすくめた。

「まあ、ラシヌは帰ってしまったからな。ゆっくりお茶にしよう。ラシェットも飲むか？」

「せっかくですが、雑用がありますのでここで失礼させていただきますよ。僕の分のお菓子はカルセドニーがお食べなさい」

「えっ！　僕がもらっていいの？」

降って湧いた幸運に、カルセドニーが目を輝かせた。

ラシェットも退出してしまうと、部屋の中はしんと静かになる。

王太子の前での静寂が、ここ数日はなんだか気まずく感じられてしまう。そんな気分を追いやるように、クレアは手早くケーキを切り分けた。

「レモンとミントのバターケーキです。今の季節にぴったりですね」

ケーキからは、淡い甘さを含んだ爽《さわ》やかな香りが漂《ただよ》ってくる。

クレアの手首から離れてテーブルの上に鎮座したカルセドニーは、さっそく口を大きく開けて、ケーキにかぶりついた。相変わらずの見事な食べっぷりに、クレアもつい笑みがこぼれてしまう。

「それは、なんだ？」

なぜか棘《とげ》のあるフレドリックの声に、クレアは顔を上げた。

「え？　はい、こちらはレモンとミントのバター……」

険しい眼差《まなざ》しを受けて、クレアは口を閉ざした。急変したフレドリックの態度に面食らったのだ。

「あの……どうかなさいましたか？」

問うても彼は答えず、穴が開くのではないかと思えるぐらいまじまじと顔を覗《のぞ》き込んでくる。

不意にフレドリックが腕を伸ばしてきて、クレアは反射的に目を閉じて身体を固くした。だが、触れられる気配はない。そっと目を開くと、手を差し出したまま気まずそうにする彼が見えた。

「首のそのあざはなんだ？　柱にでもぶつけたのか？」

「あざ？」

意味が分からずクレアが首を傾《かし》げると、カルセドニーがケーキをもぐもぐ咀嚼《そしゃく》しながら答えた。

「それ、キスマークって言うんだよ！　所有の証《あかし》なんだって！」

「なんだと。誰が付けた？」

「えっと、バアルってヤツが――」

「こらっ、カルセドニーっ！　様を付けなさい」

クレアが慌ててカルセドニーの言葉を遮《さえぎ》った。

「バアル、だと……」

ゆらりと椅子から立ち上がるフレドリックの背後で、黒い炎が燃えさかったような気がした。

瞬間、クレアはカルセドニーを叱るタイミングを間違ってしまったことに気付く。

「ちが、ちがっ！　違いますっ！　バアル様はただ私をからかっただけです！　キスしたのはネフェルティス様ですから！」

このままではバアルとの仲を疑われることになる。ふしだらな侍女だと思われたくなくて、クレアは首を横に振って必死で否定した。

「ネフェルティスだと？　なんで彼女がそんなことをする？　……そっちの気があるのか？」

ますます話がおかしな方向に行ってしまった。クレアが言葉を失っていると、代わりにカルセドニーが怒鳴る。

「ネフェルティス様がお嬢のことを好きだからに決まってるだろ！　なのにバアルは横

取りしてお嬢を食べようとしたんだよっ！」

「クレアはバアルに言い寄られていたのかっ？」

「違うよっ！　お嬢はぱくりと食べられちゃうところだったのっ！」

フレドリックとカルセドニーの問答は、意味を取り違えて噛み合っていない。それに気付いたフレドリックは、これ以上小蛇を問い詰めるのは無駄だと悟ったようだ。

「そうか、分かった。では、クレアは私のものだと思い知らせればいいわけだな？　ネフェルティスもバアルも、他の誰も手を出せないようにしてしまえばいい」

クレアは、なにを言われたのか頭で理解できなくて、何度も目を瞬《またた》かせた。

「クレアが私のものになればいい。王太子の恋人に手を出そうとしたり、からかったりする奴はいない。いたとしたら、私が潰してやる。理に適っているだろう」

クレアを真っ直ぐに見つめて近づいてくる。

「……あの？　どういう……」

「クレアが、好きなんだ」

あまりのことに、クレアは言葉も出なかった。数拍置いて、身体中の血液が逆流するような感覚に襲われる。

聞き間違えたのだろうか。むしろそうであって欲しい、そうに違いない。

なのにどうして、目の前にいる王太子は思い詰めたように見つめてくるのだろう。

フレドリックが一歩踏み込むと、クレアは一歩下がる。また一歩、また一歩。

ついにはクレアの背が壁にぶつかって、退路は断たれてしまった。

フレドリックの真剣な顔が近づいてきて、怖くなる。

「で……殿下は建国祭の準備でお疲れなのです！　ご自分でなにをおっしゃってるのか分からなくなっただけです！　冗談が過ぎます。お立場をお考えくださいっ！」

事の重大さに気付いたクレアは、震えながらもフレドリックを諫《いさ》めた。

いずれはこの国の全てを背負う王太子が、なんの地位も取り柄もない使用人を好きなどと――

ありえない。あってはならない。

「私は正気だし本気だ。しかし、まさかここまでクレアが鈍いとは思わなかったぞ。毎日花を贈っても気付きもしないとは！」

壁に張りつきながら横目で窓辺を見れば、そこには何本ものピンクの薔薇《ばら》が大きな花瓶の中で誇らしげに咲いている。今朝届いてクレアが生けたものだ。

毎日届く贅沢な花束が、まさか自分に宛てられたものだったとは。

宛先は記されていなかったし、カードも添えられていなかったのだ。確かに、クレアに渡すには、この貴賓室《きひんしつ》に持ってくるのが確実だろう。しかし、それでは王太子に届けられた花束だとクレアが勘違いしても仕方ないのではなかろうか？

鈍いとまで指摘されムッとして見返すと、フレドリックがわずかにたじろいだ。

「殿下は私のことなどお好きではないはずです。初めてお会いした時、殿下は私をご覧になって『酷《ひど》い顔だ』とおっしゃいました。よもやお忘れですか⁉」

そう言われたからこそ、フレドリックがクレアに恋愛感情を抱くなど思いもよらなかったのだ。

――そりゃあ確かに、あの時はみっともない顔だったでしょうけどっ！

クレアは胸の内で乱暴に毒づいた。

「そ、そのことは覚えているし悪かったと思っている。ずっと謝りたいと思っていたが、機会を失ってしまったんだ」

クレアの責めるような眼差《まなざ》しに、琥珀色《こはくいろ》の瞳が宙を泳ぐ。

「そ、それにだな！　本当にあの時のクレアは酷い顔だったぞ！　いくら男と別れたばかりだからといって――」

フレドリックが、しまったと口をつぐんだ時には手遅れだった。クレアの目がゆっくりと見開かれていく。

「なんで知っているんです⁉　まさか調べた⁉　ラシェット様のカラスが告げ口《つ》した⁉」

「偶然見ただけだ！　剣の修練の後、たまたま裏手の林を通りかかったら、男に平手打ちを喰らわせたクレアが見えたのだ！」

「……え」

思わぬ告白だった。絶句するクレアに、フレドリックはクレアの反応を窺《うかが》うようにおずおずと訊《たず》ねる。

「もしやクレアは、まだそいつのことが好きなのか？」

「っ！　ありえませんっ！」

自分の名誉のためにも、クレアは大声で否定した。

――それでも、一年前までは確かに好きだったのだ。

王宮の兵士である、アキム。

彼に熱っぽく口説かれて、クレアはあっさりと陥落した。

色恋に無知だったクレアからすれば、アキムは完璧な男性だと思えたし、大人だった。

態度や話し方が洗練されていたのは、アキムが男爵家の二男だったからかもしれない。

そんな彼に、クレアは生まれて初めて恋をしたのだ。

だが、砂糖のように甘いだけの時間は、あっさりと溶けて消えてしまった。

「婚約？　男爵家のご令嬢と婚約したって、どういうこと？」

いつものように待ち合わせた木立の中で、クレアは聞きたくない言葉を聞かされた。悪い冗談だとしか思えなくて、間の抜けた問いかけになる。

「しかたないだろ。親父の命令で婿養子だ。相手の家柄はうちと釣り合っているし、向こうだってけっこう乗り気らしい。格は向こうが少し上だけどな」

「結婚するの……？」

「そうだ。平民のクレアには分からないだろうけれど、俺たち貴族には家の名を守る義務があるし、正しい血筋ってもんがある。二男の俺は出世できる大チャンスだし、相手の女は家と子どもを残せるんだからな。これは政略結婚だ」

ぼんやりと立ち尽くすクレアの耳に、アキムの説明が滔々《とうとう》と聞こえてくる。

政略結婚だと言いながら、なぜアキムはこんなに嬉しそうなのだろう？　出世の道が決まったから？　それとも、実家を継ぐ自分の兄より格が上になるから？

黙り込むクレアを見て、アキムは肩をすくめた。

「クレア、別に俺はお前のことが嫌いになったわけじゃない。もちろん今だってちゃんと愛してる。だから、俺たちはこれからもずっと一緒にいられるだろう?」

「……なにが言いたいの?」

クレアは顔を引き攣《ひ》《つ》らせ、アキムを見上げた。彼の顔に、いつものような甘い表情が浮かぶ。

「だからさ、クレアは俺の愛人になればいいよ。いつまでも王宮の侍女として下働きするよりもずっと楽でいいだろ?」

目の前がぐるぐる回って一気に真っ暗になる。奈落の底に突き落とされた気がした。

そんな言葉など、聞きたくなかった。

クレアだって普通の女の子だ。純白のドレスに身を包む花嫁に憧《あこが》れていたし、アキムとそうなることを望んでいた。

——なのに、愛人!

あまりに情けなくて、怒りが湧いてくる。

その瞬間、クレアの右手はアキムの頬を思いっきり打ちつけていた。

「馬鹿にしないで!」

クレアは唇をわななかせて睨《にら》みつけた。打たれた頬をさすりながら、アキムも目を尖らせる。叩かれて頭に血が昇ったのか、今までのそつのない男の仮面をかなぐり捨てて罵《ののし》った。

「ちっ。遊んでそうな顔してるくせに、本当はなんにも知らない甘ちゃんだったとはよ。貴族である俺が平民のお前なんかを相手にするとでも思ったのか！」

その言葉を聞いて、クレアは最初から遊び相手としか見られていなかったとようやく理解した。もしかしたらクレアと知り合った時にはすでに男爵令嬢との婚約が決まっていたのかもしれない。

クレアだって罵詈雑言《ばりぞうごん》を浴びせてやりたかったが、喉奥《のどおく》が詰まってなにひとつ言葉が出てこない。

その代わりに、目頭が熱くなって涙がこぼれそうになる。そんな顔を見せるのは悔しくて、クレアは顔を背けて逃げるように走り去ったのだった。

「ありえません！　アキムを今も好きだなんてことも、殿下のおっしゃられていることもっ！」

クレアはぴしゃりと言い捨て、壁に押しつけられたこの状況から逃れようと、身体を横に滑らせた。

しかし、フレドリックは両手を壁に突き、退路を塞《ふさ》ぐ。

「なぜ私の言葉がありえないと言える？　私はクレアを妻として迎えたいと思ってきた。その心に偽りはない」

そら恐ろしくなって、クレアの顔から血の気が引いていく。

捨てられて、打ちのめされて、侮辱されて——

あんな惨《みじ》めな思いはこりごりだ。貴族の中では地位の低いアキムですら身分にしがみついていたのだ。ましてや、王太子が侍女を妻にするなんてありえない。

「殿下と私では身分が違います！　こんなこと許されないし、誰もお認めにはならないでしょう。それに殿下だってすぐに、ご自分の言ったことを後悔なさるはずです！」

クレアの言葉を考えるように、フレドリックはむうと眉間に皺《しわ》を寄せた。

「身分など気にする必要はない。私は王太子だぞ。誰であろうとなんとしても認めさせてやる。それになにより、クレアを不安にさせることなどしな——痛っっ！」

突然、フレドリックが叫び声を上げて崩れ落ち、絨毯《じゅうたん》の上に膝をついた。

どうしたのかと口を開きかけて見れば、フレドリックの脛《すね》にカルセドニーが噛みついている。カルセドニーはパクリと口を離すと、急いでクレアの腕に飛び込んできた。

「お嬢！　今のうちに早くこいつから逃げてっ！」

「で、でも……」

脛を押さえ呻《うめ》いているフレドリックを見て、クレアは不安になって手を伸ばしかけた。

「お嬢を困らせるのは許さないんだから！」

そう言ってカルセドニーは、引っぱるようにクレアの腕を締めつけ、そのまま部屋の外に連れ出してしまった。

＊　＊　＊

「……クソッ」

噛まれた脛を擦《さす》りながら、フレドリックは絨毯に座り込んだ。そして、盛大に溜息をつく。

そもそも、こんな形でクレアに自分の気持ちを打ち明けるつもりはなかったのだ。

クレアの首にあったあざを見て、気持ちが掻《か》き乱されたせいかもしれない。バアルがクレアに近づいたと聞いて、怒りに似た感情が湧いたのも。

フレドリックは眉間に皺を寄せ、思い出すように宙を見つめた。

クレアがとっさに挙げたアキムという男の名と、一年前に目撃した光景がようやく結びついた。

一年前のあの時、練兵所での剣の訓練を終えたフレドリックは、近道である林を通り抜けていた。

そこで目に入ってきたのが、木陰で向かい合う男女の姿だ。

男の方は、フレドリックに背を向けていて顔が見えないが、格好から士官だと分かった。対する女は服装から王宮勤めの侍女のようだ。

人目を忍んでの逢引きなど特に珍しいものでもないし、それをぼんやり眺めるほど暇ではない。

フレドリックはそう思い、礼儀として視線を逸《そ》らそうとした。

だが次の瞬間、女が手を振り上げたのが目の端に入ったのだ。

パァン!!

勢いよく男の頬を叩く音が林にこだまする。

――あれはさすがに痛そうだ……

フレドリックは呆気にとられて、二人から目が離せなくなった。

日々訓練で身体を鍛《きた》えている兵士といえども、女に頬を打たれるなどそうそうないだろう。

もし男が逆上して女を殴りつけたらどうするのか。彼女の方が悲惨な結末になるだろうし、そうなる前に止めた方がいい。

フレドリックはそう思って二人の方に一歩踏み出した。

しかし、男の方は手を上げることはせず、代わりに大声で罵《ののし》っているみたいだ。

女は何も言い返さず、耐えるように強く口を引き結び、真っ直ぐ男を睨《にら》んでいる。

ふいに、女はそのまま身を翻《ひるがえ》して走り去り、それからすぐに男の方も反対の方向へ立ち去った。

結局、残ったのはフレドリックだけ。くしくも一組の男女の別れの現場に立ち会ったわけだ。

——無駄な時間を過ごしてしまった。

フレドリックは心底そう思った。

母である女王が病《やまい》に伏してしばらく経つが、その間、フレドリックは女王の名代《みょうだい》として必死に政務をこなしてきた。

今日の剣の訓練だって「たまには息抜きでも」と与えられた貴重な時間だったのである。他人の色恋沙汰《いろこいざた》を覗《のぞ》き見て時間を潰している場合ではない。早く帰らなければ書類の山がまた増えてしまう。

けれども、あの二人に目を奪われたことも事実だった。

おそらく女の方が男に惚れていたのだろう。あんなにも激しく感情を露《あら》わにしていたのだから。

フレドリックはその情熱がうらやましく感じられた。

自分に恋人と呼べるような相手がいたのはいつだったか？　それは少なくとも女王が倒れるより前の話で、遠い過去の夢のようなものだった。現実《ほんとう》は、口うるさい秘書官や老境の宰相が恋人のように帰りを待っているだけだ。

フレドリックは焦ってぶんぶんと頭を振った。そんな恐ろしいこと、冗談ではない。

別に女性と知り合う機会がないわけではない。むしろ増えたぐらいだ。

次期国王に伴侶を、ひいては世継ぎを、という声があからさまになってきたし、夜会に出席すれば、貴族の令嬢たちが群がってくる。

その中から適当な相手を見繕《みつくろ》えばいいのだろうが、毎日書類に追われているフレドリックの目には、彼女らの顔が陳情書や嘆願書に見えてしまうのである。これも一種の職業病かもしれない。

なにより、結婚については教会の意向が色濃く影響するのだ。司教は、聖女の血を濃く受け継いでいる従妹《いとこ》のルナーリアを推薦している。

だが、本人たちはその気などこれっぽっちもない。

それになにより、ルナーリアにはすでに十年も想う相手がいる。そんな彼女の意思を捻じ曲げてまで結婚するつもりはない。

フレドリックの姉が隣国へ嫁いでしまったから、聖女の血を濃く引く子孫を残そうと教会はより一層躍起《やっき》になっているのだろう。

教会は、魔物の存在と、その復活を予言したという聖女の伝説を信じている。だから聖女の血を残そうと必死なのだ。

しかしフレドリックはそれに懐疑的《かいぎてき》だった。建国から数百年経つが、魔物を見たという記録はどこにもない。それに、王家に伝わる伝承では、血の濃さよりも重要なものがある。

それでも、王族に生まれたからには子を残さなければならない。聖女の時代から受け継がれてきたフレドリックの命は個人のものではなく、セレス＝アルド王国のものだからだ。

ならば、あの女のように誰かを強く想って恋焦がれるなど、もう自分には叶わぬことなのかもしれない——

そう思ったら、なんだか空虚に感じられて、フレドリックはしばらくその場から動けなかった。

そして、翌朝。

林で見かけた男女のことなどすっかり忘れたフレドリックが書類の束を眺めていると、侍女長が新顔の部下を連れて挨拶《あいさつ》にやってきた。

「新たに殿下のお部屋を管理させていただきます、クレア・リンドールでございます」

「……そうか」

フレドリックは書類から目を離さずにいい加減な返事をした。

侍女長が、連れてきた部下の身上と経歴を読み上げるように紹介する。それが終わるころに顔を上げたフレドリックは、大きく目を見開いて固まった。

そこにいたのは、昨日林の中で男を平手打ちした、あの女だったのだ。

初めて面と向かうフレドリックに緊張しているのか、女は背筋を伸ばして身じろぎもしない。

きっちりとポニーテールに結われたミルクティー色の髪は、木漏れ日に照らされていた時よりも濃く輝いて見える。

だがフレドリックはあることが気になり、眉を寄せて彼女の顔を凝視した。

充血して赤く染まった瞳に、黒ずんだ目の下の隈《くま》。瞼《まぶた》は重たそうに腫《は》れ、周囲がよく見えないのではないかと思ってしまうほどだ。

頬は疲れ切ったように下膨《しもぶく》れて、高熱があるのかと思えるぐらい顔全体が赤味を帯《お》びている。

誰がどう見たって、泣き明かして一睡もしていない顔だった。

昨日の彼女は、強く鮮烈な眼差《まなざ》しで凛然《りんぜん》としていたではないか。これはあまりに違いすぎる。

「酷《ひど》い顔だな！」

フレドリックがつい口走ると、侍女長がはっと息を呑んだ。

――これは絶対に、女性に言っていい言葉ではない。

口を滑らせたことを後悔したフレドリックは、慌てて言い訳しようとした。だが、時すでに遅し。

「大変、申し訳ございません」

感情を一片たりとも露《あら》わにせず、クレアと侍女長は深々と頭を下げた。

主《あるじ》に詫びさせず、非はすべて己にあると態度で示す二人。いっそ侍女の鑑《かがみ》と褒めればいいのだろうか。

フレドリックは戸惑って、そのままなにも言えなくなってしまった。

それでも、翌日からクレアは王太子の部屋付き侍女として出仕した。

フレドリックの失礼な言葉も林の中の一件も、すべて何事もなかったかのように素知らぬ顔で、窓を拭き、部屋を片付け、紅茶を淹《い》れる。

一日、二日と日が経つと、瞼《まぶた》の腫《は》れは引き、顔色もだいぶ良くなったみたいだ。エメラルドグリーンの瞳もすっかり元の輝きに戻っている。

仕事を命じると、真っ直ぐに伸びたポニーテールを軽やかになびかせて、てきぱきとこなした。最初はぎこちなかった会話も、すぐに自然と交わせるようになる。

お茶の時間に出された菓子をクレアに差し出すと、きまってクレアは目を輝かせた。なんだか懐《なつ》かない猫を餌付《えづ》けているような、そわそわと落ち着かない気分にさせられた。

驚いたのは彼女の細やかな仕事ぶりだ。紅茶の茶葉は、フレドリックや来客の好み、体調に合わせて何種類も用意しているらしい。

そのことを知った時はいたく感心したものだった。

そうして気がつけば、書類を読むふりをして、クレアを目で追いかけている自分がいたのだ。

空っぽで虚無しかないと思っていた心が、いつの間にかクレアを求めて走り出し、今ではクレアで満たされたいと疼《うず》くまでになっている。

フレドリックは痛む脚を抱えながら、もう一度大きく息を吸って、白く塗り固められた貴賓室《きひんしつ》の天井を見上げた。

なんとしてもクレアを手に入れる方法を、考えなくては。

＊　＊　＊

誰にでも等しく朝はやってくる。

使用人専用の食堂で、クレアは朝食のパンとスープを前にしてぼんやりと座っていた。

ほとんど眠れなかったせいで、食欲がなく食べ物が喉《のど》を通らない。

それにしても昨日のフレドリックの告白は衝撃だった。

庶民の酒であるエールをがぶ飲みして、昨日の出来事を忘れてしまいたいとどれだけ思ったか。

だが、王宮の中にエールは置いてないし、侍女が泥酔《でいすい》するなど許されるわけもない。

今日はどういう顔をしてフレドリックの前に立てばいいのか。

「おはようクレア。元気がないわね。具合でも悪いの？」

いつものように声を掛けてくれたリゼットが、心配そうな顔をしている。

「ううん、そうじゃないんだけど、ちょっといろいろあってね……」

「なになに？　どうしたの？」

首を振るクレアの向かいに座り、リゼットは興味津々《きょうみしんしん》とばかりに目を輝かせた。

しかし、昨日の出来事をたくさんの人がいるこの食堂でどう話したら良いものか。クレアは他の誰かに聞かれてしまわないよう、声のトーンを落として切り出した。

「えっと、あのね。もしも予想もしない人から好きだって告白されたら、リゼットはどうする？　断っても聞いてくれないっていうか。なんていうか、権力を持っている人だから、断るのも難しそうな相手なんだけど」

奥歯に物が挟まった言い方のクレアをしげしげと眺めて、リゼットは盛大に溜息をついた。

「ねえ、クレアってやっぱり男運が悪すぎるんじゃない？　どうしてそう碌《ろく》でもない男ばっかり寄ってくるのかしらね。なあに、その身勝手でわがままな男」

相手が王太子だと知らないリゼットは、清々《すがすが》しいまでにばっさりと切り捨てた。

「別に、身勝手な人ではないと思うんだけど……」

「ほらほら、そうやってすぐ相手を信用しちゃう。私ならさっさと逃げるわよ。そういうタイプの男は熱しやすくて冷めやすいの。口説く時は熱心なくせに、すぐに飽きて他の女の所に行くんだから。握り潰してやればいいのよ、そんな男」

なにを？　とは聞かずとも分かる。リゼットも身に覚えがあるのか、はたまた義憤《ぎふん》に駆られているのか、顔の前でぐっと拳《こぶし》を握って力説した。

「そうね。リゼットの言う通りかも」

クレアはこくんと頷《うなず》いた。確かに、男の情熱など一時のもので、結局は自分にとってメリットのある相手を選ぶのだ。

現に、アキムだってそうだったではないか。王太子もクレアをからかっているだけなのかもしれない。

そんな甘い言葉に飛びついて本気にすれば、クレアが痛い目を見ることになるのだから。

そう考えると、なんだか真剣に悩んでいることがバカバカしくなる。

クレアはそっと溜息をついて、温かいスープに口をつけた。

クレアの話は解決したと思ったリゼットが、今度は自分の番だとばかりに身を乗り出してきた。

「それはそうと、フレドリック殿下の婚約者は誰か、っていう賭けの話は覚えてる？」

クレアは飲みかけのスープを噴き出しそうになったが、リゼットはそれを肯定だと受け取ったらしい。噂好きの彼女は満面の笑みを浮かべた。

「実はね、賭けの現場にフレドリック殿下ご本人が乗り込んできて、大金を出したんですって！　それも、ネフェルティス様でもルナーリア様でもなくて、なんと『第三の女』に！」

「そ、そうなんだ」

クレアの頬がヒクヒクと痙攣《けいれん》する。興奮気味のリゼットは構わずに話を続けた。

「おかげで賭けはご破算よっ！　でも、それ以上に気になるのは……第三の女って一体誰なのかしら？　クレアはなにか知らない？」

慌てて首を横に振ってみせると、リゼットはがっくりと肩を落とした。

知っているもなにも、第三の女とはクレア自身のことだ。だが、それをリゼットに話したところで信じてもらえない気がした。

リゼットは少しだけ声をひそめて話を続ける。

「だってね、教会の修道士だって殿下のお相手を聞き回っているのよ。教会もこの噂話を無視できないみたい。きっとクレアのところにも誰かが聞きに行くかもね。一番殿下のお傍《そば》にいる時間が長いのってあなたでしょ？」

「やだ、怖いこと言わないでよ！」

教会にまで目を付けられるのは勘弁して欲しい。

クレアがやっとの思いでパンを呑み込んでいると、食堂がわずかにざわついた。顔を上げると、痩《や》せぎすの女性が誰かを探すように戸口から鋭い視線を巡らせている。

――あ、侍女長だ。

どうしたのかと思っていると、侍女長はつかつかとこちらに歩み寄ってきた。

「クレア・リンドール！　ここにいたのですか！」

一直線に向かってくる彼女の機嫌は、どう見たって良くはない。なにかあったに違いないと思ってクレアは椅子から立ち上がった。

「おはようございます。急ぎの御用でしょうか？」

「今すぐ一緒に王太子殿下のもとへ参るのよ。大至急連れてこいとの仰せですよ！　あなた、一体なにをしたの？」

段々と小声になる侍女長は、クレアがなにか無礼なことをしたのだと決めつけている。そうでなければ、侍女長が呼び出されるなんてことにはならないからだ。

クレアは無実を訴えるために、顔を引《ひ》き攣《つ》らせてぶんぶんと首を横に振る。

だがその甲斐も虚《むな》しく、リゼットが心配そうに見送る中、クレアは売られる仔羊よろしく、とぼとぼと食堂から連行されていった。

貴賓室《きひんしつ》の扉をくぐった途端、クレアは回れ右をして脱兎《だっと》のごとく逃げ出したくなった。早朝にもかかわらず、部屋にはフレドリックだけでなく古《いにしえ》の四公爵まで勢ぞろいしていたからだ。五人の視線が一斉にクレアに注がれる。

この国を動かす人間が一堂に会しているのだ。威圧感がひしひしと押し寄せてくる。

侍女長もただならぬ雰囲気を感じ取ったのか、恐る恐る口を開いた。

「殿下、ご指示の通りクレアを連れて参りましたが、その……公爵様までお揃《そろ》いだとは。彼女は一体なにを」

「安心しろ。クレアが高価な壺を割ったわけでも、大事な信書をゴミと一緒に捨てたわけでもない」

椅子に座ったフレドリックが笑みを浮かべながら侍女長に声をかける。

「簡単なことだ。四公爵家のうちいずれかにクレアの後見を任せたいと思ってな」

「後見？」

上擦《うわず》った声で聞き返すクレアを目だけで制し、侍女長は再びフレドリックに訊《たず》ねた。

「恐れながら、一介の侍女が公爵様のお力添えをいただく理由はないかと存じます」

いつもの威厳のある姿勢を取り戻した侍女長がぴしゃりと言い放つ。

「理由？　クレアが身分が釣り合わないと気にするからだ。だから、後ろ盾となる後見人を用意して、その家に預けることにする。侍女長はそのつもりでクレアを指導してくれ」

「み、身分でございますか？　釣り合うとは？」

フレドリックはしびれを切らしたように椅子の肘掛《ひじか》けを指でトントンと叩いた。

「つまりだ。クレアを未来の王太子妃として丁重に扱え、と言っているのだ」

「……は？」

礼儀作法にうるさい侍女長にしては、行儀の悪い返事だった。

そして侍女長は、同じように隣で棒立ちになっているクレアの顔を数秒見つめた後、そのまま白目を剥《む》いて気絶してしまった。

「侍女長！　しっかりしてくださいっ」

崩れ落ちる身体を、クレアは慌てて支えた。侍女長の重みに耐えながら、孤立無援《こりつむえん》になってしまったことにおろおろする。

今この場所で王太子に毅然と言い返せるのは侍女長ぐらいなものだ。なのにクレアを置いてさっさと倒れてしまうなんて。

「あら、大丈夫かしら？　気付け薬を嗅《か》がせましょうか？」

「僕が部屋まで運びましょう。まさか倒れるとはねぇ」

微塵《みじん》も心配していない様子のネフェルティスがどこからともなく小瓶を取り出すと、立ち上がったラシェットがそれを受け取った。それに合わせて、『北の騎士』バアルが席を離れる。

「俺は失礼しますよ。殿下がどんな相手を選ぼうが異を唱える気はないんでね。だけど、後見人なんて面倒なものはご免被《めんこうむ》りたいな」

昨日のことを思い出したのか、バアルはクレアをちらりと見ただけで立ち去ってしまった。続いてラシェットも侍女長をひょいと横抱きにして退室する。

「じゃ、わたしがクレアの後見人ということでよろしいかしら？」

当然とばかりに笑みを浮かべたネフェルティスに、それまで腕を組んで黙って座っていたラシヌが口を開いた。

「いや、私が面倒を見よう。奔放《ほんぽう》なネフェルティスでは、後見人に向かないどころか、クレアの評判を落とすことになりかねん」

「はぁ？　なんですって!?」

眉を吊り上げるネフェルティスだったが、すぐに意地悪な表情に変わった。

「ふう〜ん。どうせ麗《うるわ》しのルナーリア姫から、後見人になってあげて、って頼まれたんじゃなくて？　そうよね。殿下とクレアがくっつけば、ルナーリアは晴れて自由の身ですものね。あなただって気が気じゃないんでしょう？」

「な、なにを言うか！　ネフェルティスこそ殿下に取り入りたいだけだろう！」

「む！　ネフェルティス様は悪くないんだぞっ！　失礼なこと言うなよっ！」

カルセドニーまで参戦して、三者がそれぞれの言い分を喚《わめ》き出す。

クレアはもはや彼らの口喧嘩《くちげんか》を聞く気にもなれず、呆然として宙を見つめる他なかった。

「やかましい！」

フレドリックの一喝に、二人と一匹はぴたりと口を閉ざす。

「両名が後見人に名乗り出てくれて感謝するが、後はクレアに選んでもらおう。好きな方を指名してくれ、クレア」

睨《にら》み合っていたネフェルティスとラシヌが、同時にクレアを見る。

――どうしてこうなってしまったのだろう。

クレアは見慣れた絨毯《じゅうたん》に視線を落として自問した。

公爵たちはクレアを王太子妃にするという言葉に反対もせず、驚きすらしない。

事前にフレドリックが根回しをしていたのだろう。これでは、どんどん退路を塞《ふさ》がれてしまうではないか。

とてもじゃないが、フレドリックと四公爵が作る包囲網から逃げられる気がしない。

あたふたしているうちに、いつの間にか結婚契約書にサインさせられていそうな気がする。そうなったら後戻りはできない。

——怖いっ！　それは怖い！

自分のあずかり知らぬところで勝手に将来を決められることに、恐ろしささえ感じてしまう。

まさかフレドリックがここまで暴走するとは思わなかった。

なにが一体そこまで彼を駆り立てるのか？　そもそもなんで、自分なのか？

それに、少しは考える猶予《ゆうよ》を与えてくれてもいいんじゃないだろうか？

分からないことばかりで、クレアの頭がぐるぐると回る。

ふと顔を上げると、正面に座っているフレドリックと目が合った。

「……」

そんなふうに期待に満ちた瞳でこちらを見ないでほしい。

クレアはそっと視線を横に逸《そ》らして、フレドリックの姿を視界から消した。

フレドリックとはあきらかに身分も違うし、なによりこんな強引な形で結婚を決められるのは不本意でしかない。自分の気持ちを蔑《ないがし》ろにされたみたいで、クレアは静かな怒りさえ湧いてきた。

「殿下のお気持ちは大変ありがたいのですが、私は王太子妃として相応《ふさわ》しくありません。では、失礼します」

深々と一礼した後、クレアはそのまま貴賓室《きひんしつ》を飛び出した。


自室に戻ったクレアは、急いで手持ちの鞄に私物を詰め込んだ。

「お嬢、なにしてるの？」

「なにって、出ていくのよ、ここから今すぐに」

カルセドニーに背中で返事をして、侍女服を脱ぐ。そして持ち合わせの私服に着替えた。

「王宮勤めを辞めちゃうの？」

おずおずと訊《たず》ねられて、クレアはカルセドニーに向き合った。

「仕方ないでしょ。このままじゃ殿下の婚約者にされちゃう。ただの使用人が王太子妃になるなんて、天と地がひっくり返るぐらいありえないことなのよ！」

「でも、あいつは本気だったと思うんだけど……」

「今は本気でも、私に恋したなんてことはすぐに後悔なさるはずよ。女王陛下だってきっとお認めにはならない。それに、もっと相応《ふさわ》しいかたを選んだ方が殿下だって幸せだわ」

そう言いつつも、苦い感情が胸の奥からこみ上げてきて、クレアは顔をしかめた。

クレアをさっさと捨てて、相応しい身分の令嬢を選んだアキムみたいだ。

アキムのことなどとっくに忘れていたはずなのに、なんで今になって思い出すのか。

クレアが落ち込んでいるのが分かったのか、カルセドニーが明るい声を上げる。

「じゃあ、僕が傍《そば》にずっといてあげる！　お仕事を辞めてもきっと寂しくないよ！」

「ありがとう、カルセドニー」

励まそうとしてくれるカルセドニーの気持ちが嬉しくて、クレアは小さく微笑んだ。

仲の良い同僚とも、馴染《なじ》んだ仕事とも別れるのは後ろ髪を引かれる思いだった。

だけど今は、リゼットが教えてくれたように逃げるべきなのだ。姿が見えなくなれば、フレドリックはクレアのことなどすぐに忘れてしまうだろう。

侍女長へ宛てて、辞職の旨を記した紙を残す。

そしてクレアとカルセドニーは、まだ太陽が高く昇らないうちに王宮の裏門から抜け出した。

王都の西側は商業地区で、大きな商館がいくつも立ち並んでいる。

その裏手にあるクレアの実家に着いたのは、昼を過ぎた頃だ。

「まあまあまあ！　クレアお嬢様じゃありませんか！」

門を開けたところで、敷地の中から中年の女性が駆け寄ってきた。

「ただいま、マーサ！　みんな元気だった？」

彼女はクレアが幼い時から実家に勤めている古参のメイドだ。久しぶりに会ったマーサにクレアの頬も緩《ゆる》む。

「ええ。旦那様も奥様も坊ちゃまも、お変わりはございませんよ。ああ、こうしてはいられない。お嬢様がお帰りになったんですから、奥様にお知らせしないと！」

早口でまくし立てて、そのまま屋敷の中へと走っていく。相変わらず威勢の良いマーサに苦笑しつつ、クレアはゆっくりと玄関扉をくぐった。屋敷の中は、異国の工芸品や動物を模した置物で溢《あふ》れている。どうやら父の商売は以前にも増して繁盛しているらしい。

その日の夕食は、久しぶりに帰ってきたクレアを迎えて、賑やかなものになった。

クレアの父と母、そして兄。テーブルの上にはカルセドニーが乗っていて、クッキーをバリバリと頬張っている。

「南の女公爵様は、やはり不思議な力をお持ちなんだな。喋《しゃべ》る蛇なんて、南方の鮮やかな鳥よりずっと珍しくて貴重じゃないか」

「父さん、喋る蛇ならきっと好事家《こうずか》に高く売れると思うんだけど、公爵様にお願いして量産してもらうことはできないかな？」

そう言って、クレアの父と兄が食い入るようにカルセドニーを見つめている。カルセドニーは、二人の言葉に顔を上げて怯《おび》えた。

「やめてよ。カルセドニーは大切な友達なの。おかしなことを言わないで」

クレアが咎《とが》めると、兄は「冗談だよ」と言って笑う。

父も兄も根っからの商人なので、金儲けに繋がりそうなものには鼻が利く。クレアはそんな商魂《しょうこん》たくましい二人に呆れつつ、これがいつもの食卓の風景だったと思い出した。

「それより、クレアは休暇が明けるまでどうするつもりなの？　いくらお休みをいただいたからって、王宮勤めの娘が家でだらだら過ごすなんて、そんなみっともないこと許しませんからね」

爬虫類《はちゅうるい》が苦手な母はカルセドニーから目を背けて、クレアに話しかける。

「忙しくて帰れないっていつも言ってたくせに、いきなり休暇をもらってくるなんて。なんか気になるなあ」

兄は意味ありげにニヤリと笑ったので、クレアはぎくりとした。

家族には休暇をもらって帰省したとごまかしたのだ。王宮勤めを辞めるなんて言ったら、どんな大失敗をしでかしたのかなど、あることないこと詮索《せんさく》されて心配されるのが目に見えている。

いずれはきちんと話さないといけないのだが、今はまだ王宮を辞めた本当の理由を言いたくはなかった。

戸惑う娘を見かねてか、クレアの父は威厳たっぷりに言った。

「まあ、せっかくの休暇なんだしのんびりすればいい。そうだ、しばらく家にいるつもりならクレアにぴったりの仕事を手伝わせてやろう」

「私にぴったり？　どんなこと？」

「うむ。ここのところマルシャ産の馬の相場が上がっているだろう？　王太子様がマルシャ王国から贈られた馬を大切になさっているから、貴族たちも真似して飼い始めているんだがね」

フレドリックの話題が出てきて、クレアは心臓が止まりそうになった。だが、そんな様子に気付かず、父は自慢気に胸を張って語り続ける。

「マルシャの馬について、この国で一番詳しいのは父さんだからね。うちの商会で扱う馬が最も器量が良いって評判なんだよ。おかげで大忙しになって人手が足りないんだ」

「つまり、買い付けた馬の世話を私がすればいいのね？　大賛成だわ」

クレアは納得して頷《うなず》いた。家族の助けになれるならそれに越したことはないし、馬と関わるのは好きだ。きっと上手くやれるはず。

ふと、ガッシュは今頃どうしているだろうかと気になった。

王宮の馬丁《ばてい》たちは男性ばかりだから、ガッシュはイライラしているかもしれない。クレアの代わりに世話をしてやれる女性がいればいいのだろうが、もともとこの国の女性は馬に馴染《なじ》みがない。

国が違えば、馬に対する考え方もずいぶん違う。おそらくガッシュは、生まれ育ったマルシャ王国で女性にちやほやされ過ぎたに違いない。

クレアが考え込んでいると、家の中がなにやら騒がしくなった。

続いて、カシャン！　と陶器かなにかが割れる音がする。何事かと家族で顔を見合わせていると、勢いよく食堂の扉が開いた。

「大変です、旦那様！」

「どうしたのだ、マーサ。騒々《そうぞう》しい」

「屋敷に何者かが侵入してきました！」

「なんだと！」

「早くお逃げ下さい！」

飛び込んできたのはメイドのマーサだった。真っ青な顔で震えながら訴えるが、食堂は屋敷の一番奥に位置している。逃げようにも部屋から出た途端、賊と鉢合わせする可能性が高い。

こういう時にはどうすればよいか。商家の人間として、自分の身と財産を守る心構えはできている。

両親も兄も、そしてクレアも、テーブルに載っていたナイフや燭台《しょくだい》を一斉に手に取り、閉まった扉に向かって構えた。カルセドニーもフォークをくわえて、まだ見ぬ敵の襲撃に備える。

屋敷のあちこちにある物を倒しながら何者かが近づいてくる気配がして、クレアはごくりと唾《つば》を呑み込んだ。家族も皆、同様に緊張している。

バアン！　という大きな音と共に、食堂の扉が一気に撥《は》ね飛ばされた。

そこから巨大な茶色い塊《かたまり》が部屋に滑り込んでくる。それが一体なんなのか、理解するのに時間がかかった。

馬だ。しかも、その上にはクレアがよく見知っている人物が乗っている。

「でっ、ででで殿下⁉」

見間違いかと思って何度も瞬《まばた》きするが、やはりそこにいるのは馬のレディ・ミランダと、彼女に跨《また》がったフレドリックだった。

さほど広くない部屋に馬一頭と騎乗する人間一人が増えて、一気に狭苦しく感じる。驚愕《きょうがく》して見上げるクレアに、フレドリックは馬上から射るように真っ直ぐ目を向けた。

「迎えに来てやったぞ、クレア。仕事を放り出して遊んでいる暇はないはずだ」

怒気を含んだフレドリックの声に、クレアは身体を硬直させる。まさか王太子自ら連れ戻しに来るとは思いもよらなかった。だが、ここで怯《ひる》んではいけないと自分に言い聞かせて、手をぎゅっと握りしめて言い放つ。

「殿下！　私はもう王宮の侍女ではございません！」

「そんなこと、私は許可した覚えはない」

間髪《かんはつ》いれずにフレドリックにはねつけられて、クレアは言葉を詰まらせた。

するとカルセドニーがぴょんと二人の前に飛び出す。

「なんで馬に乗ったまま入ってくるかなっ⁉　お前のせいで家の中がめちゃくちゃじゃないかっ！」

フレドリックは周りを見渡し、ようやくこの部屋にクレア以外の人間がいることに気付いたらしい。

「……誰だ？」

眉根を寄せてそう訊《たず》ねられ、その場にいる全員が唖然とした。

馬に跨《また》がったまま家に押し入っておきながら、まさか視覚の隅にも入っていないとは思わなかったのだ。

「私の家族です。それにメイドもおります、殿下」

クレアがそう答えると、母と兄は笑顔を取《と》り繕《つくろ》い、メイドは慌てて深く頭を下げた。

「う、うおおおおおお――――！」

突如、クレアの父親が雄叫《おたけ》びを上げながらフレドリックへ突進した。その場にいた全員がぎょっとする。フレドリックでさえ、口元を引《ひ》き攣《つ》らせていた。

大事な家族を守るべく、父親が精一杯の抵抗しているのだと、その瞬間は誰もがそう思ったのだが――

「おお！　なんと素晴らしい馬だ！　このなだらかな流線の首差《くびさ》し！　締まった筋肉とベルベットのような皮膚！　これぞマルシャの宝！　神が造りたもうた芸術！　美しい！　実に美しい！」

父が熱弁を振るえば振るうほど、クレアたち家族の視線は冷たくなっていく。

一方で、気を取り直したフレドリックは誇らしげに微笑んだ。

「確かに、このレディ・ミランダは素晴らしい馬だ」

自分の大切な馬を褒められたのだ、悪い気がするはずもない。レディ・ミランダも得意げに耳をパタパタと動かした。

「だが、兄馬のガッシュも負けず劣らず秀麗なのだ。その世話をクレアに一任しているはずなのだが」

その言葉を聞いた瞬間、父の顔にクレアへの羨望《せんぼう》がくっきりと浮かびあがった。

「そ、そのような大役を、うちの娘が!?」

「クレアでなければできないことだ」

フレドリックにそう告《つ》げられ、父は感極まったように口元を両手で押さえた。

王太子からの最大級の賛辞。やんごとなき御方にここまで言われて、娘はなんという果報者であろう。

そう思った父はクレアに向き直ると、それまでの言動を百八十度ひっくり返した。

「クレア。殿下の信頼を裏切ってはいけないよ。使える力があるのに、なにもせず無駄に過ごすのは愚か者のすることだ。すぐに王宮に戻りなさい」

「えっ、さっきまで家でのんびりしてていいって……」

クレアが家に戻った本当の理由を、父は知らないのだ。ただの馬丁《ばてい》としてならいくらでも王宮に留まったのに。

軽い音を立てて床に降り立ったフレドリックは、ずんずんと歩を進めてクレアの目の前に立った。

思わずのけ反《ぞ》ったクレアの腰に腕を回し、まるで荷物を運ぶかのように荒々しく抱え上げてレディ・ミランダの背に乗せてしまう。

あまりの手際の良さに、クレアは叫び声を上げることさえできず、馬上でぱちくりと目を瞬《またた》かせるのが精一杯だった。

すぐにフレドリックもクレアの後ろに飛び乗り、手綱《たづな》を掴む。

「私は急いで王宮に戻らねばならない。お嬢さんをこのまま連れていきたいが、よいだろうか？」

馬を向き直らせたフレドリックは、馬上からクレアの父に訊《たず》ねた。

「もちろんでございます。不肖《ふしょう》の娘でございますが、殿下のお役に立ちますなら、どうぞお連れくださ い」

「感謝する。クレアは私にとって大事な存在なんだ」

すぐ傍《そば》で聞こえるフレドリックの柔らかな声音に、クレアは耳まで真っ赤に染めて俯《うつむ》いた。

家族の前でそんなことを堂々と言われるなんて。

そして、フレドリックの腕の中に囲われている状態に気付き、今度は石像のごとく身を固くする。

「待ってよっ！　僕を置いていくなってば！」

カルセドニーが慌てて馬首に飛びつくと、レディ・ミランダはそれを合図に歩き出した。小気味よく蹄鉄《ていてつ》を鳴らしながら、玄関へ続く廊下を悠然と進んでいく。

残された者たちは全員が狐につままれたような顔で、フレドリックに蹴り壊された扉の向こう、ゆらゆらと揺れる馬の尻尾を見送った。


日が暮れて人気《ひとけ》のなくなった街並みに、リズミカルな蹄《ひづめ》の音が響く。

無言のままのフレドリックに対して、クレアはどう話を切り出せばいいのか分からなかった。

すべてを放り出して王宮から逃げ出したことを、フレドリックは怒っているだろうか？

なによりも、今の状況にクレアは困惑していた。

狭い馬の上に二人。必然的にクレアの背中にフレドリックの胸板が当たる。触れるのは失礼になるだろうと前傾姿勢になって身を縮ませても、レディ・ミランダが跳ねればクレアも跳ねる。その度に頭がフレドリックの肩口にぶつかるし、彼もクレアを落とさないようにと、ギュッと腕の中に閉じ込めるのだ。

フレドリックの体温がじんわりと伝わって来て、背中が熱い。

あまりに距離が近すぎて、早鐘のように鳴りっぱなしの心臓の音も聞かれてしまいそうだ。

すると、馬体が大きく揺れて、またもやフレドリックの胸にクレアの身体が当たってしまった。

「すみません」

慌てて謝り、身を小さくする。

「いや、クレアが謝る必要はない」

頭上から落とされた声は意外に弱々しくて、クレアはなんだか不安になった。

「私が、クレアの気持ちも考えずにいきなり好きだと告白してしまったから、困って逃げ出したのだろう。すまないことをした」

「い、いえ……」

単に身体がぶつかったから謝っただけだったのに、王宮の仕事を放り出して逃げたことへの謝罪と受け取られたらしい。

ガッシュの世話をすると約束したのは自分なのだ。それを放り出して逃げたのに、どんな顔をして王宮に戻ればいいのか。

自分の責任感のない行動を恥じるクレアだったが、後ろにいるフレドリックの様子は分からない。

「私がちゃんと手順を踏むべきだった。後見人となる公爵家をあらかじめ選定しておけばよかった。それに、もっと早くからクレアの実家に貴族たちをどんどん紹介して恩を売っておくべきだったか。……ああ、くそっ。宝石がまだ用意できていない」

クレアとは別の次元で反省しているが、どう考えてもクレアを囲い込む戦略にしか聞こえない。

「あの……なぜ私なのですか？　殿下の周りにはきれいなご令嬢がたくさんいらっしゃいますし、わざわざ私を、その……好きなどと」

クレアは自分が特別愛くるしい容姿でも、なにか秀でた才能があるわけでもないことを知っている。なのにどうして、フレドリックはそんな自分を好きになったのだろうと不思議だったのだ。

「うん？　理由をわざわざ聞く必要があるのか？」

どことなく冷めた物言いが引っかかって、クレアは顔を後ろに向けて見上げる。

すると、フレドリックはぷいと顔を逸《そ》らしてしまった。

その横顔は月明かりの下でも赤く染まって見える。

――まさか、殿下は照れているの？

めったに見られない光景に、クレアは思わず見入ってしまった。

だが、フレドリックとしては、見つめられ続けるのは辛いものがあったらしい。

「よそ見をすると落馬するぞ」

照れ隠しなのか素っ気なくそう言って、片手でクレアの頭を軽く掴み、彼女を正面に向かせた。

そのまましばらく無言だったが、やがてフレドリックは、はあと溜息をつき、呟《つぶや》いた。

「クレアは、笑わないからな」

「……え？」

答えの意図が分からず、クレアは聞き返した。

「殿下は、笑わない女性がお好みなのですか？　さすがにその趣味は理解しかねますが」

「そんなわけあるか。私を変態みたいに言うな」

「では、笑わない侍女ではなく、笑顔の素敵なご令嬢を選べばよろしいでしょう」

「いや、そういう意味で言ったのではない」

ムッとして反論するクレアに、フレドリックは慌てて弁解する。

「だいたい夜会で会う女たちは、みんな同じような笑顔で媚《こび》を売りにくるんだぞ。なのに、クレアはどうだ？　いつも生真面目な顔で仕事をしている」

それが侍女というものではないだろうか、とクレアは首をひねった。主《あるじ》の邪魔にならないよう壁際に控え、命じられた仕事は完璧にこなす。むやみに笑いかけたり、無駄なお喋《しゃべ》りはしてはいけない。それは王宮に上がって真っ先に習ったことだ。

「侍女として当然のことです。殿下の前で簡単に笑ったり泣いたりなどはしません」

振り向いて真剣な顔でそう訴えると、フレドリックはきょとんとした。

「そうは言うが、お前が初めて私の部屋に来た時は、泣き腫《は》らした顔だったじゃないか」

「うっ……」

クレアの顔は一気に真っ赤になった。

「だが、そんな酷《ひど》い顔も三日で治ったな。次には青空を眺めては何度も溜息をついて窓を磨いていたぞ。数えたら十五回だった。それもしばらく経てば段々減っていって、給料日には鼻歌を歌いながら机の上を片付けていた」

「……え、あの」

急になにを言い出すのかと狼狽《うろた》えるクレアを見て、フレドリックは面白そうに目を細めた。

「執務室の重い椅子を一人で持ち上げられる女など、私が知る中ではクレアくらいだ。あの時は驚いたが、今では理解できる。馬に乗れば下半身が鍛《きた》えられるしな。それから、クレアは一度会った人の顔と名前を覚えるのは得意らしい。だが一度だけ、取り次ぐ時にアシュモア伯爵をアシュモフ伯爵と呼び間違った。私は慰《なぐさ》めるために、その時余ったアプリコットパイをクレアに勧めたんだ。覚えているか？」

「う、あ……はい」

一気にまくしたてるフレドリックの勢いに気圧《けお》されてクレアは頷《うなず》くしかなかった。まさか自分のしたことをここまで詳細に覚えているとは思いもよらなかったからだ。

「クレアはパイを一口食べて、それはそれは幸せそうな顔をした」

懐《なつ》かしむかのように遠くを見たフレドリックだったが、一瞬にして真顔になる。

「だが、なぜだ。クレアは菓子が美味いと言っては笑顔になり、窓を開けて天気が良ければ微笑む。リゼットとは笑いながら喋《しゃべ》っているし、ガッシュに乗る時は幸せそうだ。挙句の果てにはカルセドニーが可愛いと言ってはニヤニヤしているしな。蛇だぞ、あれは。なぜだ！」

「ニ、ニヤニヤなんてしていません！　なぜっておっしゃられましても」

「なぜだ！　なぜクレアは私に向かって笑わない⁉　なにが不満なんだ！」

最後は自問しているかのように叫ぶフレドリックを見て、クレアはぽかんと口を開けた。まさか、という疑いの気持ちと、ひょっとして、という予想が頭に浮かぶ。

「あの……もしかして、殿下は私に笑って欲しかったのですか？」

「いや、違うな。正確に言えば、私にだけ笑って欲しい」

こうも堂々と言い切られると、気恥ずかしさを通り越して感心してしまう。

言うだけ言って落ち着いたのか、フレドリックは溜息を一つついた。

「気がつけばいつも、どうやったらクレアの笑顔が見られるのだろうかと考えるようになった。毎日書類に追われているだけの私の世界が変わったんだ」

フレドリックの静かな声が耳朶《じだ》を打つ。

「だから、ずっと傍《そば》にいて欲しい。どうか、傍で私を見守ってくれないだろうか？」

それは、いつもの自信に満ちた言い回しではなく、懇願に近かった。

ほんの少しだけ、彼の弱くて柔らかな部分を覗《のぞ》き見た気がして、クレアは混乱してしまう。

「それは――」

クレアが言葉を失っていると、フレドリックの美しい琥珀色《こはくいろ》の瞳が揺れる。だが、フレドリックはすぐにいつもの自信に満ちた態度に戻った。

「これは決定事項だ。私がクレアを娶《めと》ると決めたんだ。断ることは許さないし、誰にも邪魔させない。諦めて私の妻になるんだな」

からかうような笑みを浮かべてフレドリックは宣言する。

クレアはほっとして肩の力を抜いた。

今ここで返事を求めて迫るのは、王太子の気持ちを受け入れろと命じるのと同義だ。それではクレアを追い詰めることになると思い、フレドリックは話を茶化して、逃げ道を作ってくれたのだろう。

「私が諦めるより、殿下が諦める方がきっと早いと思います！」

最後に残ったわずかな力で反抗すると、フレドリックはふふんと鼻で笑ってみせた。

「諦める？　この私が？　残念だったな。この国で一番諦めが悪いのだぞ」

「なぜそんなことが分かるのです？」

「分かるさ。民の上に立つ者が早々となにかを諦めるなど、あってはならないからな。戦争や疫病《えきびょう》が起こった時、王が諦めれば、国を見捨てたことになる。だから私はすべてにおいて諦めることはしない。当然、クレアのこともだ」

不意打ちみたいに告《つ》げられる、王太子としての強く真っ直ぐな意志。それはとても重たいもののはずなのに、彼ならやり遂げるだろうと思わせる、そんな力があった。

「そ、そんな大事なことと私を一緒にしないでくださいっ！」

抗《あらが》いがたい引力に逆らおうと、クレアは背中に冷や汗を感じつつも叫んだ。

「一緒にしてなにが悪い？　……ああ、そうか。クレアのことが最優先だな。一緒にして悪かった」

謝る気などさらさらない不敵な笑みの前に、クレアはもう反論もできず、ただ目を丸くする。

蛇に蛙、鷹《たか》に雀《すずめ》。とてつもなく大きな肉食獣に捕食される小動物の気持ちになったクレアだった。

いよいよ御前試合の日がやって来た。

今年聖女の役目を担《にな》うのはルナーリアであり、フレドリックは女王の名代《みょうだい》として共に出席している。

一通りの片付けを終えて椅子に腰掛けたクレアは、静まりかえった王太子の貴賓室《きひんしつ》から空を見上げ、小さく溜息を零《こぼ》した。

結局、クレアが辞職を申し出たことはなかったものとされ、今までと変わらず王太子の貴賓室付き侍女兼ガッシュ専属の馬丁《ばてい》を務めている。

ネフェルティスやラシェットはなにも言わないし、卒倒したはずの侍女長も沈黙している。すべてが今まで通りだ。

フレドリックも毎日この貴賓室で顔を合わせているのに、クレアに告白したことなどまるでなかったかのように接してくるのだ。

そうなると、逆にフレドリックのことを意識してしまうようになる。彼の細かな動きひとつひとつでさえ気になって仕方ない。

それではいけないと仕事に没頭していると、ふいに名前を呼ばれて飛び上がるほど驚くはめになる。

気がつけば、彼の姿を目で追ってしまう自分に、クレアは戸惑うようになっていた。

——なにより、休憩時間についこうして殿下のことばっかり思い浮かべてしまうなんて。

フレドリックの琥珀《こはく》色の瞳は朝陽の光にとても似ていてきれいだと思ったこととか、ペンを握る彼の手は骨ばった男らしいもので、思わずドキッとしたこととか——

——き、きっと、リゼットや皆だって同じことを感じているはずよ。私だけじゃないんだから！

クレアはそう考え直して、慌てて頭の中のフレドリック像を打ち消す。

もう一度クレアが溜息をつきそうになった時、ふいに部屋の扉が開いた。

「あら、クレアはやっぱりここにいたわね。ちょうどよかった」

そう言いながら入ってきたのはネフェルティスだ。フレドリックの不在を分かっていたようで、ノックすらしない。

「ネフェルティス様、いかがなさいましたか？」

慌てて立ち上がって迎えるクレアに、ネフェルティスはつかつかと歩み寄った。

「ねえ、わたしの席で御前試合を一緒に見ない？　一人で見てもつまらないもの」

「え、私は別に、剣術に興味は——」

「見たい見たい！　僕も見てみたいーっ！」

代わりにカルセドニーが返事をしてしまい、クレアは開けた口をパクパクさせる。それを見たネフェルティスはにっこり微笑んだ。

「決まりね。さあ、御前試合の会場へ急いでちょうだい」

御前試合の会場は、屋外にある兵士の訓練場だった。普段は砂埃《すなぼこり》が舞うだけの更地《さらち》なのだが、今日は足場を組んで雛壇《ひなだん》を設け、天幕を張っている。そこが王太子や公爵のための特別席だ。

闘技場を挟んで反対の下手《しもて》側には、御前試合を見ようと多くの観客が詰めかけていた。

「あ！　お嬢見て！　あそこにルナーリア様がいるよ！」

特別席の中でも更に一段高くなったところに腰掛けているのは、聖女に扮《ふん》したルナーリアだ。

薄衣のドレスに金細工の飾りを纏《まと》い、色とりどりの花で編まれた冠《かんむり》を膝の上に置いている。

そこでクレアは、あれっと首を傾《かし》げた。

本来なら聖女の近くに座しているはずのフレドリックがいない。椅子だけがぽつんと置いてある。

気になって辺りを見渡していると、クレアの目の前に空のティーカップが差し出された。

「ねえ、早く紅茶を淹《い》れてちょうだい」

椅子に腰掛けたネフェルティスが振り返って、後ろに立つクレアに催促する。

「あ、失礼いたしました」

クレアは急いでティーカップを受け取って、用意されたテーブルと茶器に視線を移す。

どうやらネフェルティスは、クレアに給仕させながらのんびり御前試合を観戦するつもりらしい。だからわざわざここに自分を連れてきたのかと、クレアは半ば呆れつつも納得した。

「ここからじゃ椅子が邪魔で試合が見えないよ！　僕、ルナーリア様の近くに行ってくる！」

椅子やテーブルに視界を遮《さえぎ》られてカルセドニーは不満をもらす。そこで、こっそり移動してルナーリアの膝に乗せてもらうことに成功したようだ。

会場の観客は拍手したり応援したりと盛り上がっている。歓声につられて何気なく会場へ目を遣《や》ると、ちょうど次の試合の出場者が登場したところだった。

剣士の男は声援に応《こた》えるため、高く掲げた両手を振り満面の笑みを振りまいている。

「……アキム」

クレアは自分でも気付かぬ間に小さな声で呟《つぶや》いていた。

彼の顔はまだ忘れていない。一年前に頬を引っ叩いて別れたきりのアキムだ。

明るい茶色の髪は、最後に会った時よりも長くなっている気がする。身体も以前より鍛えられてがっしりしているように見えた。

頭では、彼を恨むのは愚かなことだと分かっているつもりだった。けれど、こうして本人を目の前にしてしまうと、一年前の記憶が蘇《よみがえ》り気持ちが沈む。忘れたいのに忘れられない自分が不甲斐なくて、いっそう情けなくなる。

——御前試合なんて来るんじゃなかった。

心の中で嘆いてみても、後の祭りだ。アキムの姿をこれ以上見たくなくて、クレアは顔を背けた。

すると、下の客席から小さなざわめきが起こった。それは波打つように徐々に大きくなる。

クレアもつられて闘技場へ顔を戻し、そして思わず目を疑った。

赤髪の男性が堂々と進み出る。誰の目をも惹きつける容貌の持ち主は間違いない。

「えええ!?　殿下！」

ネフェルティスのすぐ傍《そば》で失礼だと分かってはいたが、クレアは絶叫してしまった。

「あらやだ本当！　いくら剣術がお好きだからって出場までするなんて！」

フレドリックの突然の登場に、ネフェルティスもびっくりしたようだ。

闘技場の周りからも驚きの声が上がり、次には割れんばかりの拍手に包まれた。王太子が直々に参戦とあっては、盛り上がらないわけがない。

聖女姿のルナーリアもしばらく面食らっていたが、これから戦う二人に祝福を与えるため優雅に立ち上がった。すると、人々は熱気を残したまま口を閉じ、会場が静まり返る。

観客の目がルナーリアに向いている中、クレアはふと視線を感じて闘技場を見遣《みや》った。

「……！」

瞬間、こちらを見上げているフレドリックと目が合ってしまった。

フレドリックはこの場にクレアがいるとは思いもしなかったのだろう。驚いて目を見開いているのが、離れた場所にいるクレアにもはっきり分かった。

クレアは慌ててフレドリックから目線を外す。目が合っただけなのに、なぜか胸がドキドキした。

会場ではすでに聖女の祝福が終わり、剣を捧げ持ったアキムがお決まりの口上を述べるところだ。

「気高き黄金の聖女セレスティナに、この剣を以《もっ》て勝利の栄光を捧げん！」

謳《うた》い上げるアキムに、観客たちは沸いた。

次にフレドリックが中央の天幕に向かって一歩踏み出し、剣を胸元に引き寄せる。

その所作は絶対の自信に満ちていて、クレアはまたフレドリックから目が離せなくなってしまった。

「聖女セレスティナに誓約しよう！　麗《うるわ》しき勝利の女神とともにこの剣の輝きを捧げんことを！」

クレアにしっかり目を合わせたまま、フレドリックは高らかに勝利を宣誓したのだった。

今度は闘技場全体が割れるぐらい大いに沸いた。女性の悲鳴まで聞こえてくる。

観客席からは王太子の背中しか見えないが、ルナーリアの立つ位置からは丸分かりだ。フレドリックの視線の先にいるのがクレアだと知ったルナーリアは、その愛らしい唇に笑みを浮かべた。

クレアのすぐ前ではネフェルティスが下を向き、噴き出さないように懸命に堪《こら》えている。

大観衆の前で王太子に誓いを捧げられるなんて、まるでおとぎ話のお姫様にでもなったみたいだ。

そう思ったら、ドクドクと鼓動が激しく脈打つ。クレアは圧倒されてただ呆然とする

しかなかった。

＊　＊　＊

試合開始の合図があがり、フレドリックは右手で剣を構えアキムの様子を窺《うかが》った。

アキムの持つ剣は、フレドリックのそれより二回りは大きく、両手で持つタイプだ。水平に振り回したり槍《やり》のように突きを繰《く》り出せば相手を寄せ付けないので、防御力にも富んでいる。

対してフレドリックの剣は片手で捌《さば》くためのもので細く軽く、機動性重視となる。

距離を保ったまま睨《にら》み合っていたが、先に動いたのはアキムの方だった。

フレドリックも下段の構えで一歩踏み込む。アキムも即座に反応し、大剣を振り下ろす。

鋼《はがね》と鋼がぶつかり、火花が散った。

フレドリックは左手を剣身に添え刃を受け止めたものの、アキムは力をかけて垂直に押し込んできた。

「くっ……！」

重たい大剣にアキムの体重が乗れば、相当な圧が掛かる。

フレドリックは歯を食いしばり、なんとか力を受け流すことに成功した。

するとアキムは、すぐに体勢を整えようと後ろに飛びしさる。

うるさいほどの歓声が上がる闘技場の中心で、フレドリックはアキムと向き合った。

これは御前試合なのだから、フレドリックが出場するのはおかしな話ではある。

ただ、出場者名簿の中にアキムの名前を見つけた時、フレドリックの中で御しがたいぐらいの感情が渦巻いたのだ。

別に、アキムに恨みがあるわけでもないし、喧嘩《けんか》を吹っかけているつもりもない。

そう思っていたのに、気が付いたら本来の対戦相手を押しのけて、アキムとの対戦に参加していた。だから、天幕の中にクレアの姿を見つけた時は心底驚いた。

そして、なぜアキムの名を見て動揺したのか、フレドリックはようやく理解したのだ。

本当はずっと、クレアを泣かせた男が許せなかった。

それは子どもじみた意地なのかもしれない。それでも、クレアを泣かせた男は痛い目に遭《あ》えばいいと思う気持ちは止められない。

フレドリックは強く地面を蹴って駆け出した。

――懐《ふところ》に入ってしまえばこちらのものだ！

しかし、あとわずかのところで阻《はば》まれた。互いの剣が再び交わり、鈍い衝撃音を立てた次の瞬間、フレドリックの剣が刃を三分の一ほど残してぽっきり折れてしまったのだ。

「……っ！」

するとアキムはこの機を逃さず、剣を全身で打ち込んでくる。

「決まった！　この勝負は俺が勝つ！」

「まだだ！　させるか！」

フレドリックは後ろに下がると見せかけて身体を倒した。そのままアキムをいなして地面の上を一回転し、剣の届かない位置まで距離を取る。

そして左手に折れた剣を持ち替えて、一呼吸置いた。

剣が折れたからといって柄《つか》から手を離せば、試合を放棄したとみなされ敗北となってしまう。

それだけは絶対に嫌だった。

大剣の切っ先をこちらに向けて構えるアキムに、フレドリックはもう一度攻め込んだ。すんでのところで突きをかわすと、アキムは大剣を水平に振ってフレドリックの左腹を薙《な》ぎ払おうとする。

フレドリックの左手にある剣の鍔《つば》が、カンッ、と硬質な音を響かせてそれを受け止めた。耳障りな甲高い音を立てながら鍔《つば》を相手の刃に沿って滑らせ、一気に踏み込む。

薙《な》ぐように剣を振ろうとしたアキムは、そこでぴたりと動きを止めた。

真っ直ぐ伸ばされたフレドリックの右手に握られた刃が――折れて弾《はじ》き飛んだはずの剣先がアキムの喉元《のどもと》を狙っていたのだ。

「殿下が剣を左手に持ち替えた時に気付くべきでした。まさか身体を倒すと同時に刃を回収していたとは……」

悔しそうに呟《つぶや》いたアキムは身動きがとれず、両手を天に上げて降参の意を示した。

「お前は私の剣が折れた時に安心したんだ。そこに隙が生まれた」

フレドリックは背中を伸ばして、闘技場の正面に顔を向ける。

見えたのは、天幕の中で不安げな面持ちをしたクレアだ。まるで祈るように胸の下で指を組んだまま、懸命にこちらを見つめている。

フレドリックがわずかに口元を緩《ゆる》ませると、クレアにちゃんと伝わったらしい。彼女は大きく目を見開いて、それから安堵《あんど》したみたいに、柔らかく微笑んでくれたのだった。

＊　＊　＊

「勝者！　フレドリック殿下！」

審判が手を上げて宣言した瞬間、ひときわ大きな喝采《かっさい》が沸き起こった。

フレドリックの剣が折れた時は、観客もクレアも諦めの溜息をついたものだ。だが、そこからの見事な逆転劇に、今は会場の誰もが惜しみない拍手を送っている。

クレアはほっと息を吐いた。自分でも意識しないうちに緊張して身体が強張《こわば》っていたらしい。

そんなクレアとは対照的に、愛用の煙管《きせる》を手に淡々と観戦していたネフェルティスがふうと煙を吐く。そして、愉快そうな視線をクレアに投げてきた。

「ずいぶん真剣に試合を見ていたのね。剣術には興味なかったんじゃないの？」

「そ、そういうわけでもございません……」

気付けば、組み合わせていた指に力をこめ過ぎたようで、手が血の気を失って白くなっていた。クレアは慌てて手をほどいて背中に回す。

「ふふ、素直じゃないんだから。あとはクレアが殿下の労をねぎらって差し上げて」

ネフェルティスはにっこり微笑むと、椅子から立ち上がり、そのまま出ていってしまった。

一人置いていかれると、途端に居心地が悪くなる。

それにここは貴族のための場所なのだから、クレアがのんきに見物しているわけにはいかない。

そう思って退出しようと後ろを向いた時、なにかを引きずる音と共にラシェットの声が聞こえてきた。

「殿下が勝手に試合に出たせいで、なんで僕が年寄り連中に怒られるんですかねえ」

嫌みっぽく文句を垂《た》れるラシェットは、フレドリックの襟首を右手で掴んで引きずっていた。

「ちょっ！　お前、意外に力があるんだな！」

細身のラシェットにいいようにあしらわれ、フレドリックは不満げに唇を尖らせる。

だが、クレアの姿を見つけた途端、ばつの悪そうな顔になり口をつぐんだ。

「おや、クレアがいて助かりますよ。これ以上殿下が勝手をしないようにこちらで見張ってもらいましょう」

「分かってる。あとは黙って試合を見物しているから安心しろ」

「むしろ、それが殿下の今日のお仕事ですよぉ」

ラシェットが片眼鏡《モノクル》の奥の目を尖らせたのを見て、フレドリックは素直に、先ほどまでネフェルティティスが座っていた椅子へ腰掛けた。そのままラシェットはクレアをフレドリックのすぐ脇に控えさせると、さっさといなくなってしまった。

王太子の席は別の場所にあるのに、こっちに来てしまっていいのだろうか。そう思いつつもクレアはなにも聞けない。急に二人っきりにされて、なんだか居心地が悪くなる。

フレドリックは一言も話さず、じっと闘技場を眺めている。

——やっぱり無断で御前試合を見に来たのはまずかったわよね。

クレアが悩んでいると、ふいにフレドリックが口を開いた。

「まさか、ここにクレアが来ているとは思わなかった」

顔を闘技場に向けたまま、まるでぼやくように言う。

「勝手な真似をして申し訳ございません」

やっぱりか、と気落ちしたクレアが謝罪すると、フレドリックは慌てながら振り向いた。

「いや、試合自体は見ていいんだ。私が勝つところをクレアに見てもらえたしな。いや、そうではなくてだな……」

フレドリックはなにか言いかけて、口を閉ざしてしまった。しばらく逡巡《しゅんじゅん》の表情を浮かべた後、今度はきっぱりと切り出す。

「クレアの目に、あの男の姿が映ると考えたら、ものすごく不快な気分になっただけだ」

その言葉に、クレアの心臓がとくんと鳴った。フレドリックが言うあの男とは誰のことか、それがすぐに分かったからだ。

「あの、殿下はアキムのこと――」

「すまないが、クレアの口からあいつの名前を出すのはやめてくれないか」

「は、はい」

眉間に皺《しわ》を寄せた王太子にすかさず返されて、クレアはなんとか頷《うなず》くのが精一杯だった。

すると、フレドリックは自らを落ち着かせるかのように小さく溜息をつく。

「実を言うと、あの男が出場すると知って、いてもたってもいられなくなったんだ」

「えっ、どうしてですか？」

わざわざ試合に飛び入り参加するほどのことなのか。そう怪訝《けげん》に思うクレアに対して、フレドリックは拳《こぶし》を握り締めて息巻いた。

「あいつはクレアを泣かした男だぞ！　許せるわけがないだろう⁉　たとえ相手が誰であろうと、そんな奴はこれまでもこれからも私が懲《こ》らしめてやる！」

クレアは驚いて目を瞠《みは》った。本来なら「懲らしめてやる！」と叫ぶのはクレアの方である。まさかフレドリックがクレアの気持ちを代弁するとは思わなかった。

それに、もしこれからもフレドリックに懲らしめられる人がいるのなら、ちょっとだけ同情してしまいそうだ。有言実行の王太子に睨《にら》まれたら、きっと生きた心地がしないはず。

「私はてっきり、剣術がお好きだから参加なさったのかと」

「それだけで、わざわざ本来の対戦相手を押しのけてまであいつと戦うと思うか？」

フレドリックの真っ直ぐな好意が伝わってきて、クレアは思わず赤面してしまう。

——そうだ。彼はいつだって自分のことを一番に考えてくれる人だった。

クレアの様子を見て満足そうに微笑んだフレドリックは、ここぞとばかりに攻め込んできた。

「だから、安心して私のところに嫁いでくるがいいぞ！」

「それとこれとは話が別です！」

いくらフレドリックの気持ちを好ましいと感じていても、急に結婚を承諾《しょうだく》する気にはなれない。

このままでは押し切られてしまうと思い、クレアも負けじと反論する。

「殿下は無謀すぎます。剣が折れた時はもう駄目かと思ったのですよ！　怪我をされたらどうするのです？」

クレアは耳まで赤く染めながらも懸命に訴えた。

「もしかして、クレアは私のことを心配してくれたのか？」

「当たり前ですっ！　私は殿下のことだけが心配でした！」

そう必死に言い募《つの》った刹那《せつな》、クレアの中で先ほどの試合の情景が鮮明に浮かび上がった。

覚えているのも、心配したのも、フレドリックのことだけだ。

聖女に口上を述べる様子も、剣をぶつけ合っている時も、相手を屈服させてこちらに顔を上げた瞬間だって――

周りの喧騒《けんそう》も対戦相手のアキムのことも目に入らず、クレアはただひたすらフレドリックだけを見つめていた。

その事実に気付いた途端、クレアの胸が熱くなった。

いつだって、フレドリックは真っ直ぐな想いをクレアに示してくれる。

そしてそんな彼に、自分はいつの間にか惹かれていたのだ。

できることならこれから先も、フレドリックの傍《そば》にいたい、なんて願ってしまいそうになる。

顔を上げると、フレドリックと目が合い、悪戯《いたずら》っぽく笑われた。

「ちゃんと勝てたじゃないか。クレアという名の勝利の女神が、私に微笑んでくれたからだろう？」

「ううっ……！」

魅力的に微笑むフレドリックから、どうやって目を逸《そ》らせばいいのかすら分からない。

その時、観客の歓声がひときわ大きく上がった。

見れば、闘技場の真ん中に木剣を握った『東の将軍』ラシヌの立ち姿がある。彼の足元には可哀想な兵が転がっていた。

「やはり優勝はラシヌだったな。主役を持っていかれてしまった」

試合に参加できないフレドリックは、少し残念そうに椅子の背にもたれた。

聖女に扮《ふん》したルナーリアが試合場の真ん中へ走り寄っていく。手ずから勝利の冠《かんむり》をラシヌの頭に載せ、彼の耳に何事か囁《ささや》いた。

「これでルナーリアの願いが叶ったな」

「え、どういうことですか？」

なぜか満足そうに微笑むフレドリックに、クレアは首を傾《かし》げる。

「まぁ、近いうちにビッグニュースの発表がある。それを楽しみに待ってくれ」

フレドリックはニヤリと笑うだけで、それ以上を語ろうとしなかった。

勝利を讃《たた》える喝采《かっさい》が最高潮になった時、クレアはわざと闘技場に目を向けたまま言った。

「試合での殿下だって、すごく格好よかったですよ」

さっきからクレアを翻弄《ほんろう》ばかりするフレドリックへのお返しだ。

「ああ、当然だとも！」

機嫌のよいフレドリックの返事が、クレアの耳に届いたのだった。

第三章　企《たくら》みの教会

「ルナーリア様が婚約!?　お相手はフランブル様!?」

王宮の片隅で、クレアとお喋《しゃべ》りに興じていたリゼットが素《す》っ頓狂《とんきょう》な声を上げた。

ラシヌが優勝して幕を閉じた御前試合。それからしばらくしてのことだ。

「さっき、正式な発表があったばかりよ」

「それでルナーリア様は今はどうなさっているの？」

「もう東の公爵領に向けて出立《しゅったつ》されたんですって」

クレアはもったいぶって大きく頷《うなず》いた。

御前試合の時にフレドリックが言っていたビッグニュースとはこのことだったらしい。

クレアもつい先ほど、彼から教えてもらったばかりなのだ。

王宮中に知れ渡るのもすぐだろうが、聞いた人たちは皆リゼットのように目を真ん丸にして驚くに違いない。

「へー、ずいぶん早いのね。あちらで結婚式を挙げるのかしら？」

「そうみたい。きっと女王陛下のご病気に配慮されたんでしょうね」

四公爵の一人であるラシヌと、王家の血を引くルナーリアの結婚が決まったのだから、本来なら王都で盛大に婚約披露パーティーが開かれてもいいはずだ。

仕方ない事情とはいえ、せめてお祝いの気持ちだけでも伝えたかったのに。クレアはなんだか心残りだった。

リゼットは、顎《あご》に手を当ててなにかを思案したのち、口を開いた。

「てことはやっぱり、殿下のお相手はネフェルティス様なのかしら？　でもそれじゃあ、第三の女はどうなったの？」

「さ、さあ？　私、そろそろお茶の片付けをしないと」

これ以上は藪蛇《やぶへび》になってしまう。クレアはそそくさとお喋《しゃべ》りを切り上げた。

リゼットと別れて、それから人気《ひとけ》のない庭園前を通ると、前方に人影が見えた。

二人の青年を従えて、背の低い老紳士がゆっくりと歩いてこちらに近づいてくる。

頭に被る純白の修道帽は彼の地位を明確に表している。彼こそがこの国の教会を総括するユーゲル・ノイマン司教だ。

こんなに近くで会うのは初めてで、クレアは緊張しながら頭を下げて道を譲る。

「あなたが、クレア・リンドールさん？」

すれ違いざまに声を掛けられた。その柔和《にゅうわ》な声音に、クレアは弾《はじ》かれたように顔を上げた。

「やあ、一度お会いしてみたいと思っていたところですよ。今、よろしいですかな？」

「え……私に、ですか？」

穏やかな笑顔を見て、クレアはただ目を丸くする。

なぜ一介の侍女でしかない自分の名前を知っているのか。

ふと、以前リゼットから言われた言葉を思い出す。『教会もこの噂話を無視できない』というあれだ。

一抹《いちまつ》の不安を覚えるクレアの心情を知ってか知らずか、ノイマンはなぜか後ろに控える従者に会議場へ戻るよう命じた。従者は品定めするようにクレアを見た後、何も言わず一礼して離れていく。

「何時間も椅子に縛りつけられる会議というのは、老体に応《こた》えましてな。たまには教会以外の誰かと話をして息抜きしたいものです。どうか大聖堂までご一緒してくださらんか」

「あ……はい。謹《つつし》んでお送りいたします」

司教ならばクレアがいなくとも、目を瞑《つぶ》って大聖堂に行くことぐらいできるだろう。

だから、それがクレアと二人っきりで話をするための口実だと分かる。それでも司教にそう言われれば従わざるを得ない。

司教のゆっくりとした歩みに合わせて王宮の正門へ案内する。そこから馬車に乗れば大聖堂まではすぐだ。

馬車の中で天候や庭園に咲いている草花の話をしているうちに、大聖堂の入り口に着く。

「やはり、大聖堂は立派ですね」

馬車から降りる司教を介添えしつつ、クレアは見上げて呟《つぶや》いた。

いくつも連なる尖塔《せんとう》。白灰色の石で組み上げた壁に施《ほどこ》されている、豪奢《ごうしゃ》な浮き彫り《レリーフ》。

大聖堂の荘厳《そうごん》な佇《たたず》まいに、クレアはなんとなく臆《おく》してしまう。

「あなたは、よくこの大聖堂に来られますかな？」

のんびりと問うてくるノイマンは、聖衣を纏《まと》っていなければ、ただの好々爺《こうこうや》にしか見えない。笑みを湛《たた》える彼に、クレアも緊張がほぐれて微笑を返した。

「子どもの頃は、両親に連れられて何度か伺いました。祝い事があった時ぐらいですが」

隣国出身であるクレアの一家は、そこまで信仰心がないため他の国民のように毎日教会や大聖堂を訪れることはなかった。大人になってからも、わざわざ足を運ぶことはない。

そんなことを考えていると、ふと隣に立つ人が教会の最高責任者であることに思い至った。内心慌てるクレアを見て、司教は楽しそうに笑う。

「あなたのご両親はマルシャ王国のご出身だそうですから、教会にも縁遠いでしょうね」

「申し訳ありません。これからはもっとお祈りするよう努めます」

信心深くないことを暗に批判された気がして、クレアは慌てて弁明する。ノイマンはクレアの返事を聞き、満足そうに頷《うなず》いた。

そのままノイマンはクレアを伴って、大聖堂の奥へと進んだ。

通路は磨き込まれた黒檀《こくたん》の柱が並び、その先には広い講堂が広がっている。ドーム型の天井は高く、ステンドグラスからは色鮮やかな光が降り注いでいた。

クレアはぐるりと首を巡らせ、眩《まばゆ》い光彩《こうさい》を放つ景色にうっとりと溜息をついた。正面の壁には大理石で作られた巨大な聖女像が収められていて、訪れる人々を見下ろしている。その足下には、聖女の印をあしらった大きなタペストリーが飾られていた。

「聖女様が眠る至聖所《しせいじょ》への扉はこの後ろになります。ご覧になったことは？」

ノイマンに訊《たず》ねられて、クレアは首を横に振った。

普段は閉ざされ、特別な祭事に限って開帳されると聞いている。もちろんクレアが見る機会など今までなかった。

「では、特別にお見せしましょう。もし次に至聖所《しせいじょ》の扉が開くとしたら、殿下の婚儀かもしれませんな。あなたにも関係がありましょう」

「えっ……！」

やはり司教はクレアを『第三の女』だと見越してここまで連れてきたのだ。そう思ってクレアはごくりと唾《つば》を呑み込んだ。

壁に掛かるタペストリーを横にずらすと、小さな二枚扉が現れる。

ノイマンはそれを開けて先に一歩進み、「さあ、入ってごらんなさい」とクレアを招いた。

得体の知れないものへの不安があったが、王族の婚儀に使われる場所だと聞いて好奇心の方が上回る。

クレアは意を決して一歩踏み出す。

だが、まったく前に進めない。

扉の先に進もうとしても、目に見えない壁がクレアを阻《はば》んでいるみたいで、脚を前に出せないのだ。手を伸ばしても同様だった。

「……入れない。どうして？」

首を傾《かし》げるクレアに、ノイマンは冷たい笑みを浮かべて言い放つ。

「それはあなたが聖女様の血を持たない者だからですよ」

ノイマンはゆっくりと引き返して、クレアの正面に立った。

「聖女の血がないと入れない、と？」

「さよう」

「司教様は、お入りになれるのですね？」

「ええ。司教となる者は、遠くても王家と繋がりがある出自でなければいけません」

ノイマンはそう言って、ゆっくりと視線を上へ向ける。クレアもそれにならうと、聖女の奇蹟《きせき》の数々を描いたステンドグラスが色鮮やかに広がっていた。

「はるか大昔、この地には人間を贄《にえ》としていた魔物が巣食っておりました。それを退治なさったのが、聖女セレスティナ様です。それはあなたもご存知でしょう？」

クレアは黙って頷《うなず》いた。セレス＝アルド王国で暮らす者ならば、まず知らない者はいない。

「ですがもう一つ、公《おおやけ》には知られていない言い伝えがあるのです。聖女セレスティナ様は一つの予言を残されました。『魔物はいずれ復活する。それを屠《ほふ》るのもまた聖女の末《まつ》裔《えい》のみ』と」

「それが、フレドリック殿下……」

「そうです。時は過ぎ、聖女様の血を引く者は増えましたが、魔物を倒せる末裔は限られます。直系の子孫となる女王陛下とそのお子であるフレドリック殿下、マルシャ王国に嫁がれた王女殿下。次いで血を濃く継いでおられるのは、フレドリック殿下の従妹《いとこ》にあたるルナーリア様です」

ノイマンの言いたいことを、クレアは今はっきりと理解した。これはフレドリックにこれ以上近づくな、という警告だ。

「いつか来たる魔物の復活に備え、聖女様の血が絶えることのないようお護《まも》りするのが我ら教会の使命。そして聖女様の血を引く子孫を残すことが王族の務め。なのに、ルナーリア姫も王女殿下も、その責務から逃げられた。嘆かわしいことです」

「そんな……。ルナーリア様も王女殿下も、ただ心から誰かを愛しただけなのに」

二人の感情はまるっきり無視されていることに、怒りが沸々と込み上げる。

そんなクレアに、ノイマンは一瞬だけ侮蔑《ぶべつ》の表情を見せたが、すぐに笑顔を取《と》り繕《つくろ》った。

「王族の方々が誰を好こうと構わないのですよ。もちろん、フレドリック殿下も。大切なのは、聖女様の血を繋いでくださること。それこそが、連綿と続く王家の責務なのです」

「でも！　それじゃあまるで、血統だけを求める馬の交配みたいじゃありませんか！　とっくの大昔に亡くなった聖女のために、フレドリック殿下は生きているわけじゃありません！」

堪《こら》えきれなくなってクレアが声を上げて反論すると、ノイマンの顔からすっと笑みが消え、しゃがれた声で撥《は》ねつけるように言い放つ。

「口を慎みなさい！　尊い聖女様の血脈を馬などに喩《たと》えるとは、なんと不敬《ふけい》極まりないことか！」

――ならば、フレドリックやルナーリアの気持ちを蔑《ないがし》ろにすることは、不敬ではないというのか。

クレアには二人の気持ちを全く考えないノイマンの方こそ無礼に思えてならなかった。

謝罪の言葉は口にしたくなくて、クレアはただ俯《うつむ》いて唇を噛む。激昂したノイマンだったが、すぐに穏やかな表情を取り戻して微笑んだ。

「殿下は聖女様の血を受け継ぐ器《うつわ》なのです。そこに不純なものを注ぐことはあり得ない。

分かりますね、クレアさん」

徹底的に否定する言葉に、クレアの目頭がじわりと熱くなる。

もちろんそれは最初から分かりきっていたことだ。フレドリックはこの国の王太子で、自分は一介の侍女にすぎない。血統や身分を重んじる者たちから見れば、クレアなど雑草のようなものだ。

それになにより、クレアは隣国からの移民の娘である。聖女の血なんて一滴も入っていない。司教から見たら、それだけで自分は「不純」な存在なのだろう。

全て分かっていたはずなのに、こんなにもショックを受けている自分に驚いた。いつの間にかフレドリックを想うクレアの気持ちは大きく育って、彼の傍《そば》にずっといたいと願うようになってしまった。

身じろぎすらできないクレアを眺めていたノイマンは、おもむろに口を開いた。

「殿下は実直なお人柄ですからな。あなたを無下《むげ》にはなさりますまい。その恩情にただ縋《すが》ればよいのですよ」

「……それはどういうことでしょう？」

心がざわついて、クレアはのろのろと顔を上げた。

「愛人としてお仕えすればよいのです。上流のかたが情人を囲うことはさして珍しくもない」

「っ……！」

ノイマンの表情も顔の輪郭も、視界がぼやけてなにもかも分からなくなる。

それでも〝愛人〟という言葉だけが耳の奥で繰り返し聞こえていた。

一年前に言われたあの言葉。またか、という絶望にも似た諦めの気持ちがこみ上げてくる。

いつかはフレドリックからの求婚についても、真剣に考えないといけない――そんなことまで思っていた自分の甘さが改めて身に染みた。こんなに血統も身分も違うのだから、妃《きさき》として彼の傍にいられるはずがないのに。

「今はただ祈りなさい。さすれば、聖女セレスティナ様が必ずやあなたの心を救ってくださいます」

ノイマンは慈父《じふ》の眼差《まなざ》しで見つめながら、クレアを冷たく突き放した。

必死に祈って聖女に願えば、あの至聖所《しせいじょ》に入れるようになるのだろうか。ノイマンの言う通りなら、そんなことは天地がひっくり返ってもありえない。

――ならば、聖女になんて絶対に祈るものか。

大聖堂から逃げるみたいに飛び出して、クレアはただひたすら王宮へ戻る道を歩いた。

カルセドニーが袖口から気遣うように何度か顔を出すのに気付いたが、クレアは声を掛けてやることすらできなかった。口を開けば嗚咽《おえつ》が漏れ出てしまいそうだったからだ。

人目のない王宮の裏手にある林まで辿り着くと、クレアは大きく息を吐いた。

「……お嬢、大丈夫？」

「ん。平気。大丈夫」

身分を越えて、フレドリックの傍《そば》にいたいなど考えていた自分がバカバカしくて、小さく笑うしかなかった。

「そんな泣きそうな顔をしているのに？」

ふいに空から楽しげな声が降ってきた。

クレアが驚いて見上げると、伸びた太い木の枝に脚を投げ出して座っている人がいる。

「バアル様！」

まさかこんなところに古《いにしえ》の四公爵の一人がいるなんて思いもよらなかった。

クレアが驚いて声を掛けると、バアルは木の枝から軽々と飛び降りて目の前に立つ。

「会議をさぼるにはちょうどいい場所なんだよ。木の上まで探す人間はいないからね」

バアルは悪びれた様子もなくにっこりと微笑む。

「君は泣くためにこんな所まで来たのかい？」

まるで明日の天気を訊《たず》ねるような軽口だったが、クレアの顔を強張《こわば》らせるには十分だった。その様子を見て、バアルは会話を続ける。

「ふうん。誰かにいじめられたのかな？　例えば殿下のことで貴族令嬢たちにいやがらせされたとか？　……ああ、違うな、この匂いは大聖堂のものだ」

すんと鼻を鳴らし、バアルがクレアの首元に顔を近づけた。

「え？　お香の香りでしょうか……？」

確かに、大聖堂では折にふれて香を焚《た》くので、その香りがクレアの衣服に移っていてもおかしくはない。答えを言い当てたバアルの鼻の良さには、賞賛を通り越して恐怖すら感じてしまう。クレアが一歩身を引くと、バアルはおかしそうに笑った。

「ほら、当たりだ。どうせ教会の連中に聖女がどうとか、くだらないことを言われたんだろ？」

「く、くだらないわけでは……。殿下と身分が釣り合わないのは本当ですし、至聖所《しせいじょ》だって入れませんでしたし」

段々声がか細くなったクレアに、バアルは驚いた顔を向けた。見定めるような、なにかを確認するような目つきになる。

「へえ。クレアはあの至聖所《しせいじょ》に入れなかったのかい？　本当に？」

バアルは目を細め、意地の悪い笑みを口元に浮かべた。

「クレアはあの至聖所ができた理由を知ってるかい？」

「いえ、知りません」

クレアが素直に答えると、バアルは唇を愉快そうに歪《ゆが》めた。

「あそこはさ、昔々、セレスティナが自分とその子孫だけを守るために張った結界なんだよ。そこから外れた人間は魔物に喰われてもいいって考えだったのさ。そんな場所を今でも教会は崇《あが》めてるんだから、笑っちゃうよね」

「……は？　魔物ですか？」

彼は至聖所に入れなかった自分を慰《なぐさ》めてくれているのだろうか？

それにしては言葉の端々に、聖女や教会に対しての悪意がひしひしと感じられる。彼が一体なにを言おうとしているのか分からなくて、クレアは困惑した。

「俺に言わせりゃ、セレスティナの方がよっぽど極悪で非道だよね」

「え？」

古《いにしえ》の四公爵ともあろう者が、聖女を堂々と批判する言葉を口にするなんて。クレアは目の前にいる男を不気味に感じて、思わず一歩後ずさった。バアルはそんなクレアを見て、面白そうにますます笑みを濃くする。

「セレスティナはね、この地に住む魔物たちに呪いを掛けたんだ。己の血へ絶対の服従を誓わせて、もし誓いを破れば、灼熱《しゃくねつ》の痛みに焼かれて苦しむように、ってね。あの女が狡猾《こうかつ》なのはさ、自分が死んだ後も血で縛る呪いを受け継がせたことだな」

「バアル様、一体なにを……」

さっき司教から聞いた話には、魔物が聖女に呪いを掛けられたことなど入っていなかった。

だが、そんなクレアの混乱などおかまいなしに、バアルは愉快そうな声を出す。

「だけど、クレアはあの憎たらしいセレスティナの血を一滴も持っていない。こんなに嬉しいことはないよ」

「な、なぜです？」

「だってそうだろう？　呪いのせいで、あの女の血を持つ人間を俺たちは傷つけることすら叶わない」

「え……俺たち？」

「そうさ。おまけにこの国の人間はしょっちゅう教会に行くから、その臭いが染み付いて手を出せないんだ。だけど、君にはあの女の血も教会の臭いもしない。つまりはさ――」

バアルは口元で微笑みながら目に暗い光を宿らせた。いきなり力のこもった手で左肩を掴まれて、クレアは思わず悲鳴を上げた。

「きゃあっ！」

「人間なんぞ餌《えさ》に過ぎないんだよ！　たかが人間にこの俺が飼い殺しにされるなんてごめんだね！」

肩に思いきり爪を立てられ激痛が走った。自分を捕らえて放さないその腕を見て、クレアは息を呑んだ。

灰色がかった獣毛に覆《おお》われた腕。それがどんどん膨《ふく》らんで、バアルの全身に獣毛が広がっていく。落ちてきた影にクレアが顔を上げると、月のように大きな黄金色の瞳がこちらを見ている。

――これはなに？　どうなっているの？

今この瞬間になにが起きたのか、クレアには理解できなかった。

長く尖った鼻。その下にある口は、人間の頭などあっと言う間に丸呑みできそうな大きさだ。剥《む》き出しになった鋭い牙の間からは真っ赤な舌が覗《のぞ》いている。

まさしく、巨大な狼だった。それがクレアを押し潰すように立ちはだかっている。

クレアの背にぞわりと寒気が走り、肌が粟立《あわだ》った。あまりにも唐突に大きな生き物が現れて、声を発することも忘れて立ちすくんでしまう。

「お嬢っ！　逃げて！」

カルセドニーの叫び声でようやく我に返ったクレアは、肩に食い込む獣の手を振りほどこうとする。だが、びくともしない。

「お前っ！　お嬢に触るな！」

カルセドニーは獣の前脚に飛びついて、二本の牙を突き立てた。小さな牙であっても、鋭い痛みを狼に与えることはできたらしい。

『……ぐあっ！』

「きゃっ！」

うめき声を上げた狼は前脚に噛み付いているカルセドニーを振り払おうと、クレアごと薙《な》ぎ倒した。倒れたのが柔らかい芝生の上だったのは幸いでしかない。

「カルセドニー！」

急いで小蛇の姿を探すと、彼はまだ狼に喰らいついていた。

『鬱陶《うっとう》しい蛇だな。さっさと消えろ』

狼はそう言って、もう片方の前脚を振り上げ、その先に付いた鋭利な爪でカルセドニーの身体を引き裂いた。

クレアの目の前に、真っ赤な血飛沫《ちしぶき》が散る。

「カ、カルセドニー！　い……いやあああ！」

白銀の抜け殻がくたりと地面に落ちる。

クレアはカルセドニーのもとに駆け寄ろうとしたが、腰に力が入らず立ち上がることすらできない。身体中に震えが走り、恐怖が先に立つ。

狼はゆっくりと歩み、地面に尻をついたまま動けないクレアの前に立ち塞《ふさ》がった。

『いたぶって苦しませるなんてことはしないよ。一瞬で君を食べてあげよう。あいつはきっと怒り狂うだろうね』

姿かたちは巨大な狼なのに、話す声はバアルのもの。その声は、わずかにからかいを含んでいる。

「い……いや……っ！」

『怖いかい？　なら目を閉じればいい。そうすれば嫌なものは見えないよ』

見えるのは、尖った白い牙と、蠢《うごめ》く赤い舌。恐怖に凍りついたクレアの身体は、なに一つ思い通りに動かない。瞼《まぶた》を閉じることすらできなかった。

クレアの目から涙が溢《あふ》れ出たその瞬間、背後から疾風《しっぷう》が吹き、黒い影が舞った。二羽のカラスが風を切って、巨大な狼に襲いかかったのだ。

『なんだこのカラスは！　邪魔だ！　どけ！』

執拗《しつよう》に目を狙われた狼は、カラスを散らそうと頭を何度も振り上げる。

「クレア！　無事か!?」

すぐ傍《そば》で聞き覚えのある声がした。その姿を確かめる間もなく、抜身《ぬきみ》の剣を構えた大きな背中がクレアを守るように立ちはだかる。

『やはり来たか、フレドリック！』

次の瞬間、フレドリックは地面を蹴りつけ、狼に斬りかかった。

「化け狼め！」

フレドリックが狼の首から胴体へ一直線に剣身を叩き込むと、その傷口から紅い血が噴き出した。

『ぐあっ！』

うめき声を上げ身体を捩《よじ》った狼だったが、すぐに体勢を戻し、鋭い犬歯を見せる。

人間に喩《たと》えれば唇を引いて皮肉な笑みを浮かべるような、そんな表情に見えた。

『効かないんだよ。そんな剣じゃ俺を殺せやしない』

「なんだと!?」

狼の皮膚は深々と裂かれ、血に染まった肉すら見える。

なのに、狼の声は滑《なめ》らかで、余裕すら感じられた。

『ふん、憎たらしい聖女の血を受け継ぐ王子め。お前の大事な人間を目の前で食い殺してやろうか？　これはあのむかつくセレスティナへの復讐だよ』

「まさかお前は……セレスティナが倒した魔物なのか!?」

フレドリックが思わず驚愕《きょうがく》の声を上げる。そして剣を構えながら、へたり込んでいるクレアを横目に見て檄《げき》を飛ばした。

「クレア、立て！　早く逃げるんだ！」

「は、はいっ！」

弾《はじ》かれるようにしてクレアは勢いよく立ち上がる。

しかし、逃げなくてはという気持ちだけが急《せ》いて脚がもつれた。とっさに地面に手をつく。

この場から早く離れなければ、フレドリックの邪魔になってしまう。

震える脚に気合を入れてなんとか腰を上げた時、クレアの身体がふわりと浮いた。

「早く早く！　こっちに逃げてください！」

「ラ、ラシェット様!?」

動けないクレアを小脇に抱えて、ラシェットが一目散に走り出した。

華奢《きゃしゃ》な体型のラシェットに軽々と持ち上げられ、クレアは目を丸くする。

顔を上げた先には、黒髪をなびかせたネフェルティスもいた。いつもと違って、その表情は険しい。

ラシェットはネフェルティスの傍《そば》にクレアを降ろすと、安堵《あんど》の溜息をついた。

「ここまでくればもう大丈夫ですよ。カラスがいち早く気付いて良かった」

「でも殿下が……！」

クレアはフレドリックの方を振り返った。

先ほどの場所ではフレドリックと魔物が睨《にら》み合っている。

クレアは今更ながらゾッとした。

教会で司教に聞かされた大昔の魔物。聖女セレスティナの予言。

魔物が実在するなんて思いもしなかったのだ。そしてあの巨大な狼は、いまだにセレスティナを恨んでいるという。単なる伝説が一気に現実味を帯《お》びてきて、背筋が凍る。

すると、隣に立つネフェルティスが動いた。

「殿下！　離れて！」

鋭い叫び声と同時に、魔女の手から火の塊《かたまり》が生まれた。爆音を上げて投げつけられたそれは狼の巨体に直撃し、爆《は》ぜた。

『がはっ！』

口から血を吐きながら、狼はそれでも顔を上げ、こちらを睨《ね》めつけてくる。

『魔女か！　ふん、どいつもこいつも邪魔ばかりしやがって！』

「ハッ！　ずいぶんと舐めた真似してくれるじゃないのよ！」

激昂したネフェルティスは、次々に火の球を生み出しては撃っていく。その衝撃で狼の身体は何度も後ろに押しやられた。

ネフェルティスがフレドリックに向かって声を張り上げる。

「殿下！　こちらへ早く！　クレアを連れて逃げてくださいませ！　あとはわたしたちがなんとかしますわ！」

フレドリックが狼に剣を向けたまま、じりじりと距離を取る。

狼が間合いを詰めた瞬間、前方からネフェルティスがすかさず風の魔法で吹き飛ばした。

『くそっ！　なにも見えんっ！　目眩《めくら》ましか！』

大量の砂埃《すなぼこり》が舞う中で、狼が恨めしげに喚《わめ》く。

それを見計らい、フレドリックは一気にこちらへ駆け寄った。彼を援護するべく、ネフェルティスは周りの空気を圧縮して塊を作り出し、撃ち放つ。そしてフレドリックたちと入れ代わるように前に出たネフェルティスとラシェットが、狼の攻撃に備えて構えを取った。

舞い上がっていた砂埃が風に流されて、視界が少しずつ開けていき――フレドリックとネフェルティスが驚きの声を同時に上げた。

「奴がいない⁉　消えた？」

「違う、逃げられたんだわ！」

目の前にいたはずの狼の姿は、あとかたもなく消えていた。

「すぐにカラスに探させます。近くに潜《ひそ》んでいたら危険だ」

ラシェットの命令に従い、二羽のカラスが狼の逃げたであろう方角へ飛び出していく。

誰もがしばらくの間緊張していたが、それから狼の気配はなく、カラスたちも戻ってこなかった。

「どうやら近くに狼はいないようですねえ」

ラシェットはそう言って、ふぅと息を吐いた。

それが合図となって、フレドリックもネフェルティスも肩の力を抜く。重苦しかった空気がわずかに和《やわ》らいだ。

「……良かった」

同じく緊張の糸が解けたクレアは、へなへなとその場に座り込んでしまった。

「大丈夫かクレア！　しかし一体なぜあんな化け物に……？」

クレアを支えようと地面に膝をついたフレドリックも、戸惑いを隠せないみたいだ。

「クレアはどうしてあの狼と出会ったのです？　寝ている奴の尻尾でも踏んだのですかねえ？」

ラシェットが冗談めかして訊《たず》ねてくる。それが彼なりの気遣いなのだろう。クレアは首をぶんぶんと横に振った。

「ち、違います。最初はバアル・グレイン公爵様のお姿だったのです。なのに、突然大きな狼になってしまって……」

「バアル？　あいつが？」

フレドリックが目を瞠《みは》る。古《いにしえ》の四公爵の一人が魔物に変身したなどと、信じられるはずがない。

クレアもなんだか、バアルとあの狼を結びつけていいものかどうか、自信がなくなってきた。

「それで、クレアはどうしたのです？」

話の続きを促《うなが》したのはラシェットだった。

「それで、私があの狼に危うく食べられそうになったのです。そこにカルセドニーが――」

そこまで言った時、カルセドニーの無惨《むざん》な姿が思い出されて、クレアは絶句した。

「それで……それで、狼がカルセドニーを……」

これ以上は言いたくない。言葉が出ない。

呆然自失で虚空を見つめるクレアに、ネフェルティスが手を差し出す。

なにもなかったはずの掌《てのひら》に、白く長いものが置かれていた。

「わたしの魔法で身体を繋ぎ合わせることはできるわ。でも、離れてしまった魂まで戻すことはできないの」

静かに告《つ》げられた言葉に、クレアの顔からさっと血の気が引いた。

「カルセドニー！　カルセドニーっ……！」

何度も名を呼びながら揺すってみても、小蛇は目覚める気配がない。そんなクレアの腕をネフェルティスが強く掴んだ。

「もうやめなさい、クレア。死する者は冥界に行くのがこの世の理《ことわり》。受け入れなくては」

「で、でもカルセドニーは……私を守ろうとあの狼に立ち向かってくれて……っ、だから——」

声が詰まってなにも言えない。ただひたすら悲しくて、涙が零《こぼ》れる。

「カルセドニーは自分のやるべきことを全《まっと》うしたんだ。ちゃんとクレアを守った。褒めてやる」

フレドリックの声にも沈痛な響きがあった。

堪《こら》えきれずにしゃくり上げるクレアと、その手の上で横たわるカルセドニーの亡骸《なきがら》を囲んで、沈黙が落ちる。

その時、頭上からバサバサと大きな羽音が聞こえてきた。地面を滑る影につられて空を見上げると、一羽の真っ黒いカラスが頭上を旋回している。

カラスは死者の魂を冥界に導くと伝えられる鳥だ。きっと死んだカルセドニーの魂を迎えに来たのだろう。魂を冥界に連れて行かれてはもう二度と会えなくなってしまうことくらい、クレアにだって理解できた。

「だ、駄目っ！　連れて行かないで！」

クレアは慌ててカルセドニーの身体を抱き寄せた。

するとカラスはひときわ大きく「カア」と鳴くと、調子外れに喋《しゃべ》り始めた。

「伝令。かるせどにーノ魂ヲ預カッテイル。くれあガ迎エニ来イ。ふれ……ふれ……っつく……モ連レテ来イ」

たどたどしく告《つ》げられた内容に、クレアだけでなくフレドリックも驚いてカラスを見上げた。

「どういうことかしら？」

ネフェルティスが眉根を寄せて呟《つぶや》くが、カラスはひたすら復唱するだけだ。

「もしかして、あのカラスは私の名前を呼んでいるのか？」

「……そのようですわね。誰かの伝令なのかしら？」

確かにカラスは『伝令』と言っている。このカラスの言葉が正しいのなら、どこかで誰かがカルセドニーの魂を預かっていることになる。

それを『迎えに来い』とはどういうことだろうか。まるでカルセドニーを返してくれると言っているみたいだ。

地面に座り込んでいるクレアの肩に、フレドリックがぽんと手を置いた。

「誰の仕業かは分からんが……さっさとカルセドニーを迎えに行くぞ、クレア」

「え？　でも、どちらへ？」

いまひとつ状況が呑み込めず、クレアは混乱したまま顔を向けた。

「そうだな。ラシェット、私たちはどこへ行けばいいんだ？　カラスが言うのなら冥界なのか？」

フレドリックも明確な答えを知っているわけではなかったらしく、ラシェットへ問いかける。

「おっしゃる通りですよ、殿下。冥界はカラスの領分ですし、死者が必ず向かう場所ですからねぇ。カルセドニーもそこに行ったのでしょう」

ラシェットがあまりにもさらりと言うので、クレアは驚いてぽかんと口を開けた。

すると、クレアの気持ちを代弁するかのように、ネフェルティスが訊《たず》ねる。

「はあ？　冥界って死んでから行く世界でしょうに。……ラシェットは冥界と繋がりがあるの？」

「やだなあネフェルティス殿は。僕は怜悧《れいり》かつ聡明《そうめい》と誉《ほま》れ高い『西の賢者』ですよ？　当然、冥界の知識だってあるに決まってるじゃないですかあ」

へらりと笑うラシェットに、ネフェルティスが噛み付くように嫌味で返す。

「悪かったわね！　まさかこの世のことだけでなく、あの世のことまでご存知だとは思いもしなかったわよっ！」

フンッとそっぽを向いた魔女に代わって、今度はフレドリックが訊ねた。

「しかし、どうやって行くんだ？　まさか行くために死ねなんて言うんじゃないだろうな？」

「もちろん死ねば行けますけど、一方通行ですから帰ってこられませんねぇ。大丈夫ですよ。こちらと冥界を繋ぐ場所はいくつか見つかってますから。僕が道案内しましょう」

「どこにあるんだ？　そんな物騒なもの」

「ここから一番近いところですと、エルベ村の手前ですねぇ」

ラシェットの回答に、フレドリックは思案顔になった。

「そこならラシェットの領地に入ってすぐか。ガッシュとレディ・ミランダの脚なら半日で行けるだろうな……」

頭の中で地図を思い描いているのか、ブツブツ呟《つぶや》いている。

「あ、あの。殿下はお仕事もございますし、わざわざおいでいただかなくても、私一人で――」

クレアがおずおずと切り出すと、フレドリックは顔を上げて眉根を寄せた。

「駄目だ。クレア一人で出掛けて、また魔物に会ったらどうする？　それに、道中は賊《ぞく》徒《と》が出るかもしれないぞ。ラシェットでは剣の腕は期待できないからな」

まるで子供に言い聞かせているみたいだが、それだけ心配しているのだという彼の気持ちがクレアに伝わってくる。

「ええ、僕の剣術は残念ですからねえ。それに、カラスが言った通り冥界に行くためには殿下が必要なんです。いいじゃないですか、殿下の傍《そば》が一番安全なんですから」

そこまで言われてしまえばクレアがこれ以上口を挟むことなどできない。

それに、ラシェットの言うことも確かだ。

フレドリックはあんな恐ろしい魔物にも怯《ひる》まず、クレアを助けてくれた。道中で危険な目に遭《あ》ったとしても怖くはない気がする。

「確かに、あの化け狼が伝承にある魔物だとしたら、女王陛下か私にしか殺せないことになる。ネフェルティスの魔法でもラシヌの力でも難しいだろうな」

「あら、そうかしら？　このわたしの魔力をもってしてもあの狼は倒せないと？」

「残念だが『古《いにしえ》の四公爵』では無理だ」

フレドリックが断言すると、ネフェルティスの美しい眉がピクリと動いた。魔女のプライドが傷ついたのか、ほんの一瞬だけ剣呑《けんのん》な光が目に浮かんだが、それもすぐに消えた。

クレアは彼らのやり取りを眺めながら、息苦しさを感じずにはいられなかった。

聖女の子孫のみが魔物を滅することができるということ。だからこそ血を残さなければならないということ。

大聖堂でノイマンから聞かされた話が何度も頭を過《よぎ》ってしまう。

「だが……バアル・グレイン公爵が魔物になったとは、一体どういうことだ？」

フレドリックは腕を組んで考え込む。

すると、ネフェルティスは疲れたように溜息をついた。

「もしかしたらあの狼はバアルに化けていたのかもしれませんわ。グレイン一族は滅多に姿を現さないことで有名ですもの。それをあの魔物が知って、殿下のお命を狙うためにバアルの立場を利用したとも考えられます」

「ならば、本物のバアルはどうした？」

フレドリックの問いに、誰もが沈黙したが、意を決したようにネフェルティスが口火を切った。

「では、わたしは部下を北に派遣して、バアルの様子を探らせますわ」

「そうか。頼む」

わずかに逡巡《しゅんじゅん》したフレドリックだったが、忠実な家臣たちの提案を受け入れた。

「ま、僕たちはその分休んで、気持ちを落ち着かせましょう。明日の朝に出発すれば間に合いますよ」

「そうだな。クレアはしっかり寝ておけよ。カルセドニーをちゃんと連れ帰るためにもな」

二人の気遣いに、クレアは申し訳なさと感謝の気持ちでいっぱいになり、ただ「はい」と返事をするだけで精一杯だった。

ネフェルティスは地面に手をつき、フレドリックへ頭《こうべ》を垂《た》れた。

「殿下、わたしの使い魔カルセドニーのためにご尽力いただきますこと、感謝申し上げますわ。クレアにも礼を言わなくてはね」

フレドリックは無言で頷《うなず》いたが、焦ったのはクレアの方だ。

「わ、私に礼なんて……。カルセドニーが戻ってきてくれるなら、本当に嬉しいですから」

心からそう思って首を横に振るクレアに、ネフェルティスは目元を和《やわ》らげる。

「ありがとうクレア。魂が戻るまでこのわたしが責任をもってカルセドニーの身体を預かるわ。傷もしっかり治してあげましょうね」

白い亡《な》き骸《がら》を受け取り立ち上がったネフェルティスは、王宮へ歩き出す。

「あ……私も一緒に参ります！」

クレアも後を追おうとしたが脚に力が入らず、ペタリと尻もちをついてしまった。どうやら魔物に対する恐怖がまだ身体に残っていたらしい。

「大丈夫か？」

フレドリックが手を差し出してくれる。だが、クレアはその手から思わず目を逸《そ》らした。地面に手をついて身体を支え、なんとか立ち上がる。

「平気です。ちゃんと自分で立てますから。ほらっ」

「……ああ、大丈夫そうだな」

クレアは、フレドリックの顔を正面から見上げることはできなかった。逃れるように背を向けて、魔女の後ろについていく。

フレドリックが追いかけてこなかったことにクレアは安堵《あんど》した。もし彼が来てしまったら、どんな顔をすればいいのか分からなかったからだ。

クレアが聖女の血を一滴でも引いていたのなら、魔狼に食い殺されそうになることはなかっただろう。もちろん、カルセドニーがクレアを守って死ぬことだってなかった。

そして、フレドリックを危険な目に遭《あ》わせることもなかったはずだ。

その考えに至った瞬間、暗澹《あんたん》たる気持ちになった。

〝もしも聖女の血を一滴でも引いていたのなら〟なんて、ありえないことを夢想するのは、自分を惨《みじ》めにするだけだ。

聖女を崇拝する教会と、聖女を憎む魔物。正反対の存在から告《つ》げられた事実は、くしくも同じだった。すなわち、クレアは、聖女の血を引くフレドリックからもっとも遠い存在だということ。

だけど、いまさらその事実を知ったからといってどうすればいいのだろう。

千々《ちぢ》に乱れる心を引きずりながら、クレアはのろのろと王宮の建物に向かった。


翌朝、クレアはいつものように着慣れた侍女服に身を包み、厩舎《きゅうしゃ》の中にいた。脚や腿《もも》を隠すために、乗馬専用の裾《すそ》の長いスカートを腰に巻きつけている。

カルセドニーの魂を取り戻す旅は片道半日ほどかかるらしいので、水筒をガッシュに積んでおく。

その後ろで、ラシェットとネフェルティスが話し込む声が聞こえてきた。

「昨日の狼はまだ確認できていませんねえ。どうやらカラスの目が届かないところに隠れてしまったみたいで」

「あれだけの傷を負わせたのよ？　いくら伝承の魔物でもしばらくは起き上がれないのではなくて？」

昨日の恐ろしい狼の姿が蘇《よみがえ》ってきて、クレアはビクリと身体を震わせた。

「大丈夫だ。あの狼がどこにいようと、クレアは私が護《まも》る」

隣で同じように支度していたフレドリックがそう言って、クレアの頭をポンポンと軽く叩く。

「……ありがとうございます」

クレアは俯《うつむ》きながらそう答えるのが精一杯だった。

フレドリックの言葉は一瞬でクレアの恐怖心を溶かしていく。彼がそう言うのなら、きっと魔物がやってきても大丈夫だ——不思議なことに、そんな気すらしてくる。

けれど、フレドリックが魔物を退ける力があるのは聖女セレスティナの子孫だからだ。

ノイマンの言葉が何度も胸の内で繰り返されて、クレアは昨夜ほとんど寝付けなかった。

「なんだかガッシュに乗ったまま居眠りしそうだな、クレアは」

よほど眠たそうな顔をしていたのだろう、フレドリックにそう言われてクレアは少し赤面した。

この人は、よく見ている——

フレドリックがクレアをいかに心配しているのかが伝わってくる。そのうちクレアが隠していることまで気付いてしまうかもしれない。だが昨日ノイマンに言われたことを、フレドリックには知られたくなかった。

クレアは無理矢理にっこりと笑顔を作ってみせる。

「たとえ居眠りしてもガッシュが私を落とすはずはありません。それより、ラシェット様は大丈夫なんですか？　馬に乗れないとお聞きしていますが……」

それは以前ラシヌが指摘していたことだ。その時はラシェットらしいと思ったものだが、今日は一体どうするのか。

「そうだな、馬車を使ったらいつまで経っても着かないぞ。ラシェットはどうやって行くつもりなんだ？」

クレアとフレドリックの会話に、耳聡《みみざと》いラシェットが割り込んでくる。

「大丈夫ですよぉ。こちらにネフェルティス殿がいらっしゃるじゃないですか」

「え？　わたしがなんですって？」

ネフェルティスが訝《いぶか》しげに眉をひそめると、ラシェットはにこにこ笑む。

「ここはひとつ、空を飛べる道具を魔法で出していただけませんかねぇ？　魔女というのは箒《ほうき》に跨《また》がって飛ぶんでしょう？　僕もそれがいいなあ」

のんきなラシェットをじっとりと睨《にら》みつけたネフェルティスだったが、気だるそうに溜息をついて短い呪文を唱える。

「カア!?」

するとラシェットはあっと言う間に、片眼鏡《モノクル》を付けた一羽のカラスに変身してしまった。

「あら、ごめんあそばせ。今は魔力が足りなくてこれが精一杯みたい。あなたの下僕のカラスと同じ姿になっちゃうなんてねぇ。おほほほほほ」

ネフェルティスがわざとらしく高笑いすると、カラスはがっくりとうなだれる。

クレアとフレドリックはそそくさと背を向けて、取り付けた鞍《くら》を点検するそぶりをした。機嫌の悪い魔女と目を合わせたら、ラシェットのようにおかしな姿に変えられてしまうかもしれない。

「ガッシュ、今日はよろしくね。たくさん走ってもらわなくちゃ」

用意を調え、クレアが乗馬用のスカートを翻《ひるがえ》して背に乗ると、ガッシュは興奮して嘶《いなな》いた。

「留守を頼んだぞ、ネフェルティス」

「承知しております、道中お気をつけて」

ネフェルティスは恭《うやうや》しく頭を下げ、フレドリックたちを見送る。

天高く舞うラシェットを追い、馬たちは一気に駆け出す。

城門をくぐり市街を抜けると、フレドリックが振り返って威勢の良い声を寄越した。

「走らせるぞ、クレア」

「はい！」

畑が続くのどかな景色を眺めていたかったが、今はそんな悠長なことを考えてはいられない。

黒い翼を朝日に煌《きら》めかせて先導するラシェットを追い、馬たちは懸命に走った。

農村をいくつか通り過ぎ、道の途中で旅人や商隊とすれ違う。

そうして、クレアたちが西のソルテ公爵領地に入ったのは、陽が中天にかかる頃だった。

空を飛んで郊外の林の中へと二人を導いていたラシェットが、だんだんと高度を下げてきた。

「クワァ！」

一声鳴くと、ポンッ、と樽《たる》の栓《せん》を抜くような音を立てて、人間の姿のラシェットが現れた。どうやら魔法の効果が切れたらしい。

「いやー、鳥になって空を飛ぶのも楽じゃないですねぇ。まあ、僕が飛べたおかげで早く着いてなによりです」

「……鳥の姿に馴染《なじ》むのも早いな、お前は」

「そこが僕の長所の一つですよねぇ」

平然と軽口を飛ばすラシェットに、フレドリックは呆れ顔になった。

「それで、冥界の入り口とやらはどこなんだ？」

フレドリックの言葉につられて、クレアも馬上から周りを見渡した。

なんの変哲もない林の中で、少し先に屋敷が見える。ラシェットの邸宅であるソルテ公爵家かとも思ったが、それにしてはみすぼらしく、壁にびっしりと蔦《つた》が絡まった建物は陰気な雰囲気が漂《ただよ》っている。

そんな廃墟さながらの屋敷の屋根に、カラスが数羽留まっていた。

「僕の隠れ家ですよ。ここに冥界の入り口があるんです」

そう言うと、ラシェットは先頭を切って建物に歩いていってしまった。

暗くておどろおどろしくて、まるで幽霊屋敷みたいだ。クレアがおずおずとフレドリックを見ると、彼はわざとらしく肩をすくめてみせた。

「諦めてラシェットに従うしかないだろうな。馬から降りて中に入ろう」

錆《さ》びて軋《きし》む扉を開く。屋敷の中は昼間だというのに、薄暗くてよく見えない。戸口からこわごわと中を覗《のぞ》いていると、ふいに背中を押されて前のめりになった。

「ぎゃあああっ！」

「なんだ、そんなに怖いのか」

脚がもつれてよろけたクレアの腕を取りながら、フレドリックが忍び笑いをする。

「こ、怖いに決まっているじゃありませんか！　もしも幽霊が出てきたらどうするんです？　殿下は恐ろしくないのですかっ？」

背中を押したのはフレドリックであることが分かり、ほっとしたのと同時に、文句を言わずにはいられなかった。

「そもそも、カルセドニーを迎えに行くのに幽霊が怖いとか言ってもいられないだろう」

「それはそうですが、真っ暗でなにも見えませんし……」

奥に進んでみたものの目先には闇しかなく、どこが冥界の入り口なのかも分からない。

「お二人さん――」

「ぎゃあああっ！」

背後から声を掛けられて、同時に振り向いたクレアとフレドリックは叫び声を上げた。

恐怖のあまり、二人はしっかりと抱き合う形になってしまう。

すると、蝋燭《ろうそく》の明かりに照らされて、深い陰影《いんえい》のある顔が宙にぼぅっと浮かび出る。

「ラ、ラシェットか！　急に出てきて驚かせるな！」

「せっかく明かりを持ってきてあげたのに。おや、お二人とも仲がよろしいことで」

燭台《しょくだい》を持ったラシェットに指摘され、クレアは慌ててフレドリックから身体を離した。

「本当は殿下も怖いんじゃありませんか！」

「いきなりあんなのが出てきたら、誰だってびっくりするだろうがっ！　これは正常な反応だ！」

暗いのでフレドリックの顔はよく見えなかったが、いつもみたいに眉間に皺《しわ》を寄せているに違いない。こんな時でも意地を張る彼に、クレアは思わず噴き出しそうになった。

「〝あんなの〟呼ばわりとは心外ですねぇ。早く来ないと置いていきますよぉ」

燭台を掲げながら先を歩くラシェットを追いかけて、一階にある部屋に入った。そこから地下へ続く階段を、硬い靴音を響かせて降りていく。

「ここは遺跡かなにかか？　上と下の造りがちぐはぐだから、屋敷は後から建てたみたいだな」

フレドリックは興味を持ったらしく、わずかな明かりを頼りに周りを見渡している。

「確かに、地下は古い時代のものですねぇ」

先に階段を降り終えたラシェットはのんびりと答えながら、四隅《よすみ》に取り付けられている燭台《しょくだい》のそれぞれに火を灯していった。部屋の内部が明かりに照らされて浮かび上がる。

辿り着いた部屋は広いが、なにも置かれていなかった。ただ、石床の真ん中に円《サークル》と装飾文字を組み合わせたような、不思議な文様《もんよう》が白墨で描かれている。

「かつてセレスティナが使った魔法陣です。これを再利用しちゃおうかと思いまして」

「なに？　聖女の時代から残っているのか？」

「そうです。血を受け継いでいる殿下なら、きっとこの魔法陣が力を貸してくれますよ」

何気ないラシェットの言葉に、クレアの心はチクリと痛んだ。

この聖女の魔法陣を使えるのだって、フレドリックが聖女の血を受け継いでいるからだとしたら——

いつの日か、魔物が復活した時に国民を護《まも》るのもやはり聖女の血だと司教は言っていた。

きっと、教会と司教は正しい。その時までセレスティナの血を受け継ぐ子孫も必要だということなのだから。

「——ア。クレア、聞こえていますか？」

名前を呼ぶ声に顔を上げると、二人がクレアを心配そうに見つめていた。

「どうした？　疲れたのか？」

「あ……いえ、すみません。少々考え事をしておりました」

クレアが取《と》り繕《つくろ》って背筋を伸ばすと、フレドリックは気遣うような視線を向ける。

「怖いのなら無理はしなくていいんだぞ。私が行くから、クレアはここで休んでいろ」

クレアは急いでかぶりを振った。

「いいえ、これ以上殿下のご厚意に甘えるわけには参りません」

「殿下、クレアの気持ちを尊重してあげましょう。それに殿下には、他にやってもらうことがありますしね」

ラシェットはそう言いながら、部屋の隅に転がっていた金属製の小さなゴブレットを手に取り、無造作に床へ置いた。床の石と金属の底がぶつかり、不快な音が響く。

「まずは、この器《うつわ》を満たすぐらい殿下の血が必要です。その血がセレスティナの魔法陣を目覚めさせて冥界までの道を作ってくれます」

「そうか」

頷《うなず》いたフレドリックは、腰に提げていた剣を抜いてゴブレットの前でどっかりと胡坐《あぐら》をかいた。そして、クレアが息を呑む間も無く、左の袖をまくり上げて腕に剣身を滑らせる。

フレドリックの顔に一瞬だけ苦痛が走った。

「うっ……なんてことを！」

彼の痛みが容易に想像できて、クレアは背筋に冷や汗が流れた。フレドリックの傍《そば》に駆け寄り、一緒に座り込む。

「剣の手入れを怠《おこた》っていない証拠だ。よく切れる」

「そういう問題ではありません！」

妙なことを自慢するフレドリックに、クレアは怒ればいいのか窘《たしな》めればいいのか分からなくなった。

血はゆっくりと滴《したた》り落ちてゴブレットを満たしていく。

クレアは、ポケットからハンカチを取り出し、止血するためフレドリックの腕を強く縛った。

「ラシェット、血はこれぐらいで足りるのか？」

「十分です」

ラシェットはそう答えると、ゴブレットを拾い上げ、それを魔法陣に向けて投げつけた。飛び散った血液が石畳の上に黒い染みを作る。

すると、血を吸った魔法陣が次第に歪《ゆが》んで、石畳の真ん中が窪《くぼ》んだ。

クレアもフレドリックも驚いてそれを眺める。やがて、へこんだ場所から真っ赤な塊《かたまり》がせり上がってきた。

「カア」

聞き慣れた鳴き声と共に現れたのはカラスだった。ただし、誰もが知っている漆黒のあの姿ではなく、血の色をした真っ赤なカラスだ。

「出ましたねー！　この子が冥界まで案内してくれますよ！　良かったですねぇ」

興奮気味のラシェットはクレアの手を引いて立ち上がらせると、魔法陣の中に引き込んだ。

「さて、それではクレアに死んでもらいましょうか」

「えっ!?」

「ちょっと待て。それはどういう意味だ！」

フレドリックは、血が付着したままの剣をラシェットの首元に向けた。

「わっ！　やだなあ殿下ってば、人の話は最後まで聞いてくださいよ。もちろん、死ぬと言っても一時的に魂を抜くだけですから、ちゃんと戻ってくれば大丈夫です！」

「戻ってこられる保証はあるんだろうな!?」

剣がすっと流れるように下がり、クレアを掴んだままのラシェットの手の前でぴたりと止まった。ラシェットは慌ててクレアから手を離す。

「もちろん、それはクレアの頑張り次第ですよ。どうしますか？」

「必ず戻ってきます。だから、カルセドニーを迎えに行かせてください」

その時のラシェットの微笑みは、なぜか複雑なものに見えた。

「カルセドニーは幸運ですね。死者は二度と冥界から出ることはできない。そんな世の理《ことわり》をあなたたちはあっさりと破れるんですから」

――もしかしたらラシェットは、クレアと同じように大切な人を生き返らせようとしたことがあるのだろうか？

クレアは、そんなことをふと考えた。

愛する恋人を追って冥界へ降りるという物語は、昔から知られている。もしかしたら彼は、愛しい誰かを迎えに行くために、以前から冥界の研究をやっていたのかもしれない。

クレアは感謝の気持ちを込めて、ラシェットの手を取り両手で包み込んだ。

「ラシェット様のお気持ちは大変よく分かります。ここまで協力して下さり、ありがとうございます」

手を握られたラシェットがきょとんとした表情になる。

「は？　クレアも一体なにを言い出すんです？　え、いやちょっと、僕これ以上誰かさんに睨《にら》まれたくないんですけど!?」

別の視線が気になるラシェットは、クレアの手をやんわり押し退《の》けてから咳《せき》払いした。

「では、クレアはこの赤いカラスの後について行きなさい。そうすれば冥界に辿り着きますからね。そこから先はクレア次第ですよ。いいですか、門番を決して怒らせないように」

「えっ？　門番って？」

誰だか知らないが、そんな怖そうな人がいるなんて知らなかった。詳しく聞きたかったが、赤いカラスが「カア！」と威勢よく鳴き、羽音を立てて飛び上がってしまう。

「あっ。ラシェット様！　まだお話が……」

クレアは呼びかけるものの、いつの間にか辺り一面が真っ暗になっていた。上も下も、前後すらおぼつかず、息苦しいほどの闇に覆《おお》われている。

ただ唯一、血に染まった赤いカラスだけが宙に浮かび上がって見えている。クレアは引き離されまいと必死でそれを追いかけた。

＊　＊　＊

どさりと音を立て、魔法陣の円《サークル》の中でクレアが急に倒れた。フレドリックは慌てて彼女を抱き起こす。

「おいっ！　いきなりどうした⁉　しっかりしろ、クレア！」

揺すってもクレアはぴくりとも反応しない。それどころか、徐々に彼女の身体が冷たくなっていき、フレドリックは焦った。

「大丈夫ですってば。あとは戻ってくるのを待つだけですよ」

床に腰を降ろして脚を伸ばしたラシェットがのんびりと言う。

フレドリックはクレアの身体を抱えたまま、じろりとラシェットを見上げた。

冥界がどんなところかも知らないし、クレアがどんな目に遭《あ》うのかも分からない。万が一、いや億が一にもクレアが帰って来られなかったらどうするのか？

「やはり私もついて行くべきだったんじゃないか？」

なぜ一人で行かせてしまったのだろう。フレドリックが後悔の念でそう言うと、ラシェットは小さく微笑んだ。

「クレアはちゃんと戻るって僕たちに言ったじゃないですか。信じてあげてくださいよ」

その言葉に、フレドリックはわずかに目を見開いた。

「そ、そうだな。私がクレアを信じてやらないとだな」

クレアがフレドリックとの約束を違《たが》えたことは、一度もないのだ。今回だってきっとそうだ。

　フレドリックは、ただ眠っているだけのようなクレアの身体をそっと魔法陣の中心に横たえた。そして寒くならないよう自分の上着を掛けて、彼女の冷たい頬に手を当てた。

「しかし、じっと待つだけというのも辛いものがあるな」

　溜息混じりにそう呟《つぶや》くと、ラシェットが怪訝《けげん》な表情を見せる。

「おや、じっと座って待つのは僕だけですよ。殿下にはもう一仕事してもらわないといけませんからね」

「は？　どういう意味だ？」

　フレドリックは訳が分からないといった表情でラシェットの顔を見つめる。それに動じることなく、ラシェットはにっこりと微笑んだ。

「クレアの身体を乗っ取ろうと、悪霊たちが寄ってくるんですよ。彼らは死を受け入れられずに冥界に行くのを拒んだ魂のなれの果てです」

「あ、悪霊だと!?」

「若くて健康な肉体は彼らにはとても魅力的です。喉《のど》から手が出るくらい欲しいでしょうねぇ。そんなクレアの身体を悪霊から守るのが、殿下のお仕事です」

「それを早く言え！　私はどうすればいいんだ!?」

フレドリックは急いで立ち上がって剣を構える。だが、自分に悪霊など見えるのだろうかと疑問が湧いた。なにせ、お化けや幽霊の類《たぐい》は未だかつて見たことがないのだ。

ラシェットは余裕綽々《よゆうしゃくしゃく》で、左目を覆《おお》う片眼鏡《モノクル》をぐいっと指で押し上げた。

「ふっ。お任せください。僕にはしっかり見えているのですよ。あとは殿下の腕の見せ所です」

＊＊＊

赤いカラスを追いかけて、クレアはひたすら走った。

暗闇はずっと続いていたが、視線の先にかすかな光が見えてきた。カラスはそこを目印にして飛んでいるようだ。

そしてクレアはついに闇のトンネルを抜け、明るい別世界へと足を踏み入れた。

「ここが、冥界……？」

目の前にあるのは、野外の風景だ。薄曇りのような空と、足元に広がる花畑。大きな木や山などなく、ひたすら続く平らな大地。

死者の国とは、暗くおどろおどろしい場所だと思っていたので、拍子抜けしてしまった。

時折、空から小さな花びらがひらひらと落ちてくる。それが地面にぶつかり、キンと高い音を響かせて消えた。かすかだが清々《すがすが》しい音色だった。

風もなく、暑くも寒くもない。そんな、時が止まったような世界。

しかし、その穏やかな景色の中心に、異質なものがあった。

見上げるほど大きな、重々しい一枚の扉だ。

それを支える壁も続く部屋もなく、扉だけが大地に突っ立っているのは不自然だ。

「カラスはあの扉の中に入っていったのかしら？」

だとしたら、追いかけていかなければならない。そう決意したクレアが扉に手を掛けた時、背後から女性の声が聞こえてきた
「中に入ったら、もう地上には戻れぬぞ。あちらは死者だけが行ける場所だからのう」

その声に慌てて振り向いて、思わず目を瞠《みは》った。

仰々《ぎょうぎょう》しく古めかしい言葉遣いをしているが、年齢はクレアと同じくらいだろうか。

艶《つや》やかな暗赤色《ダークレッド》の長い髪が目を惹く。均整の取れた顔は勝気そうにも見え、深緑色の瞳がクレアの頭からつま先までをじっくりと眺めている。うっすらと微笑みを浮かべたその表情は、興味津々《きょうみしんしん》といったところか。

繻子《しゅす》織りの簡素な服を纏《まと》った彼女は、腕も脚も剥《む》き出しにして肢体《したい》の美しさを見せつけているみたいだった。周りを見回してみても、彼女の他に誰もいない。もしかして、目の前にいるこの人物がラシェットが言っていた門番なのだろうか。

「もしかして……あなた様が門番の……？」

目の前の女性に圧倒されていたクレアだったが、やっとの思いで口を開くと、彼女は笑いを堪《こら》えるように目を細めた。

「いかにも、妾《わらわ》が冥界の門番じゃ。お前がクレアかの？」

「はい、クレアと申します。あの、あなた様が――ぐえっ！」

クレアの首がクキッと嫌な音を立てた。目の前の女性にいきなり両頬を手で挟まれて、力任せに顔を上向きにさせられたのだ。彼女はクレアの顔を覗《のぞ》き込んで言う。

「もっとよく瞳を見せておくれ。……おや、本当にエメラルドグリーンじゃ。澄んでいてとても綺麗なこと」

「あ、あなた様の瞳も、まるで湖の水面みたいに神秘的な色でお綺麗です……よ」

鼻と鼻がぶつかりそうなくらい顔を近づけられて、引《ひ》き攣《つ》った愛想笑いをしつつも、クレアは答える。

すると、クレアの目の色よりも深く、太古の湖のような緑を湛《たた》えた彼女の目が、キラリと輝いた。

「当然じゃ。誰もが妾を美しいと讃《たた》えるからな。さすがに聞き飽きてしもうたが」

「そ、そうですか。そうでしょうねぇ……」

不遜《ふそん》な態度ではあるが、あっけらかんと言うのでつい納得してしまう。そんな不思議な魅力が彼女にはあった。それに、クレアはまだ名乗ってもいなかったのに、彼女は名前を言い当ててきた。ということは、クレアを呼び出したのも彼女なのだろうか。

「ふぅん。今の地上ではこういう服が流行《はや》っておるのか。妾の時とは大違いだのう」

今度はクレアの着ている服が気になるのか、周りをぐるぐると回って服の生地をつまんでくる。

「別に流行っているというわけでは――きゃあっ！　なにをなさるんですか！」

しゃがんだ彼女がスカートをめくって中を覗こうとするので、クレアは慌てて裾《すそ》を手で押さえた。

「ちょっと地味じゃないかえ？　それに中にもなにか穿《は》いておるのか？　ふーむ……着るのが面倒そうじゃな」

「こ、これは、ただの下着ですっ！　それに服は仕事用のものなので、地味でいいんです！」

「なんと。では今はどんな服が流行《はや》ってるのかえ？　それが見られないなら、ここに来させた意味がないわ」

まさか地上で流行している服を見たかったというだけで、クレアを呼びつけたのだろうか。

辺りを見渡してみても、不満そうに頬を膨《ふく》らませた目の前の女性以外に人の姿はない。ラシェットが「怒らせるな」と忠告してくれたのを思い出し、これ以上機嫌を損なわないように顔色を窺《うかが》いつつ、クレアは話を変えた。

「カルセドニーを返してくださると、カラスを遣わしてくださったのはあなた様ですか？」

下手《したて》に出て訊《たず》ねると、門番の彼女はあっさりと話に乗ってきた。

「ふふっ、その通りじゃ。お前を呼んだのは、この妾《わらわ》」

女性は楽しそうに目を細めて、クレアを眺める。

「ほれ、あちこちに降っている結晶の花びらがあろう？　あれは妾を退屈させぬために地上から落ちてきて鳴るのじゃ」

「そうなのですか」

「その音を聞いていたらカルセドニーが来ての。今の地上のことをいろいろ教えてもらったのじゃ。そうしたらラシェットのことを知っていて驚いたぞ。これもなにかの縁だと思って、クレアを呼んでやったのじゃ！」

どうだとばかりに得意気に胸を反《そ》らして、門番はにっこりと微笑んだ。

すると、彼女の手の中に突然黒い箱が現れた。その蓋をはね上げて、白いものが頭を出す。

「ぷはっ！　僕もう、息ができなくて死んじゃうかと思ったよ！」

カルセドニーが天を仰いで深呼吸をする。

「よく言う。お前はすでに死んでおるわ」

赤髪の門番はころころと愉快そうに笑う。

「カルセドニー！」

クレアが感極まって呼びかけると、小さな白蛇は愕然《がくぜん》とした表情になった。

「お嬢？　もしかしてあの狼に殺されちゃったの？　僕、お嬢を守れなかったの？」

「違うの。カルセドニーのおかげで私は無事よ。あなたを迎えに来たの」

「えっ、僕、帰れるの？」

カルセドニーの顔が喜びで輝いた。そして、クレアの腕に飛びつこうとした瞬間――

「ちょっとお待ち」

蛇の長い胴をむんずと掴んだのは、門番の女性だった。

「カルセドニー、いくらお前でも一度死んだ者が蘇《よみがえ》ることはできないぞ。これは冥界の王が管理する世の理《ことわり》じゃ」

「えっ、それではカルセドニーは帰れないのですか？」

「このまま地上に戻っても、冥界の狩人《かりゅうど》がどこまでも追いかけていくだろうの」

「えっ。嫌だよ、怖すぎるよそんなの！」

喜びから一転、顔を引き攣《ひ》らせるクレアとカルセドニーに、門番はにんまりと笑んだ。

「そこでじゃ。カルセドニーの魂だと分からないように、妾《わらわ》の魂を少しだけ混ぜてやろう。狩人たちは見分けがつかなくなって追えなくなるのう」

門番から思いもよらない提案を持ちかけられて、クレアはびっくりしてしまう。

「でも、今度はあなた様が冥界の王様に叱られませんか？」

クレアの心配をよそに、彼女はあしらうように手を振って笑った。

「平気じゃ。あの御方は妾にぞっこんだからの。叱るなんて無理、無理」

「は、はあ……」

死者の世界を司《つかさど》る冥界の王は、生者にとっては畏怖《いふ》の対象だ。そんな相手をこんな風に言えるこの女性は何者なのだろう。ただの門番ではない気もする。とりあえず、ラシェットが教えてくれたように、彼女を怒らせることは絶対にやめよう。クレアはそう心に誓った。

「ほれカルセドニー、口を開けるがよい」

門番の女性は、片手でカルセドニーの顎《あご》を掴んで強引に口を開けさせ、小さな二つの牙を剥《む》き出しにした。それを自らの胸元へ引き寄せて、深々と突き立てる。

傷口から赤い血がゆっくりと滴《したた》って、カルセドニーの口に流れ込んでいく。

「あ、あがっ！」

いきなりのことに動揺したカルセドニーが身をよじるが、押さえつけられて逃げることができない。

冥界の門番は甘い吐息を零《こぼ》した。

「ああ……、動くなカルセドニー。ちゃんと妾の血を飲まねば帰れまいぞ」

恍惚《こうこつ》とした表情を浮かべる女性とは反対に、カルセドニーは大きく見開いた目に涙を浮かべた。

「ぐ、ぐるじいっ！　もう入らな……っ！」

そう叫ぶカルセドニーの腹が、どんどん膨《ふく》れ上がっていく。

「うふふ。なんとも変な格好になってしまったのう」

歪《いびつ》な体型になってぐったりとしたカルセドニーを労《いた》わることもなく、門番の女性はただ笑っている。

硬直するクレアに向けて、彼女はカルセドニーを投げて寄越した。

「あっ、カルセドニー！　……あ、あれっ⁉」

確かに受け止めたのだが、差し出した両手の中にカルセドニーはいない。跡形もなく消えてしまった。

「奴は地上に戻ったのじゃ。クレアの言葉で言うなら、生き返ったということだの」

まだ状況を理解できないクレアへ、門番の女性はにっこり微笑んだ。

「あ、あの。なんてお礼を申し上げたらいいのか――」

「ふふ、律儀な人間は好ましいのう。よいよい。フレドリックの血から生まれたあのカラスが礼じゃ。確かに受け取った」

「えっ⁉　フレドリック殿下ともお知り合いでしたか⁉」

クレアは目を丸くした。ここでフレドリックの名が出てくるとは思わなかったからだ。

「会ったことはないが、知っておるぞ」

意味深な視線を送られて、クレアはどういう顔をしたらいいか分からず曖昧《あいまい》に微笑んだ。

「さあ、クレアも帰るのじゃ。フレドリックが待っておるからな。会えて良かったぞ」

「ありがとうございます。……あ、最後にあなた様のお名前を教えていただけますか？」

大事なことを聞き忘れていたと焦るクレアに、彼女はおかしそうに笑った。

「それは今度会ったら教えてやろう。皺々《しわしわ》のおばばになったクレアを見るのも楽しみじゃ」

つまり、老いて死を迎えてからということだろう。

それっきり、クレアの視界は暗い闇に覆《おお》われて、なにも見えなくなってしまった。


次にクレアが感じたのは、背に当たる硬くてひやりとした感触だった。全身が強張《こわば》って動けないが、なんとか目だけを開けると、石造りの暗く四角い天井が見えた。

——ここは、どこかしら？

霞《かすみ》がかった脳が徐々に覚醒して、この場所がラシェットの屋敷の地下であることを思い出す。

「ええい、ここかっ！」

「殿下、右です！　もうちょっと右！　お、千二百六十五体目です」

その時、聞き慣れた男性二人の声が耳に入ってきて、クレアは勢いよく上体を起こした。すると、フレドリックが着ていたはずの上着が滑り落ちたので、慌ててそれを拾う。

フレドリックは、座っているラシェットの声に合わせ、なにもない空中で剣を振るっている。素振りの訓練でもしているのだろうかと首を傾《かし》げていると、ラシェットと目が合った。

「おや、クレアが戻ってきましたよ、殿下！」

「本当か!?　無事かクレア？　ちゃんと心臓は動いているのか？」

抜き身の剣を持ったまま、フレドリックが息を切らせながら駆け寄ってくる。

「はい。無事に戻って参りました。殿下は剣の訓練かなにかですか？」

「悪霊退治だな。クレアの身体を守るために千二百六十五体と戦ったのだぞ。どうだ？」

「え……？　悪霊？」

褒めてくれと言わんばかりの笑顔を向けられるが、クレアは訳が分からず戸惑うしかない。聞けば、クレアの身体を乗っ取ろうとする悪霊に悪戦苦闘していたらしい。

「いや～疲れましたねぇ。殿下は剣を仕舞って結構ですよ。あとは上に行ってひと休みましょう」

「お前は座って命令していただけじゃないか。悪霊を切りまくっていた私の苦労は一体……」

長居は無用とばかりにラシェットがすたすたと階段を昇り始めてしまうと、フレドリックは脱力したようにぼやいた。

クレアもその後を追い、暗い地下室から出て玄関をくぐる。すでに差し込む陽光は傾いていた。この屋敷に着いたのは昼すぎだったから、冥界に数刻はいたことになる。

「カルセドニーはちゃんと戻れたのでしょうか……？」

暗い屋敷を振り返って、クレアは呟《つぶや》いた。

カルセドニーの身体は、王都でネフェルティスが預かっている。本当に冥界から戻れたのか、遠く離れたこの場所からでは確認しようがない。

すると、十羽ほど屋根に止まっているカラスのうち一羽が鳴いた。

「ああ、カルセドニーの魂が王都に向かうのを、あのカラスが見たそうですよ」

ラシェットがカラスの言葉を翻訳すると、クレアは屋根の上に感謝の眼差《まなざ》しを送った。

「魂まで見えるなんて、ラシェット様の眷属《けんぞく》ってすごいですね」

「便利なものだな、カラスというのは」

クレアだけでなくフレドリックも、驚きを通り越して感心する。

「やあ、そこまで褒められると照れちゃうなあ。あ、そうだ。せっかくですし、ピクニック気分でお茶でもいかがです？」

ラシェットが機嫌よく誘ってくれるが、フレドリックは首を横に振る。

「いや、帰るなら急いだ方がいいだろう。のんびりしていると真夜中に馬を走らせることになる」

「それもそうですねぇ……あぁっ――！」

ラシェットがふいに叫び声を上げたので、クレアとフレドリックは驚いた。

「しまった！　魔法が解けてしまったから、鳥になって王宮に帰ることができませんよ！　僕、馬には絶対に乗りたくありませんからね！」

乗馬恐怖症のラシェットが青くなっている。フレドリックはわずかに思案した。

「エルベ村ならここから近いだろう？　そこで馬車を調達するか……どうせなら自分の屋敷に寄ったらどうだ？」

「その手がありますねぇ。ちょうどいい機会だし、屋敷に戻って後から馬車で追いかけようかな。今日のところはクレアに殿下のお世話を任せましょうか」

「あ……はい」

返事はしたものの、これからフレドリックと二人きりになるのだと気がついて戸惑った。

昨日までだったら、フレドリックの傍《そば》にいられて嬉しいと思えただろう。でも今はとてもそんな気分になれない。これからの半日が辛いものになりそうで、クレアの顔が曇る。

「あれ、どうかしましたか、クレア？」

目敏《めざと》くラシェットに問われて、クレアは笑顔を取《と》り繕《つくろ》う。

「いえ、ご一緒できなくて残念です。帰り道にでも、冥界でお会いした門番の女性のことをお聞きしようと思っていましたのに」

「え？　ああ、そうですね。あの人と僕はちょっとした知り合いでして……」

ラシェットが珍しく歯切れ悪く答えるので、クレアは少し気になってしまう。だが、ラシェットが話す様子はないので、諦めるしかないだろう。

そんなクレアを見て、ラシェットがこっそり耳打ちした。

「まぁ、あとはお二人で。『人の恋路を邪魔する奴は馬に蹴られて』って言いますからね」

にっこり微笑んだラシェットは、そのまま実家に向けて出立《しゅったつ》する。彼の後ろ姿を見送ったのち、クレアとフレドリックは王都への帰路に着いた。来た時と同じ道を可能な限りの速さで駆ける。

夕刻を告《つ》げる茜色《あかねいろ》の空は紫に色を変え、そして濃紺の宵闇《よいやみ》へと移っていく。

クレアの前を走っているレディ・ミランダの尻尾も、その上にあるフレドリックの引き締まった背も、すぐ近くにあるはずなのによく見えない。

「殿下、レディ・ミランダにだいぶ疲れが……」

フレドリックの乗る馬は明らかに進む速度が遅くなっていた。朝から全力で走っていれば、体力の限界がくる。後ろを走るガッシュも同様だ。

「ああ、そうだな。これ以上馬たちに負担をかける前に休もう」

そうは言っても夜露《よつゆ》をしのげる場所など、このあたりの街道沿いにはなかったはず。野宿なんてしたことのないクレアは、心細くなった。

フレドリックは脇道に入り、そのまましばらく進む。草を踏みしめる蹄《ひづめ》の音と馬の息遣いが響くだけで、なにも聞こえない。

「ここなら休めるはずだ。屋根もある」

ふいにフレドリックの声がして顔を上げると、目の前に建物の影が見えた。馬を降りて見上げたものの、星明かりだけでは細部まで分からない。

「ここは一体……？」

「古い聖堂だな。以前ソルテ領に立ち寄った時、建物が残っていたのを覚えていたんだ。旅行者が雨風をしのぐには都合がいいらしい」

馬の背から荷物の入った袋と剣を降ろしたフレドリックは、建物の中に入っていった。夜闇に置き去りにされたくなくて、クレアも急いで後を追う。

「誰もいないな」

耳をそば立てて建物内部の様子を窺《うかが》った後、フレドリックは少しだけ緊張を解いてそう言った。

待ち伏せする夜盗《やとう》も、街に着く前に夜を迎えてしまった旅人もいないと判断したらしい。

小さな聖堂は窓も扉も朽《く》ちて、屋根もところどころ穴が開いている。

ふいにカチカチと石を合わせる小さな音がしたと思ったら、すぐに聖堂の中に光が溢《あふ》れた。フレドリックが蝋燭《ろうそく》を灯したのだ。急に現れた明かりに目が慣れず、クレアは何度も瞬《まばた》きをする。

「蝋燭をお持ちだったのですね」

「念のために持ってきたのは正解だったな。少しだが食べ物もあるぞ」

そう言って、フレドリックは袋の口を広げてクレアに見せた。

「黒パンとオレンジと……燻製《くんせい》の肉？　ラシェット様の分もありますね」

「ラシェットは残念だったな。せっかくの晩餐《ばんさん》を食べ損ねた」

もったいぶった言い回しに、フレドリックとクレアは顔を合わせて笑った。

なんとも質素な食事だが、腹を空かせた今の二人には晩餐という表現がぴったりだ。

笑ったら、少しだけ気持ちに余裕が生まれた。

明かりを頼りに見回すと、聖堂は狭くて大したものはない。昼間は農夫たちの道具置き場になっているのか、鋤《すき》や鍬《くわ》などの道具が無造作に置いてあった。

「聖女様の像がありませんね」

「さすがにそれは、置きっぱなしにはしないんじゃないか？」

どんな小さな聖堂にも、祭壇には大理石を削って形作った聖女の像が置いてある。それがこの廃墟となった聖堂に残されていないことに、クレアはほっとした。

せっかく二人っきりの今、物言わぬ冷たい聖女の像など目にしたくない。

直に床へ座ろうとするフレドリックを慌てて制して、クレアは自分の腰に巻いていた乗馬用のスカートを広げた。テーブルも椅子もないが、せめてもの絨毯《じゅうたん》代わりだ。

「空腹の身には最高の食卓じゃないか。あとは葡萄酒《ぶどうしゅ》の一杯でもあれば完璧だった」

「それはどうにもなりません。あるのは水筒の水だけです」

フレドリックが心底残念そうにするので、クレアもわざと澄まして応《こた》えた。

「仕方ない。明日は美味い酒を飲むことにしよう」

やれやれと苦笑するフレドリックの言葉が、思いがけずクレアの心を抉《えぐ》る。

――明日……

明日の朝には城に戻る。そうしたら、どんな顔でフレドリックに向き合えばいいのだろう？

司教から言われた言葉を聞かなかったように振る舞えるだろうか。彼の好意を素直に受け入れることができるだろうか。そしてこのまま、彼の傍《そば》に居続けることができるだろうか。答えは、否だ。

聖女の血を一滴も持たない自分は、これ以上フレドリックの傍にいてはいけないと思う。聖女の血筋を護《まも》ることが、ひいてはこの国を魔物の脅威から護ることに繋がるのだから。

頭ではそう分かっているはずなのに、どうしてもフレドリックから離れがたいと思ってしまう自分がいる。

いや、せめて二人っきりの今だけは嫌なことを忘れよう。フレドリックに、沈んだ自分の顔を見せたくない。

ふいに目の前に黒パンが現れて、クレアは目を瞬《またた》かせた。

手で割ったパンに燻製《くんせい》肉を挟んだだけの、シンプルなサンドイッチだった。

フレドリックはそれをクレアに手渡し、同じものを手際よく作り上げる。

「こういうのは押し潰すとうまく食べられるんだ。クレアも食べてみろ」

そう言うなり、フレドリックはパンにかぶりついた。よほどお腹が空いていたらしい。

クレアも真似をして、サンドイッチを頬張った。

「あ、おいしい……」

強い塩気と肉の脂《あぶら》が黒パンによく馴染《なじ》んでいた。麦特有のかすかな酸味が燻製《くんせい》肉と合わさって、まろやかな風味を感じさせる。

最後の一口を呑み込んだ時、ふと視線を感じた。

「腹が減っていたみたいだな。これも食べろ」

目が合うと、フレドリックはにんまりと微笑んで、オレンジを三つクレアの前に置いた。夢中で食べて飢えていると思われたのだろうか。クレアは、心外だと目で訴えながら黙ってオレンジを二つフレドリックの前に置き返した。一つあれば十分だ。

「私も一つでいい。これはラシェットの分だったのだがな」

フレドリックは持て余すように手の上でオレンジを転がす。

「オレンジはガッシュとレディ・ミランダに、ご褒美としてあげてはいかがですか？二頭ともよく走ってくれましたから」

「ふむ。我が馬たちを気遣うとは重畳重畳《ちょうじょうちょうじょう》。ならばクレアに褒美を取らせよう」

芝居がかった大仰《おおぎょう》な言い回しで、フレドリックは荷袋の中から小さな白い紙箱を取り出した。

　ほんの一瞬、クレアは身構えた。箱の中身が宝石とか指輪だとしたら、どうしよう。だが、厚紙製の箱を見ると、そんなに高価なものではないみたいだ。

　受け取ってそっと蓋を開けると、折り重なる濃紫の輝きに目を奪われた。

「まあ！　スミレの花の砂糖漬けですね。ありがとうございます」

「今朝持ってきたまま渡し損ねていたんだ。クレアにやろうと思ってな」

　スミレの花の砂糖漬けは滅多《めった》に食べられるものではない。珍しいお菓子に、クレアの目は輝いた。

　きっとこのプレゼントも、魔物に襲われ、カルセドニーを失ったクレアを慰《なぐさ》めるために用意してくれたのだろう。

　いつもお菓子で慰めようとするのはおかしかったが、フレドリックのそんな優しさに幾度と救われてきたのも事実だ。

　箱の中から爽《さわ》やかな花の香りがほんのりと立ち昇り、つい誘われるように一つつまんで口に入れる。たっぷりとまぶされた砂糖の甘みと、スミレの強い香りが口いっぱいに広がる。

　うっとりと味わっていると、そんなクレアに呆れたように、フレドリックが溜息を零《こぼ》した。

「なんで菓子一つでそこまで幸せそうな顔ができる？」

「殿下も召し上がってみれば分かります。カルセドニーも食べて……」

自分の左手首を見て、言葉を止めた。ここにカルセドニーはいない。毎日一緒にいたせいで、気がつけばそれが当たり前になっていた。

「つい、いつもの癖で。カルセドニーがいないと寂しく感じますね」

「そうか？　いたらいたで、煩《うるさ》いことこの上ないんだがな」

元気を通り越すカルセドニーのお喋《しゃべ》りを思い出したのか、フレドリックはげんなりとした表情になり、そのまま砂糖漬けを一つ取り口に放り込む。

「……不味《まず》いな」

顔をしかめたのがおかしくて、クレアは思わず噴き出しそうになった。

「殿下のお口には合わなかったようですね」

笑いを堪《こら》えて肩を震わせていると、ふいに視線を感じる。目を上げると、フレドリックがじっとこちらを見つめていた。

「ようやく笑ったな。昨日からずっと辛そうだったから心配していた」

フレドリックの真剣な顔に、クレアの胸の奥がズキンと音を立てて痛んだ。

こんなにも自分のことを大事に思ってくれる彼《ひと》なのに——

そんなフレドリックを裏切らなくちゃいけない。もう傍《そば》にはいられないのだ。とてつもない罪悪感に押し潰されてしまいそうになる。

「もう大丈夫です。殿下のおかげでカルセドニーにまた会えるんですもの」

本心は隠して、にっこりと微笑んでみせる。それに、フレドリックがいてくれたから冥界にも行けたのだ。感謝してもしきれないほどだ。

笑顔を見せたクレアに安堵《あんど》したのか、フレドリックは目元を少し緩《ゆる》めつつも不服そうな声を出す。

「クレアは、カルセドニーのことばかり気にかけるのだな」

「いけませんか？」

「いけなくはないが……私が面白くない」

フレドリックの眉間に縦皺《たてじわ》が刻まれ、険のある表情になってしまう。せっかくの端整な顔がもったいない。

クレアはつい、人差し指で彼の眉根に触れて皺を伸ばした。皺はすぐに消えたが、代わりに驚いた表情が浮かぶ。

「あっ、すみません」

我に返って手を引いた瞬間、クレアの肩を小突くように、向かいに座るフレドリックの頭が倒れてきた。艶《つや》やかな赤髪が頬をくすぐる。

「殿下？」

「……カルセドニーにまで嫉妬《しっと》するようになったら、末期症状だな」

首元で聞こえるフレドリックの呟《つぶや》きに、切なくて愛おしい想いがクレアの胸にこみ上げてくる。

「そんな、嫉妬なんて……」

宥《なだ》めるようにそっと髪に指を滑らせると、フレドリックは顔を起こした。

琥珀色《こはくいろ》の瞳と視線がぶつかる。

「自分がこんなに嫉妬深いとは知らなかった。カルセドニーにも、ガッシュにも私は嫉妬している。こんな調子なら、クレアが拾う石ころまで妬《ねた》んでしまう。どうすればいいか、教えてくれ、クレア」

「そんな、大袈裟《おおげさ》ですよ」

そう言って笑い飛ばそうとしたが、クレアはそっと目を伏せた。

抱えたまま言えないクレアの気持ち。それが先ほどの問いの答えなのだ。

それを伝えたいと思った。これからクレアはフレドリックのもとを去ることになる。

彼に嘘をついて傷つけてまで――

だから、せめて、自分の本当の気持ちだけは彼の傍《そば》に置いていきたかった。心臓が鳴り止まなくて、壊れてしまうんじゃないかと狼狽《うろた》えながらも、意を決して見上げた。

「私が誰よりも好きなのは殿下です。だから――」

覚悟と共にゆっくりと吐き出した言葉は、フレドリックのくちづけによってあっと言う間に呑み込まれた。唇を塞《ふさ》がれてしまっては、これ以上なにも言えない。

不意打ちのキスに驚いて、思わず身を引いてしまいそうになったクレアだったが、腰に回された腕が力強くて、身体を動かせない。

それどころか、心地よい刺激に、クレアの全身から力が抜けていく。

気がつけば、クレアは彼の広い背中に腕を回し、縋《すが》りつく格好になっていた。

「……すまない。つい、最初から飛ばしすぎた」

ようやく離れた唇の先で謝罪され、頭の中がふわふわと浮いた状態のままで目を上げれば、困ったように微笑むフレドリックがいる。

クレアもつられるように小さく笑みを浮かべて、それから首を横に振った。

「本当はずっと、殿下のお気持ちが嬉しかった。だから私は、心のどこかでこうなることを望んでいたのかも――」

「クレア……」

ギュッと抱きすくめられて、一瞬息が止まるかと思った。

肌から伝わってくる熱情は激しくて、全身が焼かれてしまいそう。

その熱を逃がすために、フレドリックの肩越しに吐息を漏らすと、クレアを閉じ込めていた腕が緩《ゆる》んだ。そして、先ほどの荒々しい動きではなく、そっと抱えるようにして押し倒された。

「こんなところで言う台詞《せりふ》じゃないのだろうが——あなたは私のものだ。愛している、クレア」

覆《おお》い被さって手を床についたフレドリックは、ただじっとこちらを見下ろしている。

クレアも息を詰めて彼を見つめた。そして腕を伸ばし、両手でフレドリックの頬を包んだ。

「私は殿下のものです。どこにあっても、私は殿下だけのもの……」

そう、たとえフレドリックから離れてしまったとしても。自分に言い聞かせるように呟《つぶや》き、クレアはフレドリックの頬を引き寄せてキスを贈る。

目を瞬《またた》かせたフレドリックは、ふわりと笑み、すぐにお返しとばかりに深いくちづけを寄越した。

ゆらゆらと心地のよい揺れを感じて目を覚ますと、茶色い馬のなだらかな首が映った。この毛色はレディ・ミランダのものだ。なぜ青毛のガッシュじゃないんだろうと、ぼんやり考える。その時、苦笑まじりの声がすぐ耳元で聞こえて、クレアは一気に眠気が吹き飛んだ。

「ようやくお目覚めか？」

「殿下？　どうして!?」

クレアが振り返ると、すぐ後ろにはフレドリックが乗って手綱《たづな》を引いていた。ガッシュはとぼとぼと後をついてくる。

「どうしてもこうしてもあるか。クレアはガッシュの上で寝てしまっていたんだ。落ちる寸前だったぞ」

落馬しそうで危ないからと、レディ・ミランダに移されたらしい。

うとうとしてしまったのは、旅の疲れと昨夜のせいで――

クレアがそう弁解しようと口を開きかけた時、聖堂での一夜が脳裏に過《よぎ》った。瞬時にクレアの頬が真っ赤に染まる。

それを誤魔化《ごまか》すみたいにして辺りを見渡すと、王宮のすぐ傍《そば》にある丘陵《きゅうりょう》が見えてきた。どうやら王宮に戻らなければならない時間には間に合ったのだと、クレアは安堵《あんど》する。

前に広がる風景に目を遣《や》ると、太陽がゆっくりと昇り、街の建物ひとつひとつに影を作っていくところだ。眩《まばゆ》い金色の光に包まれた王都の美しさに、クレアは目を細めた。

「朝陽の中の王都も、きれいですね」

「そういえば、ここから朝の王都を眺めるのは初めてだな」

そっと仰ぐと、フレドリックが王都を見渡すように真っ直ぐ顔を向けている。彼の琥《こ》珀《はく》色の瞳は、朝陽を受けて黄金色に輝いて見えた。

じっと見つめられていることに気付いたフレドリックは、きょとんとした目をクレアに向けたが、すぐに柔らかく微笑んだ。

「クレア。私と結婚してほしい。いいね？」

そう言ってフレドリックはクレアを背中から抱きしめる。

今までも指輪や後見人を決める話を振られてきたけれど、こうしてはっきりと求婚されたのは初めてだった。こんなにも重みのある言葉だったなんて——けれど、クレアにはそれを受け入れることはできない。

クレアは息を詰めて前に向き直り、回されたフレドリックの腕にそっと触れた。

温かくて強い腕。何も考えずに、この腕の中にすっぽり収まってしまえたらいいのに——

ここで求婚を断っても、フレドリックが素直に引くとは思えなかった。

きっとこの場で激しく迫り、この腕の中に閉じ込めようとするだろう。そうなったら、クレアが彼のもとを離れようとしていることにも気付かれてしまうかもしれない。

そんなことではいけないのだ。

クレアは、やっとの思いで口を開いた。

「ならば、女王陛下のお加減が良くなったら、お許しをいただかないといけませんね」

「……ああ、そうだな。クレアに会ってもらわなければ」

フレドリックの声に、安堵《あんど》とかすかな戸惑いが混じる。

王宮で囁《ささや》かれる女王陛下の病状の噂は芳《かんば》しくないものばかりだ。そして、息子であり後継者であるフレドリックは、その噂が本当であると一番分かっているのだ。

クレアはそんな彼の戸惑いに気付かないふりをして、にっこりと微笑みながら振り返った。

「私は、この国いちの幸せ者ですね」

たとえ明日はそうでなかったとしても——この瞬間だけは本心で言える。

「クレアだけじゃない。私たち、だ」

後ろから回された腕に力が込もる。

クレアは視線を前に戻し、レディ・ミランダの背の上から、改めて眼下に広がる王都を眺めた。

この丘から見える王都の建物はどれも小さな箱のようだが、そのひとつひとつに人が住み、毎日を生きている。仕事に精を出し、食事を作り、大切な誰かを想って祈っている。

そんな人々を、王となったフレドリックは護《まも》っていくのだ。

国民を思い遣る心が誰よりも強い彼ならば、きっとやり遂げるだろう。それは身近で彼を支えてきたクレアが一番よく分かっている。

馬に揺られながら、そう遠くはない未来のことを考えていると、王宮が見えてきた。

「私はこのまま馬を厩舎《きゅうしゃ》に連れて行きますので、どうぞ殿下はお先に」

王宮の裏門をくぐり、鞍《くら》を降りたクレアは、二頭分の手綱《たづな》を握ってフレドリックに伝える。

「そうか。後は頼む」

「はい」

遠乗りから戻った際に、馬を厩舎に繋ぐのはクレアの務めだ。いつもと変わらない会話でフレドリックを見送ろうとする。

「クレア」

思いがけず名を呼ばれて顔を上げると、唇に触れるだけの軽いくちづけが落とされて、あっと言う間に離れていった。ほんの一瞬のことなのに、クレアの心臓がどくんと大きく脈打つ。

ここでお別れだと、自分で決めたはずなのに。フレドリックのくちづけが、短すぎて寂しい、なんて――

抑えがたい自分の気持ちに愕然《がくぜん》とする。

すると、クレアの頭の中を読んだかのように、フレドリックがふっと笑みを零《こぼ》した。

「どうした？　もう一度して欲しくなったか？」

「ち……ち、違いますっ！　からかうなんて酷《ひど》いですよっ！」

気恥ずかしくなり、力いっぱい否定する。そんなクレアの反応も嬉しくてたまらないとばかりに、フレドリックは満足そうに視線を寄越し、そのまま宮殿へ歩いていった。

クレアは身じろぎもせず、彼の背中が見えなくなるのをじっと見送った。一体どのくらいの時間が過ぎたのだろう。気付けば、持っていた馬の引き綱を強く握り締めすぎたようで、指が痛い。

厩舎《きゅうしゃ》で馬を引き渡し、自分の部屋へ戻って着替え、それから鞄を抱えて王宮の外へ歩き出す。

心残りはたくさんある。

いまだ雄嫌いのガッシュのこと、冥界から戻ったはずのカルセドニーのこと。

そして、今は旅の疲れで休んでいるであろうフレドリックのこと――

二度も勝手に王宮を飛び出すクレアに、フレドリックは今度こそ呆れて怒るだろう。

以前、実家に戻った時はあっさりと見つかってしまったが、今回はやすやすと捕まらない。いや、捕まってはいけないのだ。

フレドリックがどんなに愛してくれたとしても、至聖所《しせいじょ》に入れないクレアを、教会も――ひいては国民も認めてはくれないだろう。

フレドリックは次に国を統《す》べる人間なのに、クレアの存在が足枷《あしかせ》になってはならないのだ。

司教が言ったように、愛人になってでも傍《そば》にいたいと願うことはできるかもしれない。だが、フレドリックはいずれ正式な王妃を迎える必要がある。フレドリックのことを愛しているのに、彼が自分以外の誰かに心を傾けるのを見なければいけないなんて辛すぎる。

フレドリックのことも、見知らぬ未来の妃《きさき》のことも、いつか憎んでしまいそうで恐い。

だから、そんな気持ちを抱いてしまう前に、王都を出るしかないのだ。

行き先はフレドリックの手が届かないところがいい。ひとつだけ思い当たる場所があるので、まずはそこに向かうことにしよう。

きっと彼は理由も言わずに去ったクレアを許さないだろう。

だが、それでいい。クレアは口を真一文字に結び、一度だけ手の甲で涙を拭《ぬぐ》った。


王都の門から出て東に真っ直ぐ、延々と続く一本道をクレアは進んだ。農夫の荷馬車に途中まで乗せてもらえたのは幸運だったが、それから先は一人だ。

走って体力を失うのも困るし、ゆっくり歩けば、次の村に着くのはいつになるか分からない。行ったこともない場所へ行かなければならないのだから、どんどん不安が大きくなる。

その時、遠く後ろから馬の嘶《いなな》きが聞こえてきた。

逃げ出したことがフレドリックに知られて、もう追っ手が寄越されたのだろうか？

クレアは慌てて周りを見渡したが、あるのは収穫前の麦畑ばかりだ。そこに隠れるしかない。

大地を蹴る馬蹄《ばてい》の音は次第に大きくなってくる。クレアが頭を低くして麦畑の中に潜《ひそ》んでいると、馬はあっと言う間に通り過ぎ、すぐに音も聞こえなくなった。

ほっと胸を撫で下ろし、麦の穂の隙間から辺りを窺《うかが》うように顔を出す。だが——

「きゃっ！」

道の先で待ち構えていた馬は、すべてお見通しだとばかりにしっかりとこちらを向いていた。

黒々と輝く馬体は、見間違うはずもなくガッシュだ。なぜか鞍《くら》をちゃんと付け、クレアの乗馬用スカートまで担《かつ》いでいる。

「お嬢！　やっと追いついたよ！」

姿は見えないが、聞こえてくる威勢のいい声に、クレアはとっさに麦畑から飛び出した。

「カルセドニー!?　まさかカルセドニーなの？」

「もうっ！　僕はお嬢のお守りなんだよっ！　置いていくなんて酷《ひど》いよ！」

カルセドニーがガッシュの背の上でぴょんぴょん跳ねて憤《いきどお》っている。ラシェットからカルセドニーの魂は王都へ向かったと聞いていたが、その後どうなったのかずっと気になっていたのだ。こうしてカルセドニーが生き返って変わらず元気にしていることが嬉しくて、クレアは目を潤ませた。聞けば、ネフェルティスのところで息を吹き返した後、クレアを探してやって来たらしい。

「良かった……！　本当に冥界から戻ってこられたのね……」

「うん。僕はまたまたお嬢に助けてもらったんだね。ありがとう」

「お礼を言うのは私の方よ。戻ってきてくれてありがとう、カルセドニー」

一人と一匹で顔を合わせて笑い合った。

「それでね、ガッシュもお嬢と一緒じゃなきゃ嫌だって言うから連れてきたんだ！　僕を乗せてくれたんだよ！」

「えっ!?　ガッシュが乗せてくれたの!?」

以前のガッシュは、カルセドニーすら雄だからと、鼻息で吹き飛ばしたくらいだったのに。

クレアは驚きつつも、すぐに冥界で会った門番の女性を思い出した。カルセドニーの身体には彼女の魂が混じっているのだ。だからカルセドニーを拒否しなかったのだろう。

「ガッシュの女性を見分ける能力ってすごいわね……」

不思議そうに首を傾《かし》げるカルセドニーに、クレアは慌てて首を横に振った。

「駄目よ。ガッシュは殿下の大切な馬なのよ。連れて行くことはできないわ」

そうは言ったものの、ガッシュをここに置き去りにするわけにはいかない。しかし、連れて王宮に戻れば、フレドリックと鉢合わせする可能性だってある。もう王宮には戻れないのだ。

ふとある案を思いついたクレアは、カルセドニーに頷《うなず》いて見せた。

「そうだわ、この先はラシヌ公爵様の領地なのよ。お屋敷を訪ねて、そこにガッシュを預けましょう」

フレドリックと懇意にしているラシヌとルナーリアならば、ガッシュを大切に王都まで送り届けてくれるだろう。そこまでガッシュに乗って行ければ、渡りに船だ。

クレアはそう思ってガッシュの鬣《たてがみ》に掴まり、勢いをつけて背に跨《また》がった。

カルセドニーが少し心配そうな顔で訊《たず》ねてくる。

「お嬢、公爵様のお屋敷でガッシュと別れたら、それからどうするの？」

「その先の国境を越えて、マルシャ王国に行くつもりよ。お父さんの商会の隊商もいるし、親戚の伯父さんもいる。そこで働き口を見つけられればなんとかなるわ」

不安がないと言えば嘘になるが、生きていくためにはなんとかしなければならない。

「マルシャかぁ！　どんなところだろう？　僕、なんだか楽しみになってきたよ！」

カルセドニーの天真爛漫《てんしんらんまん》さが、今のクレアには救いだった。

「カルセドニー、ガッシュ、行きましょう。進路は東よ！」

脚に力を入れて「進め」の合図を出すと、ガッシュは待っていましたとばかりに軽やかに駆け出した。

＊＊＊

フレドリックは王都の南外れにある古びた屋敷の玄関前でメイドに告《つ》げた。

「ネフェルティスはどこだ？」

居丈高《いたけだか》に訊《たず》ねても、王太子の急な訪問にメイドはおろおろと狼狽《うろた》えるばかりだ。フレドリックは溜息をひとつ零《こぼ》し、彼女を押しのけて扉をくぐった。

クレアが消息を絶って、四日が経とうとしている。

あまりに突然のことだったので、なにか事件に巻き込まれたのかとフレドリックは慌てた。だが、部屋の荷物はなくなっており、自発的に出て行ったのだと推測できた。

実家に使いをやって調べさせたが、実家にはクレアの姿はなかった。

それだけでなく、ガッシュの姿も見当たらなくなってしまったのだ。

馬丁《ばてい》たちの証言では、厩舎《きゅうしゃ》に戻ったガッシュが突然現れた小蛇に驚いて、飛び出してしまったらしい。そうなるとカルセドニーとともにクレアを追っていったと考えるのが妥当だろう。

ガッシュの脚の速さでは追いかけるのは難しいし、王都の東門から先は足取りがつかめなかった。実家に帰省しているラシェットはまだ戻ってこないので、カラスに調べさせることもできない。

だからフレドリックは最後の望みをかけてネフェルティスのところを訪ねたのだった。

居間の扉を二つ開けたところで、階段から降りてくる人影があった。

「女性の屋敷に押し入って、あげく挨拶《あいさつ》もなしなんて。殿下も失礼な方ですこと」

ネフェルティスは眉根を寄せて睨《にら》んでくる。フレドリックの来訪を知らされて、慌てて出てきたのか部屋着のままだ。

もちろんフレドリックはそんなことに構っていられない。

「挨拶は後回しだ。クレアがいなくなった。探すために魔女の力を貸して欲しい」

「……いなくなったですって？」

ネフェルティスの眉間の皺《しわ》がさらに深くなる。

そのまま、フレドリックは二階にある書斎へ通された。

「クレアがいなくなったなんて、一体どういうことですの？　まさか……」

「いや、あの狼を追っていったカラスはまだ戻ってこない。なにかあればすぐに知らせがくるはずだが、それもないしな」

ネフェルティスの頭に真っ先に浮かんだであろうことは、フレドリックも容易に想像がついた。あの飢えた魔物に攫《さら》われたとしたら、今度こそクレアの命はないかもしれない。

「クレアは荷物をまとめて自ら出て行ったんだ。ただ、実家には戻らず、後を追うようにガッシュは東門から飛び出していったらしい」

その言葉を聞いたネフェルティスは、疑わしそうな目でフレドリックを見た。

「つまりそれって、殿下から逃げたってことじゃありませんの？　殿下が嫌われるようなことをなさったのではなくて？」

「……そんなことはしていない、と……思う」

フレドリックは憮然《ぶぜん》と答えるしかなかった。

ネフェルティスは「はあー」と大きな溜息をつき、気だるそうに髪を掻《か》き上げた。そしてふとなにかを思い出したのか、にっこりと笑う。

「そうよ！　カルセドニーが一緒にいるのならクレアを探知できますわ。それに繋げれば……」

ネフェルティスは独り言のように呟《つぶや》くと、指を組んで呪文を唱えはじめた。使い魔であるカルセドニーを媒体《ばいたい》にして、位置を特定するつもりらしい。

ネフェルティスがそう言うのなら、きっと探し出せるのだろう。フレドリックは安心して、そっと肩の力を抜いた。

だが、目を見開いたネフェルティスは、表情をさっと曇らせた。

「……おかしいわ。分からない」

「分からない？」

「カルセドニーに繋がってはいますわ。でもなにかが邪魔をして、まるで霧の中にいるみたいで、はっきりとは見えないというか……」

なんだか要領を得ない魔女のお告《つ》げに、今度はフレドリックが困惑する。

「……つまり、どういうことなんだ？」

「つまり、クレアの居場所は分からないということですわ」

今度は明解な回答だった。しかしネフェルティスの表情には戸惑いが浮かんでいる。

「それで、クレアは無事なんだな？」

「カルセドニーとは繋がっていますからね。きっと大丈夫だと思いますわ」

「ならば、今はそれで十分だ」

フレドリックはすぐにネフェルティスの屋敷を出た。

クレアの心を手に入れた気になっていたが、それはただの思い込みだったのか。

それとも、本当はクレアに嫌われていたのだろうか？　だとしたら、自分は目も当てられないほど愚か者じゃないか。

あの夜、どこにあっても、自分はフレドリックのものだと、そう言ったのはクレアだ。

それは本心なのだろうか？　だとしたらなぜクレアは逃げたのだ？

もう何度も頭の中で繰り返した問いに、導き出される答えはすべて一緒だった。

「とにかく、クレアを見つけて問いたださねば話にならない」

フレドリックは外に待機させていた兵を呼びつけた。

「『南の魔女』の占いが出た。マルシャ王国から贈られた至宝の馬は、何者かに連れ去られた可能性がある。なんとしても探しだせ！　捜索の範囲を広げて、国中に沙汰《さた》を出して構わない！」

おそらくクレアはガッシュとともにいる。ならばガッシュを探すことを大義名分《たいぎめいぶん》にすればいい。この際、嘘も方便だ。

「この国いちの諦めの悪さを見せてやろう、クレア」

命令を受けた兵が馬に跨《また》がり走り去るのを確認して、フレドリックは天を仰いだのだった。

第四章　望むから戦う

その頃、クレアとカルセドニーはフランブル公爵の屋敷がある町まで辿り着いていた。

王都から離れているとはいえ、隣国マルシャとの交易拠点のひとつ。人が多く、狭い道には露店が立ち並んでいる。宿屋を示す看板もいくつか見つけ、どうやら野宿はしなくて済みそうだと安堵《あんど》した。

「お嬢、先に宿を取っちゃう？」

「ううん。ここまで来たら、先にラシヌ様にガッシュを引き渡しましょう。なにはともあれ、ガッシュの安全な寝床を確保するほうが大事よ」

王太子の馬を安宿に預けるには治安が心配だった。なにせ眉目秀麗《びもくしゅうれい》な馬なのだ。そこに、女であるクレアが乗っているのは余計に目立ってしかたないので、悪い輩《やから》に目をつけられているかもしれない。

フランブル家の屋敷は、町を抜けて、森を越えた先にあるという。

ガッシュの脚なら陽が翳《かげ》る前に戻れるだろうと踏んで、クレアは森の中へと進んだ。

「ここはすごくきれいな森だね。空気が澄んでいるし、獣もたくさんいる。水が良いのかな？」

「さあ？　私には薄気味悪い森にしか思えないけど……」

予想していたよりも森はずっと深い。蛇にとっては楽園みたいな場所かもしれないが、人間のクレアにとって鬱蒼《うっそう》とした森は不安を掻《か》き立てるだけだ。

突然、ガッシュが歩みを止めた。

「ガッシュ、どうしたの？」

優しく声を掛けても、ガッシュは立ち止まったまま周りの様子を注意深く窺《うかが》っている。

喧《やかま》しかった鳥のさえずりはいつの間にかやんでいて、木々を揺らす風の音だけがやけに大きく聞こえてくる。

「お嬢！　風下へ隠れて！」

カルセドニーが鋭く叫ぶと、クレアよりも先にガッシュが動いた。道から逸《そ》れ、大きな岩に隠れて息をひそめる。

瞬間、なにか灰色の大きな塊《かたまり》が空気を大きく震わせて、あっと言う間にクレアの前を駆け抜けていく。

――なんであの狼がここにいるの？

クレアは驚いて目を見開き、ただ通り過ぎるのをじっと見つめていた。

今のは、王宮でクレアとカルセドニーを襲ったあの狼だ。

瞳を爛々《らんらん》と輝かせ、大きく裂けた口でなにか白いものをくわえている。

息を殺したクレアが狼の後ろ姿をそっと見送った時、ふいに狼が立ち止まった。

辺りの匂いを嗅ぐように長い鼻をひくつかせて、それからくわえていたものをゆっくり地面に置く。

『この匂いは、やっぱりクレアだね』

「――――！」

風下にいるクレアの位置までは特定できないのか、狼は背を向けたまま語りかけてくる。

クレアは叫んでしまいそうになるのを必死に堪《こら》え、狼の目に入らないように岩陰で小さくなった。

『そうだ、せっかくだから君にいいことを教えてあげよう』

姿の見えないクレアに伝えるためか、狼はぐるりと頭を回して大声で叫んだ。

『フレドリックが捕まってしまったよ。君に助けられるかな？』

「!?」

狼が歌うようにして告《つ》げた内容を聞いて、クレアは口を手で押さえたまま絶句した。

一体あの狼はどういうつもりなのか？

問いただせるものならそうしたいところだが、恐怖に捕らわれて動けない。

しかし、狼はそれ以上なにも言わず、荷物をくわえ直して西の方角へと消えてしまった。

「殿下が……どういうこと？」

ようやく森の中に鳥のさえずりが聞こえはじめたところで、クレアが呆然と呟《つぶや》いた。

「お嬢！　これはきっと罠だよ！　あいつはお嬢を誘い出して食べようとしているんだ！」

「でも、だったらこの場で私は襲われていたはずよ」

クレアの胸中に、悪い予感が浮かんでくる。

「ねえ、カルセドニー。あの狼は私たちとは逆方向から来たわよね。一体どこにいたのかしら……！」

答えを聞かないうちに顔色を青くしたクレアは、狼が去った方向とは逆——当初の目的地であるラシヌの屋敷へとガッシュを走らせた。

鬱蒼《うっそう》とした森が途切れ、陽がよく当たる明るい場所に出た瞬間、クレアとカルセドニーは息を呑んだ。

開かれた土地の奥には立派な館が建っていて、それがフランブル公爵邸だとすぐに分かった。しかし、建物の前に広がる光景にクレアは目を瞠《みは》る。

おそらくは四季の花々が咲き誇るよく手入れされた庭園があったのだろう。しかし今は、真っ黒く煤《すす》けており、ところどころ煙が立ち上っている。木もすべて葉が焼け落ち、幹は爛《ただ》れたようにひび割れている。鼻をつく焦げた臭気が漂《ただよ》っていて、ここに火が放たれたのは誰が見ても明らかだった。

フランブルもルナーリアも、屋敷にたくさんいるはずの使用人の姿も見えない。最悪の事態が頭をかすめるが、まずは状況を確認しようと、クレアは屋敷へ向かう。

「お嬢！　あそこに誰か倒れてる！」

カルセドニーが頭で示す方角に、うつ伏せで倒れている人がいた。この状況から考えて、炎や煙に巻かれて亡くなったのかもしれない。その証拠にピクリとも動かないからだ。

クレアはガッシュから降り、恐ろしくなりながらもゆっくり近づく。

そしてクレアは、喉《のど》の奥で叫び声を押し殺した。

――ラシヌ様だわ！

なにかの下敷きになったため逃げおくれてしまったのか、脚は潰れている。

「そんな……ひどい……！」

手で口を押さえ、クレアがぽつりと呟《つぶや》いた瞬間。

「クレア？　なぜここへ……？」

ラシヌの上半身がガバリと起き上がった。煤《すす》と血に塗れて汚れた顔がこちらを向き、クレアと目がかち合う。

「い、い、いやあああああああ！」

「う、動いたああああああああ！」

恐怖に駆られてクレアとカルセドニーが絶叫する。全身の毛穴という毛穴から冷や汗が噴き出た。

「落ち着け!!」

死んだとばかり思っていたラシヌに怒鳴られ、クレアは恐ろしさのあまり目に涙を浮かべて、ガクガクと首を縦に振った。

「い、いい生きていらっしゃったのですね」

「そう簡単に死にはせん！」

強気な言葉とは裏腹に、ひどい怪我のせいでラシヌの顔はすっかり青ざめていた。そのまま両腕の力だけでずるずると下半身を引きずり、どこかへ向かおうとする。

「ラシヌ様っ！　そんなお身体でなにを！」

「止めるな!!　それになぜお前がここに居るのだ！」

「な、なぜと言われましても」

「これではバアルの筋書き通りではないか！　それに、奴に追いつかねばルナーリアが！」

叫び声に悔しさを滲《にじ》ませて、ラシヌは土をぎゅっと握りしめる。

クレアとカルセドニーは、びっくりして顔を見合わせた。

「筋書きって……？　それに、ルナーリア様はどちらにいらっしゃるのです？」

クレアが呆然と立ち尽くすのを見て、ラシヌはようやく落ち着きを取り戻したらしい。

「ルナーリアがバアルに攫《さら》われたのだ！」

「ええっ、ルナーリア様が!?」

まさか、さっき狼がくわえていたものがルナーリアだったのでは？　そんな恐ろしい想像に、クレアは顔を引《ひ》き攣《つ》らせた。

「奴はこの屋敷に向かう途中でクレアを見つけたとも言った。『ここに来るはずだから王都まで連れて来い、そうすればルナーリアと引き換えにしてやる』、と」

「私と、ルナーリア様が引き換え……？」

クレアの背筋に冷たいものが走った。

ラシヌはなにかを推《お》し量《はか》るようにクレアをじっと見つめた。

「クレアはバアルの正体を知っているようだな。ではなぜルナーリアが攫《さら》われなければならないのだ？」

「そんな、なにも分かりません！」

クレアは首を横に振り、それから王宮で狼と遭遇した出来事を話した。

そして、ついさっき森で再びあの狼に会い、フレドリックが捕まったと聞かされたこともだ。

それを聞いたラシヌは、なんともやり切れない表情になり、苦々しげに呻《うめ》いた。

「愚かな。いまさら殿下を狙ったところでなんになるというのだ！　セレスティナへの復讐など、遅すぎるものを！」

「まさかルナーリア様にも復讐するつもりじゃ……！」

彼女も聖女セレスティナの末裔《まつえい》だからこそ、狙われたのかもしれない。

だが、ラシヌは首を横に振った。

「バアルがルナーリアを傷つけることはできぬ。決してな。奴がそこまで単純だとは思えない」

「あ……」

聖女の血を引く人間を魔物は傷つけることができない。それはバアルがクレアに直接語ったことだ。

ラシヌは潰れた脚も構わずに、肘を立てて懸命に前に進もうとする。その激しい気迫に、クレアは何も言えなくなった。

ラシヌの今の身体では、狼に追いつくのは到底不可能だ。それに『東の将軍』と讃《たた》えられ、その名に相応《ふさわ》しく武に優れたラシヌでも、人間があの狼に太刀打ちできるとも思えなかった。

クレアは、ある覚悟を決めてラシヌに話しかける。

「フランブル様、私が王都までお供します」

その言葉に驚いたのは、カルセドニーだった。

「お嬢!?　なに言ってんの？　王都に戻ったらバアルに食べられちゃうんだよ!?」

「そうだ。クレアがのこのこ戻っても痛い目に遭《あ》うだけだし、足手まといになる」

ラシヌは厳しく、しかし諭《さと》すように言う。だが、クレアは首を横に振った。

「あの狼は私と引き換えにルナーリア様を返すと言ったのですよね？　だったら、私がここで逃げ出しては意味がありません」

「しかしだな……！」

なおも同行を拒むラシヌに、クレアは首を横に振って言葉を続けた。

「いいえ、私が参らねば、ルナーリア様が危ないかもしれません。どうか私も行かせてください」

クレアも狼を追うことに恐怖を感じていないわけではない。だが、攫《さら》われてしまったルナーリアはどれほど怖い思いをしているだろうか。フレドリックの前ではいつも勝気に振る舞っているが、彼女はまだ十六歳の少女なのだ。

そしてそんなルナーリアのために、ラシヌは自分の危険を顧《かえり》みずに助けに行こうとしている。それほどラシヌはルナーリアを愛しているのだ。この二人をなんとしてでも会わせてあげたいとクレアは思った。

それに、狼はわざわざクレアに「フレドリックが捕まってしまった」と告《つ》げたのだ。あの言い方では、狼がフレドリックを攫ったわけではないことになる。

それでは一体だれが、なんのために？

どうして狼はフレドリックの状況をクレアに教えたのか？

「どうにもルナーリア様が攫われたことと、殿下が捕まってしまったことが無関係には思えません。だから、ラシヌ様がなんとおっしゃっても、私も参ります」

しっかりと前を見据《みす》えるクレアに、ラシヌが根負けして口を開いた。

「そうだな。お前はさすが殿下が認めた女なだけある。わが軍にもほしいくらいの根性だ。クレアよ、私を王都まで連れて行ってくれ」

「はい！」

威勢よく返事をしたものの、クレアはラシヌの怪我が心配だった。

自力で歩けないラシヌをこのまま王都まで連れていくには馬車がいる。いや、その前に医者だ。

「まずは町に行ってお医者様を呼んでこないと！　それからお屋敷の馬車を……！」

ガッシュに向けて身体を反転させた時、ラシヌがクレアの左手を掴んだ。

「いや、ネフェルティスのところへ連れて行ってくれ。魔女に頭を下げるのは癪《しゃく》だが、この脚を治してもらわないとな」

確かに、ネフェルティスの魔法ならばラシヌの怪我などすぐに治せるのかもしれない。

だが、馬車がないと移動できないだろう。クレアが口を開く前に、ラシヌはそのままカルセドニーの頭を鷲掴《わしづか》みにした。

「ネフェルティスの魔力を借りるぞ。後は頼む、クレア――」

そう言った瞬間、ラシヌの姿が消えた。音も無く、一瞬にして空気に溶けてしまったかのようにいなくなる。

代わりに、クレアの左手の中に大きな胡桃《くるみ》みたいなものが現れた。

握りこぶし大のごつごつした塊《かたまり》は、植物の種にも見える。

「え？　やだ、なにこれっ⁉」

驚いたクレアが思わず振り払って地面に落としたものを、カルセドニーが覗《のぞ》き込んだ。

「それ、多分ラシヌ様だよ。だって匂いが一緒だもん」

「きゃあ！　も、申し訳ございませんっ‼」

慌てて両手で拾い上げるが、胡桃はなにも言わない。

――バアル様に続いてラシヌ様まで人ならぬ者に姿を変えるなんて。

内心で動揺するクレアだったが、今はネフェルティスの屋敷に急ぐことが先決だ。種に変身したラシヌをそっと鞄の中に仕舞い込んだ。

「ガッシュ、もうしばらくお願い！　ネフェルティス様のお屋敷までよろしくね！」

承知したとばかりにガッシュは高く嘶《いなな》き、クレアを乗せて大きく駆け出した。

ネフェルティスの屋敷に着いたのは、それから三日後の夕方だった。

ガッシュは懸命に走り続けてくれたが、さすがにクレアもへとへとだ。ずり落ちるように馬の背から降りて溜息をついた時、後ろから声が掛かった。

「蹄《ひづめ》の音がすると思ったら、クレア？　あなたなの？」

振り返ると、煙管《きせる》を片手にネフェルティスが立っている。どうやら、ガッシュの蹄音《ていおん》を聞きつけて出迎えてくれたらしい。

「あっ！　ネフェルティス様ぁ！　お元気でしたかっ⁉」

クレアよりも先に、主《あるじ》に再会できた喜びを全身で表してカルセドニーが飛び出した。

しかし、ネフェルティスの応対は冷ややかだった。

「一体どこにいたの！　カルセドニー！　いくら呼びかけても返事もしないなんて」

「えっ？　ネフェルティス様が呼んでた？　僕、知らなかった……」

ネフェルティスに怒られ、カルセドニーはしゅんとした。その時、馬に括《くく》りつけてあった鞄が勝手に開き、中から塊が転がり落ちた。胡桃みたいな姿になったラシヌだ。

それはコロコロと転がって、ネフェルティスの足元までやってきた。クレアは思わず声を上げ、それからネフェルティスに頭を下げた。

「信じられないかもしれませんが、その胡桃はラシヌ様なのです。ラシヌ様が大怪我をされています。ネフェルティス様なら治療していただけるだろうと、こちらに伺いました。お願いです、どうか力をお貸しください」

「ふぅん、怪我ねえ」

なぜかネフェルティスはその胡桃を見ても、全く驚くそぶりを見せなかった。そして、胡桃を持ち上げ、短い呪文とともにそれを地面に放る。

姿を現したのはラシヌだ。しかし、数日前のように下半身は潰れておらず、ちゃんと二本の脚で立っている。

「身体の具合はどうかしら、ラシヌ？」

「まだ万全ではないが、だいぶ回復できた。問題はない」

それが強がりでないことは、ラシヌの様子ですぐに分かった。

「それにしても、頑強なあなたがやられるなんて、一体なにがあったのかしら？」

「バアルだ。奴に不意を突かれてルナーリアを攫《さら》われた。彼女を盾に取られたら私とて動けないからな」

ラシヌは自嘲気味な笑いを浮かべる。それに驚いたのはネフェルティスだった。

「ちょっと。なんでバアルがルナーリア姫を攫うの？」

「そんなことはこちらが聞きたいくらいだ」

ラシヌは苛立ちを隠しきれずに、吐き捨てるように言った後、大きな溜息をついた。

「ここで考えていても始まらない。私はルナーリアを迎えに行く。バアルが邪魔をするというなら、今度はぶちのめすまでのこと」

「私も参ります。あの狼は私と引き換えにルナーリア様を返してくれるんですよね」

「だめだ。クレアはここに残れ」

「な、なぜです？」

「行けばバアルに喰われるだけだぞ。ネフェルティスの傍《そば》にいるのが安全なんだ」

ラシヌの言葉を聞いた瞬間、クレアは目を瞠《みは》った。なぜ、ネフェルティスの屋敷に連れて行けと命じられたのか、その本当の意味を理解したからだ。

「……最初から、私をここに預けるおつもりだったのですね!?」

「ルナーリアはクレアを気に入っているからな。なのにクレアをわざわざ危険にさらせば、私がルナーリアに叱られてしまう」

そう言うと、ラシヌは空気に溶けて一瞬で消えてしまった。

屋敷の書斎で呆然と腰掛けているクレアに、ネフェルティスが紅茶をすすめる。

クレアは向かいに座るネフェルティスの顔をじっと見上げ、なんとか口を開いた。

「……一体、皆様は何者なのですか？」

クレアの曖昧《あいまい》な問いに、ネフェルティスは鼻で笑った。

「誰のことを言っているのかしら？」

「バアル様とラシヌ様のことですっ！　それを知っているネフェルティス様も！　それから多分ラシェット様だって……！」

クレアは噛み付くように古《いにしえ》の四公爵の名を挙げた。

バアルは狼になり、ラシヌは胡桃《くるみ》に変身したのだ。それに動じないネフェルティスがいる。

この数日だけで、クレアの常識がガラガラと音を立てて崩れていた。

四公爵が普通の人とは違うなにかだということだけは理解できる。

ネフェルティスは腰掛けている長椅子に沈み込み、深い溜息をついた。

「なにって、あなたたち人間で言うところの魔物だわ」

ネフェルティスの表情は「だからなに？」とでも言うみたいに、淡々としている。

「やっぱり、『古の四公爵』は……」

クレアが声を漏らすと、それを聞いたネフェルティスは整った鼻に皺《しわ》を寄せてせせら笑った。

「ふん。なにが『古の四公爵』よ。実際は都合よく操られているだけ。誰もわたしたちの本当の姿を知らないわ。女王ですらね」

「操られている？　公爵様がたがですか？」

「すべての元凶はセレスティナよ。セレスティナはわたしたちから土地を奪って人間の国を作ったの。それがこの国セレス＝アルドの始まり」

ネフェルティスは一度話を止め、昔を思い出すみたいに天井を見上げた。

「ううん、それだけじゃない、自分の興《おこ》したこの国を他国《よそ》から護《まも》らせたり、反乱分子を殺させるために、わたしたちを利用したわ。わたしたちに呪いをかけて、セレスティナの血には逆らわず、死を与えず、この国と王家を護り、永遠にセレスティナの子孫に隷《れい》属《ぞく》しろ、ってね」

一気にそう吐き出すと、ネフェルティスは手に持つ酒をごくりと呷《あお》った。

ネフェルティスの言葉の端々には、聖女セレスティナへの怒りや憎しみといった感情が溢《あふ》れている。王宮の裏庭でバアルに言われたことと重なり、クレアは複雑な気持ちになる。

「では、皆様は何百年も生きてずっとこの国に……？」

「ええ、そうよ」

「でも、どうして誰も気付かなかったのでしょうか……」

クレアが素直に疑問を口にすると、ネフェルティスは声を立てて笑った。

「人間の寿命に合わせて代替わりする振りをして、姿も少し変えるのよ！　ラシェットのアイディアだったけど、皆だまされちゃって、傑作だったわ」

「ラシェット様が……」

クレアはあの人当たりの良い長身痩躯《ちょうしんそうく》の男を思い出し、溜息をつく。

彼も魔物だなんて、信じがたかった。

「だけど、ラシェットのことはそこまでよく知らないのよ。セレスティナが死んでから現れたのだもの」

ネフェルティスは空になったゴブレットを回しながらなにやら考え込んでいたが、やがあって口を開く。

「ねえ、なぜクレアはフレドリック殿下から逃げたの？」

なんの前置きもなくかけられた核心をつく問いは、クレアの顔を強張《こわば》らせるのに十分だった。

「この国の未来を背負われる殿下に、私は相応《ふさわ》しくありませんので」

この数日で何百回と自分に言い聞かせた言葉。実際に口にしてみると、胸がズキンと痛んだ。すると、ネフェルティスはこともなげに笑う。

「あら、相応しくなるように変わればいいだけじゃない。クレアは頑張り屋さんでしょう？」

「それは無理です」

「なぜ？」

なんだかんだ言いながらクレアを気にかけるネフェルティスは優しいのだと思う。たとえ魔物であってもだ。胸の内で感謝しつつも、クレアは首を横に振った。

「聖女様の血を持たず、至聖所《しせいじょ》に入れない私を誰がお認めになりますか？　殿下のお相手など、私には最初から無理な話だったんです」

努力ではどうにもできないことだってある。すると、ネフェルティスの顔からすっと表情が消えた。

「……教会になにか言われたのね、あなた」

「はい、司教様から直接お聞きしました」

クレアが頷《うなず》くと、ネフェルティスは目を瞠《みは》り、そして美しい柳眉《りゅうび》を逆立てた。

「聖女を祀《まつ》る、あの教会。……またセレスティナがわたしの邪魔をするのね……」

呪詛《じゅそ》めいた呟《つぶや》きと共にネフェルティスは身体を震わせる。そしてぎゅっと目を瞑《つぶ》り、深く息を吐く。

「わたしは殿下とクレアに最後の希望を賭けていたのよ」

「最後の希望、ですか？」

大層な言葉に驚きながらもクレアが聞き返すと、ネフェルティスは皮肉めいた笑みを浮かべる。

「殿下からクレアの名前を聞いた時、これはチャンスだと思ったわ。セレスティナの血を引く殿下の選んだ相手が、それを持たないクレアだなんて」

ネフェルティスの言葉に、クレアの心臓がどくんと大きく跳ねた。

「わたしを縛るセレスティナの呪いを解くには、あの女の血統を絶てばいいと考えたの」

「……そんなこと、可能なのですか？」

「教会の因習は殿下が王になれば変えられる。それは困難を伴うでしょうけれど、殿下はあなたを得ることに本気だったし、王に味方する『古《いにしえ》の四公爵』がいる。そうして、殿下とクレアの間に生まれた子どもが次にまた子どもを生んでいけば、何代か、何十代か後には、わたしを縛りつける呪いは弱まるはずだって」

「それはまたずいぶんと気の長い話ですね……」

この先何百年も、聖女の血が絶えるのを待ち続ける気だったのだろうか。そんなにうまくいくはずがないと、クレアは溜息を零《こぼ》しそうになる。

「ふふっ、人間のクレアからすれば想像もつかない長さでしょうね。でも、何百年もこうして囚われてきたわたしたちからすれば、午睡《ごすい》の夢程度の短い時間とも言えるわ」

疲れたように微笑むネフェルティスの姿に、クレアの胸はズキズキと痛んだ。その言葉が彼女の本心ではないとはっきり分かるからだ。

「本当にそうでしょうか？　誰でも時間の流れる速さは平等です。ですから、辛いことも悲しいことも許せないことも、長く生きてきたネフェルティス様の方がずっと多くあったはずなんです。これからの数百年だって、ネフェルティス様にとって決して短くなんてないんじゃないでしょうか」

生きている限り自由を奪われ続けるのならば、聖女セレスティナを憎み続けるのも道理な気がした。当の聖女だって、建国後すぐに亡くなったはず。なのに、ネフェルティスもバアルも、恨む相手がいなくなった今でも、こうしてわだかまりを抱えたまま生きている。

いつかは自由になれるのだと、そう希望を持たなければ、生きていくのは辛すぎる。

「……そうね、けっして短くなんてなかったわ」

ネフェルティスは遠い過去を思い出しているのか、ぼんやりと視線を宙に彷徨《さまよ》わせる。

そこへ部屋の扉を叩く音がした。誰何《すいか》に応《こた》えて、屋敷の執事が滑り込んでくる。

「ご主人様、先ほど教会より火急《かきゅう》の使者が参りまして、ご招待状が……」

「教会から？ 招待状ですって？」

差し出された手紙を、ネフェルティスは怪訝《けげん》そうに受け取り、その場で封を開けた。

「なっ？ 一体なんなのよこれは！ はあっ⁉」

いきなりネフェルティスが烈火のごとく怒りながら叫び、クレアとカルセドニーを怯《おび》えさせた。傍《そば》に立っていたはずの執事は、危険を察知してすでに部屋から飛び出してしまっている。

どうしたのかと訊《たず》ねようとした瞬間、ネフェルティスはクレアに手紙を投げつけてきた。

慌てて受け止めたものの、果たして自分が読んでいいのかと躊躇《ちゅうちょ》する。だが、ネフェルティスは無言のままだったので、恐る恐る手紙を開いてみた。そして目で文字をなぞる。

「結婚⁉ 殿下とルナーリア様が結婚するって、明後日《あさって》⁉」

クレアは素《す》っ頓狂《とんきょう》な声を上げた。

なんの冗談だろうかと思ったが、上質な白い紙には、権威ある教会からの信書であることを示す印が押されていて、疑いようもない。

「殿下が捕まったって、このことだったのね……？」

クレアが呆然として呟《つぶや》くと、ネフェルティスは鼻白んだ。

「バアルがルナーリア姫を攫《さら》って、誰かが殿下を捕まえた。この招待状を見れば、教会が裏で糸を引いているのは明らかね」

「でも、いくら血を残すためだからといって、こんな強引な結婚……」

「ふん、あの連中ならやりかねないわ。ただ、どうしてバアルは教会に加担したのかしら？」

確かに、初対面の時からバアルは王家や聖女のことを露骨に嫌悪していた。そんな彼が、どうして二人の結婚を後押しするまねをしたのか？　二人が結婚して聖女の血を濃く受け継ぐ子孫が生まれたら、バアルはまた呪いに縛られることになるというのに。

クレアにはバアルの気持ちなど知る由《よし》もなかったが、彼がなにか目的をもって教会と手を組んでいるのではないかと思えてきた。

すると、カルセドニーがぽとりと絨毯《じゅうたん》の上に降りて、頬を膨《ふく》らませた。

「ルナーリア姫はラシヌ様と結婚するんじゃなかったの？　酷《ひど》いよね、教会ってさ！お嬢を苛《いじ》めるし、フレドリックだって可哀想じゃん！」

相変わらずフレドリックにだけ敬称を使わないカルセドニーだが、クレアの気持ちを代弁しようとする優しさが嬉しかった。

「カルセドニー……」

「ち、違うからね！　あいつだって僕を生き返らせるために力を貸してくれたから、良いヤツだなって、ほんの少し思っただけなんだからね！」

早口で喚《わめ》いたカルセドニーだったが、照れ隠しなのか部屋の端のカーテンの陰に潜《もぐ》ってしまった。

カルセドニーの言う通り、どう考えても、フレドリックとルナーリアの意志はそこに介在していない。クレアはそっと口を開いた。

「……こんなことで良いのでしょうか？」

「でも、これがクレアの望んだ結果でしょう？　聖女の血は残されるんだから」

「私はこうなることを望んだわけでは……」

「まあ、わたしにはもう関係ないわ」

クレアの呟《つぶや》きにネフェルティスはつまらなそうな顔になり、手元のクッションを枕にして長椅子に寝そべった。もはや興味もやる気も湧かなくなったらしい。それもそうだろう、目論《もくろ》んでいたフレドリックとクレアの結婚は破れ、また、憎き聖女セレスティナの血に縛られることになるのが決定したのだから。

フレドリックは今頃どうしているのだろうかと考えたら、クレアは自分の身が切られるように辛くなった。

この仕組まれた結婚を彼が納得するわけがない。けれど国のためと言われたら、従わざるを得ないのかもしれない。責任感の強いフレドリックのことだから、きっととても悩むのだろう。従妹《いとこ》のルナーリアのことだって大切にしていたのに。

フレドリックにただ幸せになって欲しいのに――

クレアは自分の掌《てのひら》をじっと見つめ、何度か拳《こぶし》を握ってみた。

剣も握ったことのない、非力な女の手。戦い方など分からない。それでも――

クレアは大きく息を吸い込んで顔を上げた。

「ネフェルティス様、お願いがあります。どうか私と一緒に二人を助けに行ってください」

「なにを言い出すの？　教会を相手にどうしようもないわ」

関わり合いたくない、とばかりにネフェルティスは手を振ってそっぽを向いた。

クレアは両手に拳を作り、ポニーテールを大きく跳ねさせて訴える。

「私はこんな結末は嫌です！　殿下も、ネフェルティス様も、私だって皆、聖女の血に縛られて翻弄《ほんろう》されたまま。誰も幸せになれないなんて！」

　血筋のために、愛する人と引き裂かれてしまう子孫たちも。

　何百年も一つの土地に閉じ込められて聖女を呪う魔物たちも。

　そして、フレドリックの傍《そば》にいられない自分も――

　皆、聖女セレスティナの血に踊らされているだけではないか。

「聖女が人も魔物も縛りつけて苦しめるなんて、そんなのおかしすぎます！」

　クレアは怒りにも似た感情が込み上げてくるのをなんとか抑えて、ネフェルティスをしっかりと見据《みす》えた。

「ネフェルティス様のお力が必要です！」

「……無理よ。わたしは魔物なのよ？　教会には聖女の血を引いている人間も多いし、至聖所《しせいじょ》にも入れない。太刀《たち》打ちできないんだから」

　投げやりになるネフェルティスをクレアは見つめた。

「カルセドニーを私にお預けになった時、ネフェルティス様は仰ったではありませんか。一度手を出したら最後まで責任を負わなくてはいけないと。狼から私を助けてくださったのはネフェルティス様です。ですから、私に対しても最後まで責任を取っていただかなくてはなりません！」

言うだけ言って唇を引き結ぶクレアに、ネフェルティスは唖然としたようだった。

何度も目を瞬《またた》かせてクレアを見つめ、やがて小刻みに肩を震わせ低い声で笑い出す。

「くくっ、あははは！　……ええ、そうね。そうだった。確かにわたしが言ったことだわ。まさかクレアに逆手《さかて》に取られるなんて思わなかったけれど。でも、悪い気分ではないわ」

椅子から立ち上がったネフェルティスは、煌《きら》めくアメジストの瞳を真っ直ぐクレアに向けた。

「もとからあなたのことは気に入っていたけど、このわたしに啖呵《たんか》を切る人間なんていなかったわ。いいわ、この話に乗ってあげる。――さあ、覚悟しなさい、クレア」

そう言うなり、屋敷の中に一陣の風が舞った。

クレアが思わず瞬きをした刹那《せつな》、黒々とした樹木らしきものが目前に出現した。ざらついた樹皮の質感と、人間一人では抱えられないほどの太い幹だ。いや、違う。ゆっくり見上げたクレアは、その正体に驚きの声を上げる。

「へ、蛇!?」

それは木などではなく、巨大な蛇だった。

逆三角形をした頭の両端には、丸盆のように大きな紫紺の眼球がついていて、クレアの姿をはっきりと映している。

木の幹だと思っていたものは、鱗《うろこ》に覆《おお》われた蛇の胴体だ。とぐろを巻いた長い身体は四角い部屋にみっしりと収まっており、動きが取れないくらいだった。

開けた口から見える二本の牙は、クレアの身長を超えていそうなくらい大きい。

『なによ。もっと驚くかと思ったのに』

大蛇の喋《しゃべ》り方も声も、ネフェルティスそのままだ。

「じゅ、十分に驚いております……」

クレアは突っ立ったまま、呆然と大蛇を見上げるしかなかった。

ふと我に返ったのは、窓際にいたカルセドニーがうっとりと陶酔《とうすい》した声を上げたからだ。

「はああ……ネフェルティス様っ！　すごくお綺麗ですっ！」

『ふふっ、ありがとうカルセドニー。それじゃあ行きましょうか。クレアの王子様を奪いにね』

「そ、そのお姿のままで？」

まさか、巨大な身体でずるずると地面を這《は》い、街の中を通って大聖堂に向かうつもりなのだろうか。往来にはたくさんの人がいる。王都が大騒ぎになるのは必至だ。

『馬鹿ねぇ。そんな野暮な真似はしないわよ』

クレアの考えを一蹴《いっしゅう》したネフェルティスは、背中に乗れと命じた。

乗るといっても、馬の背より高い。岩によじ登るように這《は》い上がり、頭の後ろに立った。乾いた鱗は固く、クレアが足を掛けたところでびくともしない。

『舌を噛まないように気をつけなさい！』

ネフェルティスはそう警告するなり鎌首《かまくび》をもたげ、次には頭を一気に床へ叩きつけた。ドンッと轟音《ごうおん》が響いて屋敷全体が揺れる。二階の床を支える梁《はり》を破壊し、突き抜けて一階へ。さらに一階の床も同じように突き破って地下に潜《もぐ》る。

「ぎゃあぁぁぁ――――！」

クレアの悲鳴は、もうもうと舞う土埃《つちぼこり》によって掻《か》き消されてしまった。

すぐにネフェルティスが動きを止める。クレアは喘《あえ》ぐように空気を胸に吸い込み、頭上に目を向けた。

屋敷の床にぽっかりと穴が空いて、そこからかすかな灯りが漏れてくる。よくよく目を凝《こ》らすと、土の中に横穴が延びているのが見えた。

「洞穴、でしょうか？　こんなものが屋敷の地下にあるなんて」

『ずいぶん昔に掘った地下道よ。この姿で通るのに便利でしょう？』

ネフェルティスはクレアとカルセドニーを乗せ、闇の奥へ這《は》い進んだのだった。

＊　＊　＊

「――起きてくださいませ」

遠慮がちに呼びかけるその声は、フレドリックがずっと探していた彼女のものだ。

起き上がろうにも、柔らかいベッドに沈み込んだ身体は思うように動かず、目が開けられない。

「起きてくださいませ」

彼女はそっとフレドリックの肩口に手を乗せて、揺り動かした。

「クレアッ！」

愛しい人の名を叫んで、細い手首を力強く掴む。二度とこの手を離すつもりはなかった。もうどこへもやるものか。

そう思って彼女を抱き込もうと、その腕をぐっと引っ張る。

バチン！

瞬間、大きな音がして頬に強烈な痛みが走った。目の前に星が散る。

「いい加減にしてくださいませ、お兄様っ！」

「……なっ!?」

頬を打たれた衝撃で、一気に目が覚めた。

フレドリックが見上げると、オレンジ色のドレスに身を包んだ少女が、手を握り締めて怒りの目を向けている。

「ルナーリア？　なぜお前がここに？　……クレアはどこだ？」

ぼんやりと辺りを見渡すフレドリックの手を、ルナーリアが振り払う。

「なんっっって馬鹿力ですのっ!?　クレアがこんな目に遭《あ》わされるのかと思ったら可哀想になりましてよっ、お兄様っ！」

ルナーリアは嫌味たっぷりにそう言いながら、掴まれて赤くなった手首を反対の手で擦《さす》ってみせる。

「お互い様だろうが！」

フレドリックも殴られた頬を撫でつつ身を起こした。それから視線を四方に遣《や》り、この状況は一体なんなのかと考え始める。

たった今寝ていたベッドと、テーブルと椅子。それだけが置いてある見知らぬ部屋に、フレドリックとルナーリアはいた。窓はないが、壁に造りつけられたいくつもの燭台《しょくだい》には大きな蝋燭《ろうそく》が置かれ、部屋を明るく照らしている。

「ここは……どこだ？」

「わたくしも目を覚ましたら、ここにおりましたの。お兄様も心当たりはありませんの？」

ルナーリアに問われて、フレドリックは今日の行動を思い返した。

「晩祷《ばんとう》の時間に大聖堂へ行ったんだ。そこで司教を待っている間に茶を出されて……」

そこから先が思い出せない。

「では、一服《いっぷく》盛《も》られて眠らされましたのね。王太子ともあろう方が情けないことですわ」

従妹《いとこ》の辛辣《しんらつ》な物言いは相変わらずで、フレドリックはげんなりする。

フレドリックはベッドから降り、唯一外と繋がっているであろう扉を押したり引いたりしてみた。だが、鍵が掛けられているのかびくともしない。

「とりあえず、ここから出る必要があるな」

フレドリックは独りごちて、扉を破壊してやろうと椅子を頭上に持ち上げた。

その時、扉の向こうで鍵穴に鍵が差し込まれる気配がした。かんぬきを外す鈍い音がして、それから頑丈な扉がゆっくりと開かれる。

「椅子を置いてくだされ、フレドリック殿下」

静かな声で制しつつ中へ入ってきたのは、司教のユーゲル・ノイマンだった。老体ながらも背筋をしゃんと伸ばした彼の後ろに、三人の若い修道士たちが続く。

「これは一体どういうつもりだ」

行き場のなくなった椅子をゆっくり降ろしてから、フレドリックは怒気を含んだ声で問いただした。

「殿下、ここは聖女セレスティナ様の護《まも》りし至聖所《しせいじょ》でございます。お二人は三夜の儀式に入られたばかり。滞《とどこお》りなく終わりましたら、多くの祝福を受けられることでしょう」

司教は恭《うやうや》しく頭《こうべ》を垂《た》れた。

『三夜の儀式』と聞いて、フレドリックとルナーリアの顔が青ざめる。それは王家の結婚の儀式にほかならないからだ。王家の人間が結婚する時は、夫と妻となる二人が三日間この至聖所にこもって寝泊まりする。その後に正式な結婚となるのだ。

「おいっ！　おかしなことを言うな！　私とルナーリアが結婚するわけないだろう！」

「わたくしはお兄様――王太子殿下とは結婚などいたしません！」

二人に詰め寄られても、ノイマンは動じることなく柔らかい笑みを浮かべたままだ。

「司教。ルナーリアはすでにラシヌ公爵と婚約している身だ。私が相手ではない」

フレドリックが言い募《つの》ると、ノイマンはすっと目を細め、ルナーリアを射るように見つめた。

「姫様。汚らわしい魔物との婚姻など、聖女セレスティナ様は決してお認めにはなりますまいよ」

その瞬間、ルナーリアは顔を歪《ゆが》ませた。血の気を失ったように唇をわななかせる。

それから、ノイマンはフレドリックへと向き直った。

「殿下、ルナーリア様は悪しき魔物に騙《だま》されておいでなのです。我々は、ラシヌ・フランブルという魔物にずっと欺《あざむ》かれてきたのですよ」

「……は？　ラシヌが魔物？」

やはり話の筋が見えず首を傾《かし》げるフレドリックの隣で、ルナーリアは声を張り上げた。

「ラシヌ様は悪しき魔物などではありません！　誰がそのようなことを言うのです⁉」

「狼の姿をした魔物が教えてくれました。ルナーリア様をお救いしたのも奴でございます」

「狼……だと？」

反射的にフレドリックの頬がピクリと引《ひ》き攣《つ》るが、ノイマンは気付かなかった。

「先だって、怪我を負った狼が助けを求めに参りました。そこで驚くべき告白をしたのです。自分はかつて聖女セレスティナ様によって倒された魔物であると。そして、ラシヌ・フランブルも同じ魔物であり、ルナーリア様を騙して攫《さら》ったのだと」

「……待ってくれ。それは一体どういうことだ」

頭の中が混乱したまま隣を窺《うかが》うと、ルナーリアは唇を真横に結んで黙り込んでいる。

「狼は我々に、ルナーリア様をお助けすると持ちかけてきたのですよ。狼の足と牙があればラシヌ・フランブルから奪い返せると。おかげでこうしてお二人を至聖所《しせいじょ》にお迎えすることができました」

なにかがおかしい。フレドリックの胸の中で疑問と疑念が広がっていく。

狼の魔物というのは、王宮に現れたあの魔狼のことだろうか。ネフェルティスの魔法で怪我を負い、そこから逃げる途中で司教に接触したのかもしれない。ただ、ルナーリアを連れてきてやると教会に提案する意図がさっぱり分からない。

フレドリックの頭の中で次々と疑問が浮かび上がる。

「だとしたら、狼の見返りはなんだ？　まさか善意でルナーリアを助けてやったとでも？」

「対価に求めたのは、大聖堂の宝物庫にある儀礼用の長剣です」

「……なんだと？」

司教の言葉を聞いて、フレドリックは表情を曇らせる。

「殿下、魔物を滅ぼすための方法はもうすでに教わっておりますな？」

「さあ、なんのことだか」

フレドリックはノイマンから顔を背けてはぐらかしたが、嫌な予感がふと過《よぎ》った。

——もしや、王家の秘剣の存在が知られている？

ノイマンはフレドリックの顔を見てにんまりと微笑んでみせた。

「聖女セレスティナ様はいつの日か魔物は復活するとの予言を残されました。ですが、魔物を封じる具体的な手段や方法はどの文献にも残されておりません。伝わるのは聖女の子孫のみがこれを倒す、とのことだけ」

「そんなもの、ただの伝承にすぎぬ」

「そうでしょうか？　かの狼が申すには、その具体的な方法は王位を継ぐ御方だけに伝えられるとか。すなわち、女王陛下はもちろん、殿下もすでにご存知なのでしょう？」

司教の言葉を聞いて、フレドリックは思わず息を呑んだ。

王太子と認められたその日に、女王と『西の賢者』ラシェットから教えられたのが、王家の秘剣の存在だ。それを扱えるのは聖女の血を引く子孫の中でも、王位継承を許された者だけ、ということも——

「殿下。あの長剣こそが、魔物を滅ぼすための剣なのではないですか？」

フレドリックはなにも答えなかった。肯定も否定も、王家の秘剣が存在する証《あかし》になってしまう。

多くの人間に魔物退治の方法を知られるのは、聖女が望まなかったとラシェットから教わった。もしそれが知られてしまえば、王族を脅してその力を利用したがる連中が出てきてしまう、との思いからららしい――そう、まさしく今のように。

だが、なぜ狼がそれを知っているのだろうか。それに、教会側に教えた理由はなんなのか。魔物である狼にとっては自分の命にかかわる重大な秘密のはずだ。

フレドリックは必死に頭を働かせるが、どうしても腑《ふ》に落ちない。

眉間に皺《しわ》を寄せたフレドリックを見て、ノイマンは満足そうに笑った。このフレドリックの表情こそが秘剣の存在を肯定している証拠だと理解したらしい。

「殿下が秘剣を振るえば、狼とて無事では済まないでしょう」

司教は満足そうに呟《つぶや》いた後、ついでのようにフレドリックに告《つ》げた。

「そうだ、殿下。しばらくしたらクレア・リンドールさんに会えますよ。狼に頼んで連れて来させますので」

クレアの名前が出されて、フレドリックはさっと青ざめた。こうしている間に、狼は王宮から逃げ出したクレアを襲っているかもしれない。

「どういうことだ！　返答しだいでは貴公とてただではおかない！」

「今更許していただけるなど思っておりませぬ。ですがこれも血統を護《まも》るためには仕方のないこと。儀式が済みましたら、どうぞ私の首をはねてくだされ」

「待て！」

フレドリックはそのまま扉の外に出るノイマンに飛び掛かったが、三人の修道士がそれを阻《はば》んだ。フレドリックの抵抗もむなしく、外側から鍵を掛ける冷たい音が部屋の中に響いた。

「ラシヌが魔物とは、どういうことだ？　ルナーリア」

「ラシヌ様は悪しき魔物ではありませんし、わたくしは騙《だま》されているわけではありません。ラシヌ様はわたくしを愛してくださいますし、わたくしもまた同じですの」

愛しい者の名を呼ぶルナーリアは、自信に満ち溢《あふ》れて輝かんばかりだ。

フレドリックは、呆れて溜息をついた。

「お前……そうか、魔物であることは否定しないんだな」

ルナーリアは、ラシヌのことを『悪しき魔物ではない』と繰り返し言い続けている。

まさか人外の、しかも魔物に恋する人間がいようとは。しかし、ルナーリアならばありえなくはない。

ルナーリアは困ったような笑みを浮かべて、フレドリックを見上げた。

「こんなことが起こらなければ、永遠に知られることのない秘密でしたのに。それよりも、クレアを連れてくるとはどういうことですの……？」

「とにかく、ここから出るぞ」

クレアの身に危険が迫っていると知り、フレドリックはいてもたってもいられなくなったのだ。

フレドリックは椅子を再び持ち上げて扉に打ちかかった。だが、扉は頑丈で、木製の椅子の方が壊れてしまう。もう一脚の椅子も同様だった。

苛立ちに任せて、蹴ったり体当たりしたりするものの、やはりびくともしない。

ベッドに腰掛けて見守っていたルナーリアは、宥《なだ》めるように声を掛けてきた。

「どうせ司教様は、馬鹿力のお兄様がそうすることも計算済みでしょうから、やるだけ無駄というものですわ」

「では、このまま私と結婚する気か？」

「たとえ天と地がひっくり返ったとしても、ありえませんわ」

「じゃあ、どうする？」

フレドリックが言い返した時、部屋が小刻みに揺れて天井がみしみしと軋《きし》む音を立てた。

するとルナーリアはぱぁっと花が咲いたみたいな笑顔になる。

「白馬に乗った王子様を待つのも、悪くはありませんわ」

＊＊＊

地中の小石や土を巻き上げ、ネフェルティスの巨大な身体が地上に突き抜けた。

真っ先にクレアの目に飛び込んできたのは、夜空にぽっかりと浮かんだ三日月だった。

わずかな月明かりであっても、地下の暗闇に慣れた目には眩《まぶ》しいくらいだ。

「ここはどちらでしょう?」

辺りを見回すと、見覚えのある尖塔《せんとう》がある。

『どうやら大聖堂の裏口に出たみたい』

そう言ってネフェルティスはクレアを地上に降ろした。鎌首《かまくび》を持ち上げた大蛇は、大聖堂の屋根まで届きそうだ。

たまたま裏口にいた修道士が一人、突然現れた大蛇に叫び声を上げて逃げていく。ネフェルティスは愉快そうに見ていたが、すぐに険しい目つきに変わった。

大聖堂の陰から、巨大な狼がゆっくりと姿を現したのだ。

『やあ、ネフェルティス。君まで来るなんて、想定していなかったな』

『こんばんは、バアル。こう見えてわたし、とっても怒っているのよ』

親しい者同士の会話にも聞こえるが、クレアにも伝わるほどの緊張感が漂《ただよ》う。

魔狼はネフェルティスから視線をずらし、輝くヘーゼルの瞳を細めた。

『そこにいるのはクレアだね。愛しい殿下を奪いに来たのかい？　だったら俺が連れていってあげようか？』

王宮でバアルに食い殺されそうになったことを忘れたわけじゃない。身体中の血液が凍るような感覚を思い出し、クレアは身体を強張《こわば》らせた。

それを庇《かば》うように、ネフェルティスがぐいっと首を前に出す。

『あら残念。あなたの相手はわたしよ。クレアはわたしのお気に入りだと忠告までしてあげたのに。犬には躾《しつけ》が必要ね』

『誰が犬だ！　口の利き方には気をつけろ！』

『ふん。教会に尻尾を振っているのはどこの誰よ？　ついにあなたも聖女を信奉するようになったとはね』

『あんたには関係ないことさ』

バアルと激しい言い合いをしているネフェルティスだったが、一瞬だけクレアの方に視線を投げてきた。その意思を読み取ったクレアは、大聖堂に向かって走り出す。

魔狼はクレアが扉の中に消えるのを目で追っていたが、やがて視線をネフェルティスに戻した。

『人間の小娘一匹を追うのは簡単なことさ。それに、クレアは至聖所《しせいじょ》に入れないはずだしね』

『あら、ずいぶん詳しいのね。彼女がお気に入りだったの？』

『もちろんさ。喰いたくなるほど気に入っている。クレアからはあの女の匂いがしないからね』

バアルの悪趣味な冗談に、ネフェルティスは溜息をつく。

『いいわ。あなたの望みを叶えたければ、まずはわたしを倒すことね』

クレアはひたすら走って、大聖堂の講堂に飛び込んだ。

そして、以前訪れた時とはまったく違う景色に、思わず叫び声をあげそうになった。

至聖所の入り口に掛けられていたタペストリーは、無残にもボロボロに引き裂かれている。代わりに、植物の蔓《つる》が何重にも絡み合い、壁一面を覆《おお》っていた。

蔓の太さはクレアの腰回りぐらいありそうだ。どこからどう見ても植物の蔓なのに、それは動物みたいにずるずると祭壇の後ろを這《は》い回っている。まるで扉の向こうに行くための方法を探しているようだ。

「何なのこれは？」

クレアが不気味な光景に目を奪われていると、床に伸びていた蔓がこちらに向かって集まってくる。

「ぎゃっ⁉」

「お嬢！　落ち着いて！」

蔓は絡みあって塊《かたまり》となり、徐々に形を作る。やがてクレアの背丈を超えて、とある人の姿に変化した。

『お前たち、こんなところまで追って来たのか⁉』

「ラシヌ様！」

植物が織り上げたのは、『東の将軍』ラシヌ・フランブルだ。

「ルナーリア様はこちらにいらっしゃるのですね！」

『そうだ。だが、至聖所はセレスティナの結界が張っていて入れない。ここさえ破れれば……』

悔しそうにラシヌの顔が歪《ゆが》む。蔓《つる》が絡みついた扉をクレアは見上げた。

聖女の血を持たないクレアも至聖所《しせいじょ》に入ることができない。ならば、中に入れる誰かを脅してでも連れて来るしかあるまい。この際手段など選んでいられるものか。

脅すのに便利な得物はないかと辺りを見回した時、カルセドニーが腕をつついてきた。

「お嬢、あの薄い場所を狙ったら、僕たちも入れたりしないかな？」

「薄い場所って？　なんのこと？」

カルセドニーが扉を頭で指し示すが、クレアは意味が分からず聞き返した。

「あそこの扉とか壁の辺りが霞《かすみ》がかってちょっとだけ途切れている場所があるんだ」

「え？」

クレアがいくら目を凝《こ》らしてみても、カルセドニーの言う霞はまったく見えない。

『もしかして、カルセドニーにはセレスティナの結界が見えているんじゃないか？』

ラシヌの言葉に、カルセドニーは大きく頷《うなず》いた。

「そうかも！　さっきラシヌ様が扉をこじ開けようとした時、霞が伸びて薄くなったんだよね。それが結界なのかは分からないけど」

『そうか！　もしかすると、この数百年の間に結界が綻《ほころ》んできているのかもしれない！』

ラシヌは目を見開いて叫んだ。

「じゃあ薄くなってる場所を切ればいい！　僕が剣になる！　金属になれる魔法の蛇だから、剣にだってなれるよ！」

『分かった、私に任せるがいい。至聖所を四方から蔓でぎちぎちに締め上げて、結界の形を歪《ゆが》ませてやろう』

ラシヌはそう言い残して姿を消した。代わりに太い植物の茎が現れ、ものすごい速度で壁を這《は》っていく。

「お嬢、薄くなった所に狙いを定めて、僕を思いっきり打ち込んで！」

「で、でも、私には見えないのよ。どこに打ち込めばいいかなんて分からないわ」

「僕が教えてあげるから、そこに狙いを定めて！」

カルセドニーは床に降りて呪文を唱えた。すると、クレアの目の前に現れたのは、床に深く突き刺さった一本の剣だ。

こんなに重そうな剣が持てるのかと、クレアは一瞬だけ身構えた。意を決して両手で思いっきり引き上げると、あっさりと床から抜けてしまった。クレアは剣を見つめながら、思わず首を傾《かし》げるが、今は気にしている場合ではない。

それにしても、どうしてカルセドニーには結界が見えたのだろう。思い当たるのは、あれだけ雄嫌いのガッシュが、カルセドニーを乗せたことだ。冥界から戻ってから、明らかにカルセドニーの身体に変化が起きたとしか思えない。カルセドニーに血を与えてくれたあの門番は、やはりただの門番ではなかったらしい。

『クレア、ぼうっとしてないでしっかり狙え！』

ラシヌの声に慌てて柄《つか》を握り直し、至聖所《しせいじょ》の入り口に目を凝《こ》らす。蔓《つる》が壁を締め上げた。

「お嬢、今だ！　扉と壁との境目の、真ん中よりちょっと下を狙って！」

「あの辺ねっ！」

カルセドニーの声に呼応して、クレアは扉へぶつかるように走った。全身の力を肩から腕に集約させ、思いっきり一突きする。

キィン、と硝子《ガラス》の割れるような音がした。勢いのついたクレアの身体は、蝶番《ちょうつがい》の外れた扉ごと至聖所の中へと倒れ込む。

「い、いたたたっ！」

盛大に転んで扉に顎《あご》を強打したものの、なんとか起き上がった。掴んだままの剣から、カルセドニーの心配そうな声が聞こえてくる。

「お嬢、大丈夫？」

「うん、平気。なんとか中に入れたのね！」

ラシヌは入れただろうか。そう思ってクレアが後ろを振り返ると、開いた戸口めがけて伸びた蔓が、見えない壁に弾《はじ》かれているのが見えた。

「結界が閉じちゃったんだ！」

「ラシヌ様。ここで今しばらくお待ちください！　必ずルナーリア様をお連れしますから！」

クレアはラシヌに大声でそう呼びかけると、深々と一礼した。そして至聖所の奥の暗闇をキッと睨《にら》む。

すると、剣先に小さな稲妻が宿った。掲げると燭台《しょくだい》代わりになって周りを照らしてくれる。

奥へと進むと、突き当たりに扉が見えた。さらに左手にも通路は続いているみたいだ。

「とりあえず、片っ端から開けてみるしかないわね」

自分を納得させるように呟《つぶや》きながら扉を押すが、鍵が掛かっているのか開かなかった。

「もうここまで来たら扉ひとつ壊すぐらい、どうってことないわ」

不法侵入だろうが器物損壊《きぶつそんかい》だろうが、教会に派手な喧嘩《けんか》を売ってしまったクレアとしては、どうにでもなれという気持ちになる。

クレアは剣を水平に持ち構えた。そのまま扉の蝶番《ちょうつがい》に何度も剣を叩き付ける。

すると蝶番が外れ、乾いた音を立てて扉が傾いた。

「てええいっ！」

クレアは叫び声を上げ、右脚を振り上げ思いっきり蹴りつける。

すると扉は大きな音を立てて内側に倒れ込んだ。部屋の灯りが漏れてきて視界が広がる。

部屋の隅には、怯《おび》えた視線をこちらに向ける少女と、そんな彼女を背中で守るように立ちながら、目を丸くしている男性の姿がある。

「……クレア？　クレアなのか？」

「ク、クレアですの？　奇怪な雄叫《おたけ》びが聞こえて、なにごとかと思いましたわ」

スカートをたくし上げて、見事な脚蹴りを決めた姿勢のまま硬直しているクレアを、二人が呆然と見つめて言う。

「僕のことも忘れないでよね！」

カルセドニーは剣の姿を解いて小蛇に戻り、クレアの肩に乗った。

クレアは急いで脚を降ろして「ゴホン」と咳《せき》払いし、丁寧に一礼する。

「フレドリック王太子殿下とルナーリア姫様のお迎えに参りました」

二人は黙ったままだ。やはり雄叫びを上げたクレアに引いてしまったのだろうか。いや、そんなことより、はしたない恰好をフレドリックに見せてしまったことが悔やまれる。二度と会わないと決めていたのに、とんでもない形での再会となった。この微妙な空気に耐えられず頭《こうべ》を垂《た》れたままでいると、フレドリックの声が降ってきた。

「ああ、私の可愛いクレア。顔を上げてくれ」

「……は？」

この場に相応《ふさわ》しくない甘い言葉に、クレアは思わず頭を跳ね起こす。

「こんなところで再会するとは、聖女セレスティナに感謝すべきかもしれないな、私の可愛い人」

「……へ？」

普段のフレドリックなら、絶対に使わない台詞《せりふ》だ。何を言い出すのかとクレアが瞬《まばた》きをした時には、フレドリックの胸の中に閉じ込められていた。

「可愛いクレアに会いたかったぞ。まさかここに乗り込んでくるとは思わなかった。その可愛い身になにかあったらどうする？　そうだろう？　可愛いクレア」

がっしりと抱きしめられ、クレアは必死にもがくが離してもらえない。鍛《きた》えられたフレドリックの腕がぎゅうぎゅうと背中を締めつけてきて、必然的にクレアの顔が彼の胸元に押し付けられる。

「むぐっ⁉　苦ひぃでふっ！」

気恥ずかしさよりも、息ができない苦しさで気絶してしまいそうになる。

「あらあら、クレアは本当に愛されていますのね」

フレドリックの後ろではルナーリアが嬉々《きき》とした声を上げているが、ここまで『可愛い』を連発されれば嫌味にしか聞こえない。

クレアがぐったりして動かなくなると、締めつけていた腕の力がようやく緩《ゆる》んだ。

ほっと息継ぎをしてフレドリックの顔を仰ぐと、澄んだ琥珀色《こはくいろ》の双眸《そうぼう》が揺れている。

「……怒っていらっしゃるのですか？」

「当然だ！　ずっと心配していたんだぞ！」

フレドリックは噛み付くように声を荒らげた。背中に回っている腕から彼の気持ちが痛いほど伝わってきて、クレアはそっと目を伏せた。

フレドリックが、姿をくらませたクレアをどれほど心配したのかが分かる。

だが、またすぐに彼のもとを離れなければならないのだ。

これからクレアは教会に楯突《たてつ》いた国賊として追われることになる。そんな人間が王太子の傍《そば》にいられるわけがない。

なのに、こんなにも――

彼の腕の中に収まると心が安らいで、ずっとここに留まっていたいと欲が出てしまう。

「私になにがあろうとも、殿下が心配なさる必要はありません」

クレアは気持ちを断ち切るように顔を上げ、フレドリックへ微笑みかけた。だが、今にも泣き出しそうな顔になってしまう。

そんなクレアの表情を見て、フレドリックは溜息をついた。

「ならば、もう二度と私の目の前からいなくなるな」

フレドリックはクレアの瞳を射抜くように見つめて言葉を続ける。

「諦めるという言葉は私の辞書には存在しない。逃げるなら追うまでだ。それとも、追って欲しくてわざと逃げているのか？」

「そんなわけありません！」

「では、どうして逃げたのだ？」

その声にわずかな苛立ちが混じっているのを感じた。理由も告《つ》げずに去ったクレアに怒りを覚えているのだ。

だが、逃げた理由を聞かないで欲しかった。

クレアが言ってしまったら、教会や司教が関わっていることをフレドリックは知ってしまう。そうしたらノイマンや聖女の存在を責めるかもしれない。

彼らがどうあれ、王太子は人々の心の拠《よ》り所《どころ》である教会を保護していかなければならないし、教会もまたそれに応《こた》えるはずだ。

だから、クレアがなにも告《つ》げずに逃げたことで、フレドリックの怒りや憎しみや悲しみはクレアにだけ向けられるはずだったのに。

なのに、教会はこうして強硬手段に出てしまった。フレドリックが護《まも》らなければならないものを汚したことが許せない。とはいえ、そんなことを彼に言えるわけもなく、クレアは曖昧《あいまい》な答えを口にする。

「私では駄目なのです。私は殿下に相応《ふさわ》しくない」

「そんなことは私が決める！」

即答だった。だがその勢いに呑まれないよう、クレアは首を横に振る。

「いいえ。聖女の血を引いていない私など傍《そば》にいてはいけないんです！」

ふいに目の奥がじんと熱くなった。泣きそうになる顔を見せたくなくて、クレアは下を向く。

フレドリックはわずかに沈黙したのち、怪訝《けげん》な声を出した。

「まさか、そんな理由で逃げ出したのか？」

「だって、血を持たない私など……女王陛下も教会も、国民だって認めるはずがありません！」

「そんなことはどうだっていい！」

今までにないくらい強い口調で言われ、クレアはビクッと身体を震わせた。おずおずと顔を上げると、フレドリックが真剣な表情でこちらを見つめている。

美しい琥珀《こはく》色の瞳は不安そうに揺れていて、なにかを懇願するようだった。

「大事なのはお前の気持ちだ。頼む、正直に聞かせてくれ」

「私の、気持ち……？」

「クレアは、私のことをどう思っているのだ？」

「わっ、私はっ」

フレドリックへの思いを断ち切ろうとしたはずなのに。こうして再び会えただけで幸せなのに。

声にならない声で唇を震わせるクレアの目を、フレドリックが深く覗《のぞ》きこむ。辛抱強くこちらの答えを待っているみたいだった。

一体いつからだろうか。この美しい瞳に映ることに喜びを感じるようになったのは。

彼の腕に捕らわれることを嬉しいと思うようになったのは。

誰がなんと言おうと、クレアはフレドリックのことを愛している。クレアにはもう、これ以上自分の気持ちを抑えることができなくなった。もう一度伝えたかった言葉をようやく絞り出す。

「本当はずっと……殿下のお傍《そば》にいたかった……っ！　離れたくなんてなかった！」

「その言葉が聞きたかった」

言うや否や、フレドリックはクレアを再び力強く抱き締めて、クレアの肩に顔を埋める。

フレドリックの腕の中で、クレアは強く瞼《まぶた》を閉じた。

この瞬間が永遠に続けばいいのに。叶わないことと知りながらも、クレアはそう思わずにはいられなかった。

「あのー、わたくしもおりましてよ？」

「僕もいるんだけど……」

気まずそうなルナーリアとカルセドニーの声で我に返り、クレアはガバッと慌ててフレドリックから離れた。その反応を見たフレドリックは露骨に顔をしかめる。

「王子様はクレアの方だったなんて、完全に予想外でしたわ」

「王子様ですか？」

真っ赤な顔のまま聞き返すクレアに、フレドリックは肩をすくめて見せた。

「気にするな。ルナーリアはラシヌが迎えに来なくて拗《す》ねているだけだ」

ルナーリアだって、ラシヌが迎えに来たらその胸に飛び込みたかったはずだ。なのに現れたのがクレアだったので、さぞやがっかりしているに違いない。

「ラシヌ様は、入り口でルナーリア様をお待ちですよ」

ルナーリアがほっとした表情を見せた時、部屋全体が小さく振動して、天井がメキメキと音を立てて軋《きし》んだ。

「なっ！　建物が崩れるんじゃないだろうな」

「まさか、ラシヌ様が至聖所《しせいじょ》に巻きついて締め上げているのでしょうか？」

「きっとそのまさかですわ、クレア。ラシヌ様ならこの至聖所ごと壊して私を助けてくださるはずですもの！」

ルナーリアは物騒なことを嬉しそうに言ってのけた。

「ちょっと待て、ラシヌが巻きついているとはなんのことだ？」

一人だけ事情を知らないフレドリックが、クレアとルナーリアの顔を交互に見比べる。

「さあ、ここが崩れる前にさっさと逃げますわよ！　ラシヌ様、今参りますわ！」

ルナーリアはドレスを翻《ひるがえ》して、軽やかに部屋の外へ駆けていく。

「なんだかよく分からんが、とにかく逃げるぞ！」

フレドリックの動きは俊敏だった。クレアの手を掴み、一気に通路を走り抜ける。

大聖堂から漏れてくる灯りを目指し、三人は勢い良く至聖所《しせいじょ》の外へ飛び出す。そして
ぴたりと立ち止まった。

弓を構えた屈強な男たちが一列に並び、こちらを狙っていたのだ。

しかし彼らは、突然至聖所から出てきたフレドリックを見て戸惑っているようだ。

「フレドリック殿下！　ルナーリア様！　早く至聖所の中へお戻りなさい！」

矢をつがえる修道士たちを掻《か》き分けて、ノイマンが前に進み出た。

「司教！　どういうことだ」

フレドリックは矢を打たせないように腕を広げて声を上げる。その後ろに隠れるクレアを見つけて、ノイマンは指差して叫んだ。

「殿下！　そこの邪悪な女に騙《だま》されてはなりません！　魔物もそやつが手引きしたのですよ！」

「そ、そんなっ！」

どうやら大蛇姿のネフェルティスと一緒にいたところを修道士に見られたらしい。蛇の魔物を連れてきたのはクレアだと思っているのかもしれない。

「殿下にはあれがお見えになりませんか？　あの醜い魔物がっ！」

クレアを指していたノイマンの手が今度は至聖所側の壁を示す。そこにびっしりと蔦《つた》が絡んでいるのを見て、フレドリックは驚きの声を上げた。

「あ、あれは一体!?」

「殿下、落ち着いて聞いてください。あれがラシヌ様です。敵ではありません」

「お兄様、気をしっかりお持ちになって。怖くありませんわよ」

クレアとルナーリアが口々に説明すると、細い蔓《つる》が一本、するすると伸びてきた。手を差し出したルナーリアが、柔らかな微笑を浮かべたその瞬間。

一斉に弓弦《ゆみづる》の音が鳴った。放たれた矢はクレアたちの頭上を越え、ラシヌに襲い掛かる。

鏃《やじり》が次々と突き刺さった茎は、もがいて逃れようと大きくしなった。

矢に貫かれる鋭い痛みが伝わってくる気がして、クレアは思わず身を縮こまらせる。

「あなたたち！　なんてことを!!」

「大丈夫ですわ。この程度の攻撃にやられるような方ではありません」

それでも、隣に立つルナーリアの表情は硬い。

「道をあけろ！」

弓を引いていた者たちが後退し、声を上げた修道士たちが剣を構えて向かってくる。

フレドリックはとっさに後ろへ叫ぶ。

「カルセドニー！　さっきの剣になれ！」

「お前が命令するなよ！」

反発するカルセドニーだったが、さすがに今はフレドリックに逆らう状況ではないと思い直したようだ。

一瞬の閃光と共にカルセドニーが剣に変化する。それをすぐさま手に取ると、フレドリックはラシヌに切り掛かろうとする修道士の前に割り込んだ。

「お退《ど》きください、殿下！」

「力ずくでやってみろ！」

フレドリックは吼《ほ》え、ラシヌを背にして剣を構え直した。威圧されたように修道士たちが一歩下がる。

ノイマンが悲鳴を上げた。

「殿下！　魔物は殲滅《せんめつ》せねばなりません！　それは聖女様の子孫であるあなたの役目ですぞ！」

「黙れ、ノイマン！　聖女はとうの昔に死んだのだ！　今は信じるべきものを見誤るな！」

後ろに陣取る修道士たちはラシヌに向けて矢をつがえるものの、王太子が前に立ち塞《ふさ》がっていては動けない。

フレドリックと剣を握る修道士たちがじりじりと睨《にら》み合う。

すると突然、激しい爆裂音と共に大聖堂の側壁が崩れ落ちた。建物全体が大きく揺れたと同時に巨大な物体がなだれ込み、対面の壁にぶつかってようやく止まる。

それは、もつれ合う魔狼と大蛇――バアルとネフェルティスだった。

狼は鋭い牙で蛇の背に噛みつき、蛇は長い胴で狼の首をしっかりと締め上げている。

「う、うわあああ！」

二体の魔物が争う中、巻き込まれて潰されるのを恐れた修道士たちが逃げ惑う。

「怯《ひる》むな！　弓を引けーっ！」

ノイマンが声を張り上げる。

すると、蛇のネフェルティスに押さえ込まれて身動きの取れないバアルが、血走った目を向けた。

『クレア！　そこにいるのはクレアだな！　フレドリックの前で殺してやろう！』

「ひっ！」

魔狼の鋭い視線に、クレアは息を呑んで後ずさった。

バアルから離れた場所にいるノイマンが叫ぶ。

「さあ殿下、この剣を手に取りなさい。そして魔物を殺すのです！」

掲げられた剣の柄《つか》には、赤く煌《きら》めく宝玉が見えた。ノイマンは剣を片手にゆっくりとこちらへ近づいてくる。

「剣？」

クレアは目を凝《こ》らすが、ただの豪奢《ごうしゃ》な剣にしか見えない。

「あれは魔物を倒すための王家の秘剣だ！　そして私と女王陛下にしか使えない！」

「なんですって……！」

フレドリックの言葉にクレアは驚いて目を剥《む》いた。

しかし、狼は剣など気にも留めず、目を爛々《らんらん》と光らせながらクレアだけをひたすら睨《にら》みつけている。今すぐにでもクレアに飛びかかりたそうなのに、蛇が邪魔だと言わんばかりだ。

なぜあの狼は、ノイマンが秘剣を渡そうとしているのに、それを制止しないのか。いや、むしろフレドリックに渡したがっているようにすら見える。

そしてなぜここまでクレアを狙っているのか――クレアの頭の中で散らばっていた

パズルのピースが次々とはまっていき、ある一つの推測に達する。

「まさか、バアル様は……」

魔物は聖女の呪いに縛られているとネフェルティスは言っていた。それこそ何百年も、無為《むい》な時間を過ごしてきたのだと。

バアルがクレアを襲ったのも、ルナーリアを攫《さら》って教会に協力したのも、全部――彼は自らの命を絶とうとしているのではないか。

だとしたら、ここまでクレアをおびき寄せた理由にも納得がいく。バアルがフレドリックの目の前でクレアを殺せば、彼は激昂して秘剣を振るうに違いない。

バアルの目論見《もくろみ》は教会側にとってもメリットがある。聖女の血を持たないクレアを王太子の前から消せるのだ。狼がクレアを殺してくれればちょうどいい。

巻きつくネフェルティスごと引きずるようにして、バアルがクレアに近づいてきた。

「逃げろ！　クレア！」

王太子を捕らえようと襲い来る修道士たちを剣で捌《さば》きながら、フレドリックが叫ぶ。

その声に弾《はじ》かれ、クレアは逃げ道を探そうと後ろを振り向く。そして息を呑んだ。

二人の修道士がクレアの退路を塞《ふさ》ぐようにして剣を構えていたのだ。

大聖堂から逃げようにも、彼らがいる。反対側から迫るのは、狼のバアルだ。

バアルがじりじりとクレアに寄っても、ノイマンはフレドリックに剣を渡そうとしない。にんまりと笑ってクレアの顔を見つめている。やはりクレアが殺されるのを待っているのだ。

『駄目！　クレアに手出しはさせないわよ！』

『邪魔をするな蛇女！』

ネフェルティスは狼を抱き込んで、クレアに近寄らせまいと転がった。腹と首を絞められたバアルが「ぐっ」と喉《のど》の奥から鈍い声を出す。

蛇は狼を引きずって外へ向かおうとしていた。反して、バアルはこの場に留まろうと床へ爪を立てる。後ろ足で何度もネフェルティスを蹴りつけるが、それでも彼女はバアルを離さない。

フレドリックの方を見ると、大勢の修道士に取り囲まれている。いくら剣術に優れている彼と言えども、あれだけ人数がいれば勝ち目はないかもしれない。

——このまま逃げては駄目よ。教会の思い通りになんてさせない！

この国の安寧《あんねい》は、魔物を呪いで縛りつけることで成り立ってきた。バアルはそれから逃れるために『死』を選ぼうとしている。

そんな結末、あんまりではないか。このまま教会の思惑通りにバアルを死なせたくない。それに、クレアだって黙って殺されるのを待っているわけにはいかない。

そう思った瞬間、クレアの足は強く床を蹴りつけていた。修道士に向けてでもなく、狼の方でもない。全速力で目標に向かって走る。

「クレア！」

自分の名を呼ぶフレドリックの声だけは、やけにはっきりと聞こえた。

そのまま秘剣を持つノイマンに全身で体当たりする。

不意打ちを喰らって、ノイマンは軸足を崩し、そのままクレアの下敷きになって倒れた。

「剣から手を放しなさい！」

クレアはなんとか顔を上げ、四つん這《ば》いで進みノイマンの右手から秘剣をもぎ取った。それに気付いたノイマンは倒れた体勢のまま、クレアの脇腹を蹴りつける。

「この女！　なにをするかっ！」

「うぐっ！」

蹴られた瞬間は雷に打たれたみたいで、息が止まりそうになった。クレアは横に倒れて床を滑ったものの、剣をしっかりと胸の中に抱き込んだ。

「剣を返せ！」

身体をふらつかせながら立ち上がるノイマンから逃れるように、クレアは腕の力だけで後ずさった。脇腹の痛みがじんじんと疼《うず》いて動けそうにない。

「駄目です、絶対に渡しません!!」

今、クレアの感情を支配しているのは、怒りだ。

長い間、この国も教会も、ネフェルティスやラシヌを利用するだけ利用してきたのに、彼らの懇願には誰も耳を傾けようとしないではないか。

前方から別の修道士が秘剣を奪還しようと迫ってきたが、ふいにクレアの視界から消えた。

「クレアに触れるな！」

「殿下!?」

フレドリックが後ろから修道士を殴り倒したのだ。

「逃げろ、クレア！」

そう叫んで駆け寄ろうとしたフレドリックの足を、倒れた修道士が掴む。二人はもつれ合うようにして転がった。

「殿下！」

クレアは秘剣を杖代わりにしてなんとか立ち上がる。よろめきながらもフレドリックを助けようと一歩踏み出したその時。

ヒュン、と風を切る音がした。修道士が倒れたのを見て、他の修道士たちがクレアに矢を放ったのだ。

『やめろ！』

クレアをかばおうと向かってきた蔓《つる》の一枝が、ぽっきりと折れて地に落ちる。

「え？」

なにが起きたのか、クレアには分からなかった。

だがラシヌの蔓が矢の雨からクレアを守るには、わずかに遅かった。

ドスッ、ドスッ、と続けざまに二本の矢がクレアの胸に打ち込まれ、貫く衝撃に身体が跳ねる。

途端に呼吸が苦しくなったと思ったら、温かい何かがゴボリと口から流れ出た。それが自らの血だと驚く間もなく、クレアはその場に崩れ落ちた。

「クレアアアアアッ――――！」

最後に聞こえたフレドリックの叫び声に、クレアは応《こた》えることはできなかった。

第五章　聖女の血統

身体が重い。それでも行かなくちゃいけない。

どうしようもないけだるさを感じながら、クレアはのろのろと歩いていた。

暗闇を抜け、明るい場所へ辿り着く。

そこは花が一面に咲き誇る大地。空気は清涼で、ひらひらと舞い落ちる花びらが地面にぶつかってキン、キン、と小さな音を立てる静かな世界だ。

「やっぱり、ここなのね……」

クレアは小さく溜息をついて、周りを見渡した。

前に一度訪れたことのある場所——冥界の入り口だ。そこに再びやって来たということは、自分は確かに死んだのだろう。

冷静になって思い返すと、無謀だったと思う。

剣を握るノイマンに向かって、素手で飛び込んでいったのだ。その結果、魔物に通じた邪悪な者として弓を射られるのは当然なのかもしれない。

クレアは、もう一度ゆっくりと溜息をついた。

フレドリックに会えたことは嬉しかった。けれど、どうせまた別れなければならなかったのだ。それが死に別れなのか、クレアが逃げる形になるかの違いでしかない。さすがのフレドリックも、冥界までは追ってこられないのだから。

諦めにも似た気分で、これが運命なのだと自分に言い聞かせる。頭を上げると、天まで届きそうな青褐色《あおかちいろ》の扉が、今日はまるでクレアを迎え入れるかのように口を大きく開けていた。

扉の中をこわごわ覗《のぞ》き込んでも、見えるのは闇ばかりだが、行く先など他にない。

「おや、クレアじゃないかえ？　ずいぶん早くに会えたのう」

後ろから肩を掴まれて、身体をくるりと反転させられた。クレアの目の前に立つのは、冥界の門番である赤髪の女性だ。

涼しげな白いドレスの右肩には、フレドリックの血から生まれた赤カラスを留まらせている。

「どうしたのじゃこの傷は？　身体もボロボロじゃのう。もしかして今度は本当に死んだのかえ？」

矢継《やっ》ぎ早《ばや》に聞かれて、クレアはなんと答えればいいのか分からず、困ったような笑顔になる。

「多分、そうなんです——セレスティナ様」

そう呼ぶと、目の前の彼女は否定も肯定もせず、ただ黙ってクレアを見つめ返した。

深い青緑色の瞳が、愉快そうに弧を描く。その表情を見て、クレアは自分の予想が当たったことを知る。

「いつ、妾《わらわ》がセレスティナだと気付いた？」

「至聖所《しせいじょ》の中に入った時です。どうしてカルセドニーだけにセレスティナ様の結界が見えて、破ることができたのだろうって」

思い当たるのは、冥界での出来事だ。カルセドニーが飲まされていたあの血。

カルセドニーに魂を分け与えた人が、セレスティナだとしたら、結界を破れても不思議ではない。

その考えが、一番しっくりくると思ったのだ。

「カルセドニーといつも一緒にいるクレアには、分かってしまうのじゃな」

「……本当に、本当にセレスティナ様なのですか？」

「そうじゃ。少しは驚いたかの？」

困惑するクレアに、セレスティナはしてやったりと満足そうな笑顔になった。

「カルセドニーと会った時、これはチャンスだと思ったのじゃ」

「チャンス？」

「そうじゃ。カルセドニーに妾の魂を混ぜて地上に帰せば、その魂を伝って地上を覗《のぞ》ける。死者を生き返らせるのは禁忌《きんき》だと冥界の王は言うが、ちょっとぐらいよいと思わんか？」

この世の理《ことわり》をいとも簡単にひっくり返す。その度胸から、彼女が只者《ただもの》でないことが分かる。

「セレスティナ様は、今の地上をご覧になりたかったのですか？」

「うーむ、今の地上もじゃが、クレアのことも見てみたかったのじゃ」

セレスティナは屈託なく笑う。

「わ、私ですか？」

「だって、クレアの瞳の色はエメラルドグリーンなんじゃからな」

「ええ？」

初めて会った時も、セレスティナはクレアの目の色に興味津々《きょうみしんしん》だった。冥界では珍しい色なのだろうか。

「こっちへ来るがいい」

手招きされて、背の低い花が集まる場所へ誘われる。静かな草原に、天から落ちてくる白い花弁が、地面にぶつかってキンと鳴る小さな音が響いた。

「今の音、聞こえたかえ？」

「はい、高く澄んだ音色ですね」

「……それだけかの？　やはり魔力のない人間には聞こえないのかのう」

セレスティナはつまらなそうに独りごちて、クレアの手を取った。そのままじっとしていると、またひらひらと花びらが舞い落ちてきて、セレスティナの肩口に当たる。

《――セレスティナ様。どうか、この子の熱が明日には下がりますように……》

白い欠片《かけら》が小さく弾《はじ》けた瞬間、知らない女性の声が頭の中に届き、クレアは驚いた。

「声？　……お祈りしている人？」

誰の声なのかまでは分からないが、熱を出した子を心配する母親の願いらしい。

「そうじゃ。妾《わらわ》への祈りがこうやって空から降ってきて、冥界までちゃんと届いておる」

セレス＝アルドの人々は、願い事があれば聖女の名を唱えるし、夕方になれば一日の無事を感謝して聖女に祈りを捧げるものだ。

セレスティナに手を握られたままでいると、あちらこちらに降り注ぐ花弁から、次々と声が届いてきた。

明日の天気を願う者。父の病気回復を祈る者。金儲けを神頼みする声や、ささやかな嘘が妹にばれないようにと願う子どもの声――

数え切れないくらいの願い事が空から落ちてきて、そしてすぐに消えていく。

クレアは、薄曇りの空を呆然と見上げた。

「こんなにたくさんの声を、いつも聞いておられるのですか？」

「たまに耳を傾ける程度よのう。肉体がとっくの昔に滅びている妾は地上に行けぬ。どんなに縋《すが》られても、直接願いを叶えてやることはできないのじゃ」

セレスティナはどこか諦めの混じった声で答える。

もしかしたら彼女は、ずっと歯痒《はがゆ》い思いをしていたのかもしれない。聖女を敬《うやま》い慕う人々が助けを求めていても、死者であるセレスティナは手を差し伸べることができないのだ。

「カルセドニーに魂の一部を預けて、人々を助けようと思われたのですか？」

聖女の心の奥底にある悲しみに触れたような気がして、クレアはなんだか切なくなった。だが、当の本人はきょとんとして、それから不快そうに眉根を寄せた。

「まさか。なんでこの妾が無料《タダ》で奉仕しなくてはいけないのかえ？　妾に頼み事をする前に、まずは己でなんとかするものじゃ」

セレスティナは、迷惑千万といった表情でしっしっと追い払うように片手を振る。

セレス＝アルドの国民が聖女の本音を知らなくて本当に良かった――クレアは心底そう思った。

「妾《わらわ》は可愛い子孫たちの祈りも、ちゃんと聞くだけは聞いておったぞ。だがフレドリックだけは子どもの時からちっとも祈らない。その代わりになぜかいろいろ報告してくるのじゃ。それが面白くてのう」

「報告、ですか？」

セレスティナは可笑《おか》しそうにくすくすと笑いながら、小さな花びらの欠片《かけら》をクレアの目の前にかざした。

「大事に取っておいたからの。ほれ、クレアにも聞かせてやろう」

欠片を乗せたクレアの掌《てのひら》ごと、セレスティナの柔らかな手が包む。すると、聞き覚えのある声が頭の中に飛び込んできた。フレドリックだ。

『今日はブーツに泥を付けたまま帰ってきたので、クレアに説教された。怒った顔も意外に良い』

『あの美しく結《ゆ》った髪に手を伸ばし、その髪にキスをしたら、クレアはどんな表情をするだろうか』

次の瞬間、クレアは握られた手を思わず引いていた。

「こ、これって、まるで、か……観察日記じゃないですかっ！」

あたふたするクレアの顔が一気に赤くなる。そんな様子をセレスティナは愉快そうに眺めて、もう一度欠片の声に耳を傾ける仕草をした。

「ふむ。なになに。お菓子をあげたらにっこり笑うクレア。唇の端についた食べ残しを――」

「嫌あぁぁ！　それ以上は言わないでっっっ！」

クレアは恥ずかしさのあまり、耳を塞《ふさ》いでしゃがみ込んでしまった。するとセレスティナは追い討ちをかけるように、ふふんと鼻で笑った。

「我が子孫ながら、あまりにも可愛いことを言うものじゃからな。クレアがどんな娘か、つい見てみたくなったのじゃ」

毎夕の祈りの時間に、フレドリックはなんてことを報告しているのか。いや、フレドリックだって、まさかセレスティナが聞いているとは思ってもいないだろう。

セレスティナは膝を折って座り、クレアと目を合わせた。

「しかしな。そんなフレドリックが初めて真剣に妾に祈ったものよ。クレアがどうか無事でありますように、となｌ」

「あ……」

王宮から——フレドリックのもとから逃げて何日経ったのだろう。クレアはその間ずっと、フレドリックのことは忘れなくちゃ、と自分に言い聞かせてきた。だけど、フレドリックはどうだったのか。怒るよりも嘆くよりも、ずっとクレアのことを心配していたのだ。

申し訳なくて、切なくて、胸が痛んだ。でも、自分のことをこんなにも想ってくれるフレドリックの気持ちが嬉しい。

「クレアはフレドリックのことが嫌いだったのかの？」

「いいえ。そんなわけありません」

二度と会わないと誓ったはずなのに、至聖所《しせいじょ》でフレドリックに抱きしめられた時、クレアの決心などあっさり消し飛んでしまった。

愛しい、触れたい、欲しい、もっと——。心の声が溢《あふ》れて抑えられなくなって、まるで自分が自分じゃないみたいな感覚が恐ろしくさえあった。本当はもうとっくに、フレドリックを忘れることなんかできなくなっていたのに。

「ならば、フレドリックのことが好きかえ？」

セレスティナは目を輝かせて訊《たず》ねてきた。無邪気さは時に残酷である。真っ直ぐな問いが心に突き刺さり、クレアは堪《こら》えきれなくなって両手で顔を覆《おお》った。

「殿下はセレス＝アルドの国民にとってかけがえのない方です。やっぱり私では相応《ふさわ》しくありません」

涙で喉《のど》をつかえさせながら、どうしようもない感情が声と共に溢れ出る。

「なのに私、いけないいって分かっているのに、殿下のお傍《そば》にいたかった……！」

死んでしまえば、今度こそ本当にフレドリックに会うことはできない。そんな当たり前の事実がクレアの心を射抜く。

別れの言葉すら言えなかったことが悲しかった。「愛しています」と、たった一言すら伝えるすべがないなんて――

「会いたいです！　殿下にどうしても会いたい!!　どうかもう一度だけでも……!!」

クレアの涙顔を、セレスティナの温かな掌《てのひら》が包んだ。

「それがクレアの望みかえ？　ならば、特別に妾《わらわ》が叶えてやろう」

「……セレスティナ様？」

ぼんやり見上げると、セレスティナはふと真剣な表情になった。

「クレアは泣くと酷《ひど》い顔になるぞ。人前ではその顔を晒《さら》さない方がよいのう」

過去にフレドリックにも同じことを言われたクレアは、ただ目を白黒させるしかなかった。

「クレアッ！　しっかりしろっ！　クレアッ！」

繰り返し自分の名を呼ばれ、クレアは我に返った。だが、返事をしたくても思うように口が動かない。

なにも見えない闇の中、じんわりとした温もりだけが背中から全身に広がっていく。

「止めろ！　誰もクレアに触るなっ！　クレアッ！　目を開けろ、開けてくれ！」

そんなに激しく声を上げては喉《のど》を痛めてしまうのに……

叫び続けるフレドリックを止めなければと、クレアは必死でもがいた。

すると、肺に空気が流れ込む感覚がして、呼吸が楽になる。

「クレ……ア？」

クレアが睫《まつげ》を震わせて瞼《まぶた》を開くと、真っ先に目に映ったものは、涙を流しながら覗《のぞ》き込んでいるフレドリックの顔だった。

「でん、か……。どうし……て？」

口を開くのがひどく億劫《おっくう》で、代わりになんとか動く手でフレドリックの頬を拭《ぬぐ》う。

背中や腕に心地よい体温を感じるのは、力の抜けたクレアの身体をフレドリックが掻《か》き抱いているせいだ。

意識がはっきりしてくると、手首に冷たい金属の感触がした。剣になっていたカルセドニーがいつの間にかブレスレットとして手首に巻き付いている。それに周りでたくさんの人間がざわつく気配も伝わってきた。

——もしかして、大勢の人がいる場所で殿下に抱きしめられているの？

そう気付いた瞬間、クレアは一気に上体を跳ね起こした。

今度は身体もすんなり動いてくれて、辺りをぐるりと見渡す。すると、誰もが怯《おび》えたような顔をクレアに向けているではないか。

「……どうかしましたか？」

そう訊《たず》ねながら皆の目線を追うと、自分の胸元に注がれていることに気付いた。

クレアは「あ！」と声を上げた。

服が血で染まって真っ赤だ。自分は矢に当たって倒れていたはず。おびただしい血が流れていたのに、起き上がってピンピンしていれば、びっくりされるのは当たり前だろう。

皆を安心させるために愛想笑いを浮かべると、クレアの意に反して、誰もがいっそう青ざめた。

血塗《ちまみ》れで微笑まれるものほど怖いものはない。

『セ……セ、セレスティナ!?』

急に悲鳴を上げたのはネフェルティスだ。蛇なのでいまいち表情が読めないが、ひどく驚いたように、口をあんぐり開けている。

「え？　ネフェルティス様？」

今度はどうしたのかと、クレアが戸惑ったその瞬間、狼の咆哮《ほうこう》が夜の闇に響き渡った。

『セレスティナアアアア――――!』

崩れかけた大聖堂を揺らし、空気が震えて凍りつく。

地の底から湧き上がるような呻《うな》り声は低くおぞましく、怒りに満ち満ちていた。

魔狼は一瞬でネフェルティスの身体から逃れ、直線を描いてクレアに飛びかかった。

全てを喰いちぎるように大きく赤い口を広げ、牙を剥《む》く。

「い、いやああ！」

叫び声を上げた瞬間、クレアの左腕が勝手に持ち上がった。そして、手首で銀色のブレスレットがキン、と音を立てて揺れる。

『ギャン！』

狼は鋭い悲鳴と共に吹き飛び、大聖堂正面の壁に身体を激しく打ちつけた。

バアルは白目を剥いて舌をだらりと垂《た》らし、床へ滑り落ちていく。

「うふっ。あはははは！　なんとみすぼらしく間抜けな姿じゃ！」

崩れかけた大聖堂に、女の声がこだました。

「ク、クレア!?　いや違う。誰だ!?」

甲高い嘲笑《ちょうしょう》は、クレアの声なのにクレアのものではなかった。

ゆらりと立ち上がったクレアを、フレドリックは呆然と見上げる。

クレアの身体に重なって、赤髪をなびかせた女の姿が映っている。薄いベールのように半透明に見えるのに、彼女の深緑の瞳は強く輝き、クレアの瞳と重なって魔狼を睨《にら》みつけている。

「ほれ、さっさと起きるがよい。さっきまでの威勢はどうしたのじゃ」

左手の動きに合わせて、大聖堂の石壁に亀裂が走った。女はバアルをいたぶるように、わざと身体から狙いを外して、目に見えない攻撃を出し続けている。

『セレスティナ！　やめなさいよ！　大聖堂が崩れて皆が下敷きになるわよっ！』

ネフェルティスが落ちてくる屋根の破片を避けながら叫ぶが、セレスティナはどこ吹く風だ。うっすらと笑みを浮かべながら、指先から火の玉を生み出す。

「おい……！なにをする気だ」

「ふふ。フレドリックは妾《わらわ》の傍《そば》から離れるでないぞ。火傷《やけど》したくはなかろう？」

穏やかなクレアの声に反して、左手の火の玉はどんどん大きく膨《ふく》らんでいき、ごうごうと音を立てる。

「セレスティナ、やめろ！　やめるんだ！　他の人間を巻き込む気か！」

フレドリックは声の限りを尽くして叫び、炎の中でクレアの左腕に掴みかかった。

するとセレスティナはきょとんとした顔を向け、不思議そうに問うてくる。

「他の人間？」

「そうだ！　ここには修道士も大勢いる！　どんな理由があろうと、この国の民たちを傷つけないでくれ！」

フレドリックの剣幕《けんまく》に、セレスティナはゆっくりと周りを見渡した。

大聖堂の奥や端々に、教会の修道士たちが身を寄せ合って震えている。セレスティナに向かって一心に祈る姿もある。

それを確かめたセレスティナは、フレドリックへにっこり微笑んだ。そして、先ほどとはまるっきり違う柔らかな声で言う。

「うむ。我が可愛い子孫に免じて、ここまでとするかの」

その瞬間、人間の背丈ほどに膨張していた火の玉はあっと言う間に消え去った。

それから半刻。今にも崩れ落ちそうな講堂の真ん中に、豪奢《ごうしゃ》な肘掛椅子が置かれていた。

本来は司教のためのものだが、今はそこに、これ以上ないくらい青ざめた顔のクレアが腰掛けている。

目の前には、フレドリックとルナーリア。人間の姿になったネフェルティスとラシヌもいる。

クレアは、ブーツを履いたままの両脚を真っ直ぐ伸ばして、足置き台に乗せた。

実は、クレアが脚を乗せたのは足置き台ではなく、ノイマンを四つん這《ば》いにさせた背中の上だ。全教会を束ねる地位の司教を踏みつけるという、あまりにも恐れ多い行為に、クレアの心臓は限界だった。

全身をガタガタと震わせて怯《おび》えるが、セレスティナが身体を操るものだから、逆らうことができない。

――もう勘弁してください、セレスティナ様……

「まだ駄目じゃ」

心の中でセレスティナに懇願するクレアだったが、あっさりと却下されてしまった。今にも泣き出してしまいそうなクレアの頭上で頬杖をついて、セレスティナがうふふと笑う。

「相変わらず悪趣味な人間だこと」

ネフェルティスがうんざりした様子で呟《つぶや》くと、ラシヌは黙って頷《うなず》き同意した。フレドリックとルナーリアは口を挟めず、この状況をハラハラしながら見守るだけだ。

「よいしょっと。こんな具合でいいでしょうかねぇ。ラシヌ殿の蔓《つる》は丈夫で便利だなあ」

先ほど王都に戻ったばかりだというラシェットが、気絶した魔狼のバアルを縛って引きずってきた。巨大な狼の身体を一人で運んでくるのだから、やはり彼も尋常ではない。

そんなクレアたちを建物の外から遠巻きに眺めている修道士たちは、手を組み合わせてこちらを拝んでいる。

フレドリックは彼らを一瞥《いちべつ》して、いまだ信じられないといった表情を向けた。

「本当に、あなたはセレスティナ……なのですか？」

「おや、疑うのかえ？　正真正銘、妾《わらわ》がこの国を興《おこ》した立派で偉大なご先祖様のセレスティナぞ」

「し、しかし、伝説の聖女というのは、威厳というか、もっと神々《こうごう》しさとか……」

フレドリックが困惑するのも無理はない。先ほどのむちゃくちゃな行為を見れば、語り継がれてきた聖女のイメージがガラガラと音を立てて崩れてしまうではないか。

隣に立つネフェルティスはふんと鼻を鳴らした。

「殿下、この女は確かにセレスティナですわよ。わがままで身勝手で高慢《こうまん》ちきなのは、あの時のまま」

「黙るがよいぞ、ネフェルティス！」

セレスティナはぴしゃりと言い放って、それから視線を足元に移した。

「何百年も経つと、妾《わらわ》を護衛する騎士団もずいぶんと形が変わるものじゃ。今では教会となってずいぶん威張っておるみたいじゃな、ユーゲルや」

セレスティナは司教を名で呼び、クレアの脚の爪先で彼の横腹を小突いた。

「ひぎっ。わ、我々は教会として聖女様の血脈をお護《まも》りすることを務めとして参りました。それはいかなる時も忘れてはおりませぬ」

額《ひたい》を床に擦《こす》りつけて平伏し、ノイマンは必死に言い募《つの》る。

「妾の血を引く子は確かに増えた。だが、そんな可愛い子孫の意志を踏みにじってまで血を護れとは命じていないはずじゃ！」

「そ、それは……しかし……」

「くどい！　妾の可愛い子孫を苦しめおって、とくと反省するがよい！」

「ひぃぃ！　お許しを！」

怯《おび》える足置き台《ノイマン》を、セレスティナは思いっきり蹴りつけようとする。

そこに、ルナーリアがやんわりと割って入ってきた。

「セレスティナ様、恐れながらお訊《たず》ね申し上げます。今世にお姿を現してくださったのは、なぜでございましょう？」

下手《したて》に出るルナーリアに、聖女はころりと態度を変えた。

「うむ、その理由はのう、フレドリックとクレアに子どもが生まれたら、この赤い髪と緑の瞳を持つ子になるじゃろ？　絶対に妾に似た可愛い子になるのじゃから、見てみたいと思ったのじゃ」

それを聞いて、ネフェルティスが目を丸くする。

「あ、あなた……たったそれだけの理由で、のこのこ出てきたんじゃないでしょうね⁉」

「たったそれだけじゃ。文句があるのかえ？」

「はあ⁉　なんて迷惑な！」

ネフェルティスのことなど意にも介さず、セレスティナはクレアの顔をひょいと覗《のぞ》き込む。そして、意味深ににっこり微笑んだ。

「クレアは、泣きながら戻りたいと訴えるぐらいフレドリックを愛しておるのだからな。きっと子が生まれるのもすぐよのう？」

「ク、クレア……！」

感極まったフレドリックが真っ直ぐ向ける熱い視線に、クレアは耐えきれず目を泳がせた。

セレスティナがカルセドニーに己の魂を混ぜて生き返らせたのも、死ぬはずだったクレアの命を救ってくれたのも、自分と同じ容姿になるはずの子を見たいから……そんな理由でいいのだろうか？　頭を抱えたネフェルティスの気持ちが今ならよく分かる。

そこで、今まで黙っていたラシェットが「はああ」と盛大な溜息を零《こぼ》した。

「いいですか、セレスティナ。あなたはとっくの昔に死んでいるんですよ！　こうしてこっちに出てくるなんておかしいですし、クレアやカルセドニーを生き返らせるのも本当は駄目なんです！　自分勝手な気分と感情で世の理《ことわり》を変えるなんて、もう～」

「うっ、ラシェット……。こんなところでお小言なんてやめておくれ」

「いーえ、今日という今日はやめませんよ。この前ちゃんと約束したでしょう？　だいたい――」

ラシェットが腕を組みながら近づいてくると、セレスティナは挙動不審になる。

「わ、妾《わらわ》は久しぶりに地上で魔法を使ったせいで疲れてしもうた。この子の中でしばらく休むから、ユーゲルはしっかり後始末しておくのじゃぞ！」

「お、仰せのままに……っ！」

再び足先で小突かれて、ノイマンは地面に埋まってしまいそうなほど額《ぬか》づいた。そして、聖女がクレアの中に消えたのを確認して立ち上がり、勅命《ちょくめい》だとばかりに勇んで走り去っていく。

残った者たちの視線は、自然とラシェットに向けられた。

「ラシェットは、聖女セレスティナと知り合いなのか？」

フレドリックは、恐る恐るといった態《てい》で隣に立つ片眼鏡《モノクル》の男に訊《たず》ねた。

今日の今日まで、ラシェットは自分の側近だと思っていたフレドリックである。なのに聖女と親しげな雰囲気はなんなのか。

すると、ラシェットはこの場に似つかわしくないほどのんきに笑った。

「あれ、皆さんには言ってませんでしたっけ？　セレスティナは僕の妻なんです」

「ええっ⁉」

フレドリックだけでなく、その場の全員が目を剥《む》いた。

「……つ、妻だと？　あの悪魔のような女を娶《めと》ったと言うのか⁉」

真っ先に口を開いたのは、ラシヌだった。にわかには信じられない様子だ。

ネフェルティスが悲鳴を上げる。

「ラシェット！　あの女がどんなに恐ろしい人間か知ってるの？　自分のためなら人間だろうが魔物だろうが踏みつけることを躊躇《ちゅうちょ》しない奴なのよ⁉」

人間の力をはるかに凌《しの》ぐ魔物の二人がそう言うのだから、よっぽどなのかもしれない。

「彼女は己の望みに忠実なだけですよ。素直で可愛い人じゃないですか」

さらりと惚気《のろけ》るラシェットが不気味だと言わんばかりに、ネフェルティスとラシヌは一歩引いた。

「ラシェット……お前は一体何者なんだ？」

「やだなあ。僕は殿下の側近ですよ。それは変わりません」

フレドリックとは対象的に、ラシェットはいつもと変わらず、飄々《ひょうひょう》としている。

ふいに、クレアは冥界でセレスティナと初めて会った時のことを思い出した。そこで交わした会話の中に答えがあった気がする。

「も、もしかして、あなたは冥界の王様……」

セレスティナにぞっこんの――と言いかけて、クレアは慌てて口を手で押さえた。

その答えが、ネフェルティスには耐え切れなかったようだ。

「はあ!?　なんで冥界の王が地上にいるのよ!?　もうめちゃくちゃじゃない！」

「まあまあ、ネフェルティス殿。世の中には知らなくてもいいことってあると思うんですよねぇ」

ラシェットは悪戯《いたずら》っぽい目をして、唇の前に人差し指を立てて見せる。

冥界の王に「ネフェルティス殿」と敬称で呼ばれ、ネフェルティスは気まずそうな顔になった。

『……冥界の王、だと……？』

騒ぎで意識が戻ったのか、縛られた狼が苦しそうに顔を上げた。

「おや、目が覚めましたか？　バアル・グレイン公爵殿」

にっこり微笑むラシェットの顔を、バアルは食い入るようにじっと見つめた。

『冥界の王がここにいるならちょうどいい。俺を冥界に連れて行ってくれ。どうか頼む』

なにかを懇願するみたいに、縋《すが》りつくような瞳をラシェットだけに向けている。

「……バアル、やっぱりあなた……」

ネフェルティスがハッと息を呑み、そして絶句した。

クレアにも、彼女の受けた衝撃は理解できた。

バアルもネフェルティスも、聖女セレスティナによって囚われて何百年もこのセレス=アルドに縛りつけられてきたのだ。

ネフェルティスには、バアルの本心がまるで自分のことのように感じられたに違いない。

ラシェットは顎《あご》を撫でながら思案顔になった。

「さて、困りましたね。冥界は死者の国ですから、死んでから来ていただかないと。そもそも、バアル殿はセレスティナとの契約がありますから死ねないですし」

ラシェットの言葉に、バアルは目を見開いて吠えた。

『ふざけるな！　無理矢理に交わされた契約なんだぞ！　今まで俺があの女にどれだけ苦しめられたか！』

「そんなこと僕に言われましても。……うーん、そうですねぇ、ここは殿下とクレアに決めてもらいましょうか」

「え……？　わ、私も？」

ふいに飛び出た自分の名に、クレアは驚いて目を丸くした。

「ええ、殿下ならバアル殿を殺すことができますし、クレアは被害者ですからね。彼をどうしたいか、処分はお二人が決めてください」

言葉の最後に「面倒くさいんで」というラシェットの声が小さく聞こえた気がしたが、クレアは空耳だと思うことにした。冥界の王様が、そんないい加減なはずがない、多分。

フレドリックは、縛られて地面に伏すバアルを正面から見下ろした。

「バアル。お前はなぜクレアを襲った？　セレスティナへの恨みなら直系の子孫である私や王家に楯突《たてつ》けばいい。クレアは関係ないはずだ」

そう問われたバアルは、ちらりとクレアに目を遣《や》った。

『違うな。クレアだからだ』

「なに？」

『俺はセレスティナの血を引くお前に引っ掻《か》き傷すらつけることができない。だから、クレアは実に……ちょうど良かったんだ』

「私が無理でもクレアなら傷つけられると思ったのか？　復讐のために私を苦しませようとしたのか？　クレアに手を掛けていたら、私はその場でお前を八つ裂きにしていたぞ！」

フレドリックが声を荒らげる。

クレアはそっと目を閉じて首を横に振ってからフレドリックへ語りかけた。

「殿下、違うのです。これは王家への復讐ではありません。私を殺せば殿下はきっと激しくお怒りになる。……それこそがバアル様の望みでした」

クレアの言葉を聞いた瞬間、フレドリックは息を呑んだ。

「お前……まさか、わざと私に殺されるつもりだったのか！」

フレドリックがクレアに本気で恋をしていると知った時、バアルはどれだけ喜んだだろう。

バアルは、死にたかったのだ。

目の前でクレアを殺せば、フレドリックは怒り狂ってバアルを滅するだろう。だから、教会と手を組んでまでクレアをここにおびき寄せたのだ。

バアルは、身動きできない身体を震わせて大声で叫んだ。

『俺を殺せ、フレドリック！　世界を呑み込む魔狼と恐れられたこの俺を、セレスティナはこんな小さな国に閉じ込めやがった。人間に従属させられるなど屈辱以外のなにものでもない。俺が生き続ける意味など、もはやない。頼む！　俺を殺してくれ！』

バアルの言葉は怒りに満ちているのに、叫ぶ声はむせび泣いているかのようだ。

呪いを解く方法を見つけようと、バアルだってもがき苦しんだのだろう。いつしかそれも諦めて、辿り着いた答えが『死』だったのだ。それも無駄だと悟った今、彼の心はどれほどの虚《むな》しさで満ちているだろうか。

ネフェルティスは腕を伸ばし、宥《なだ》めるようにゆっくりと狼の背を撫でた。

「バアルだけじゃないわ。わたしもあなたと同じ存在。あなたの気持ちと一緒なのよ」

バアルがなぜ死を望んだか、それは同じ境遇のネフェルティスにも十分すぎるほど伝わっているのだろう。

けれど、彼女は長い時の中でも、バアルのように死のうなどと考えなかった。

同じ悲しみを抱えているバアルやラシヌの存在は、ネフェルティスが孤独ではないことを教え、安心させてくれたからだ。

フレドリックは押し黙り、誰もが無言になる。

「あのう……」

沈黙を破っておずおずと小さく手を上げるクレアに、その場にいる全員の視線が注がれた。クレアは居心地の悪さを感じつつ、ラシェットに小声で訊《たず》ねる。

「あの……ラシェット様、死んだ者は誰でも冥界に行くのですよね？」

「ええ、そうですよ。人間だけでなく、獣や魔物であろうとも、死ねば等しく冥界の門をくるのです」

「では、バアル様が亡くなると、冥界でセレスティナ様に会っちゃったりとか……。私も二回もそこでお会いしましたし……」

『なんだと!?』

バアルがぎょっとして毛を逆立てる。すると、ラシェットがしみじみと頷《うなず》いて言った。

「セレスティナは僕との約束で冥界の門を守っていますから、必ず会うでしょうねぇ。冥界でも彼女の魔力は健在ですし、一度死んだ者は冥界から出ることができませんから、彼女から逃げることも難しいなぁ」

「ちょ、ちょっと！　じゃあ、わたしたちは死んでも冥界でセレスティナに苦しめられるってこと!?」

今にも卒倒しそうな勢いでネフェルティスが叫ぶ。

『……俺は一体、なんのために』

脱力して俯《うつむ》くバアルの姿は、哀れにさえ思えた。

ヘーゼルの瞳に涙を浮かべたバアルへ、フレドリックが語りかける。

「もう二度と、クレアを傷つけないと誓えるか？　バアル」

『……なんだと？』

凛然《りんぜん》と響く王太子の声は、バアルには高圧的に感じられたのだろう、彼は思わず鼻に皺《しわ》を寄せる。

だが、フレドリックは狼の態度を意に介さず、言葉を続けた。

「そうだな、クレアだけではない。なんの罪もない人々を未来永劫《みらいえいごう》傷つけないと誓え」

『フレドリックよ、この俺に命令するとはずいぶんと生意気じゃないか』

バアルは呆れたように口の端を吊り上げて笑った。

数百年は生きてきたバアルだ。正体が明らかにされた今、年若い人間のフレドリックに命令されるなどまっぴらごめん、と言いたいらしい。

しかし、フレドリックはバアルを恐れることなく不敵に微笑んだ。

「誓うのならば、私もお前を縛る聖女の呪いを解くことを誓おう。やり方はまだ解らないが、可能なはずだ」

『……は!?』

バアルだけでなくネフェルティスとラシヌも、そしてクレアも驚いてぽかんと口を開いた。

「一体どうする気だ？」

ラシヌが呆気に取られながらも訊《たず》ねると、フレドリックは鷹揚《おうよう》に両手を広げてみせた。

「聖女セレスティナが今になって現れたんだ。呪いを掛けたのが聖女ならば、解いてもらえばいい。こうなった責任はあちらにあるのだからな」

「そう簡単にいくかしら？　あの聖女ですわよ。わたしたちのことなんて歯牙《しが》にもかけないんだから」

ネフェルティスが疑わしげな視線を向ける。それでもフレドリックの自信に満ちた表情は揺らがなかった。

「そうだな。私一人では難しいかもしれない。だが、セレスティナの夫であるラシェットもいる。聖女の魂の一部が入ったカルセドニーも、そしてクレアもな。――ずいぶんとセレスティナに好かれていたな、クレアは」

フレドリックが期待しているように見つめてくるので、クレアは慌てて首を横に振った。

好かれていたかどうかは自信がない。そもそも、あれは可愛い子孫のフレドリックがいてこその話ではないだろうか。

「とにかく、これだけの人数がいるのだ。なんとかなる。貴公とてこの国に暮らす以上、王国の民であろう？　その幸せをつくることも、王族の務めなのだよ」

フレドリックは威厳がありながらも、どこか親しみやすい笑顔でこう告《つ》げた。

　今まで静かにしていたルナーリアが、ぽんと手を打った。

「そうですわ。聖女様は二人の子どもが見たいとご所望《しょもう》でしたのよ。その夢を叶えてさしあげる代わりに、呪いを解いてくださいと迫って――いえ、お願いしてみてはいかがかしら？」

「そんなに単純にいくとは思わないが……」

　フレドリックが呆れた声で答える。

『……ふふ、面白い』

　忍び笑いを零《こぼ》したバアルに、皆の視線が集中した。

『分かったよ、フレドリック。ついぞ一度もそんなことを申し出た人間はいなかった。お前の言葉に賭けてやってもいい。だが、呪いが解けたら古《いにしえ》の四公爵はいなくなり、この国の守護はなくなるぞ。どうする？』

　からかうように、フレドリックの意志を試す意地の悪いことをバアルは言う。

　フレドリックは姿勢を正し、四人の公爵へ真っ直ぐ顔を上げた。

「ああ、その通りだ。だから私は改めて貴公らにお願いしたい。古の四公爵に頼らなくてもいいくらい、民を護《まも》れるだけの力を得るまで――その時まで、どうか私に力を貸して欲しい」

崩れかけた大聖堂にしっかりとした声が響く。息を呑んでフレドリックの顔を見つめると、その琥珀《こはく》色の瞳に揺るぎない決意が宿っているのが見えた。

水を打ったように静まり返る中、ネフェルティスの小さな声が聞こえた。

「きっとすぐ来るわ、その日は……！」

誰もが見惚《みと》れる美しい顔をくしゃくしゃにして、彼女はそう予言する。

「殿下のお言葉、しかと胸に刻みます」

ラシヌもしっかりとフレドリックを見て頷《うなず》く。

『……ふん。だが、あのセレスティナを説得なんてできるのかねえ？』

バアルのひねくれた言い回しに、クレアは首を振った。

「バアル様、殿下はとてつもなく諦めの悪いお方なんです。セレスティナ様は絶対に根負けすると思います」

フレドリックは以前、自分を王国一の諦めの悪さの持ち主だと豪語したことがあったが、それは本当なのだと今のクレアならよく分かる。

彼が国民を思う気持ちは誰よりも強い。そして、誰かの悲しみを苦しみに寄り添おうとする意志も。

クレアの胸の内で、それは確信へと変わっていく。きっとフレドリックならやり遂げる。

そう思って微笑むクレアに、バアルはわずかに驚いたように目を開いた。

『なら、今はその言葉を信じてやるよ』

バアルはそう言って、淡い笑みを浮かべたのだった。


ネフェルティスとラシェットがバアルを連れて去り、ラシヌとルナーリアも休むと言って引き揚げた。

残されたクレアの目の前に大きな手が差し出される。

「私たちは王宮に帰ろう、クレア」

つられて指を伸ばしかけたクレアは、フレドリックの手をじっと見つめ、それからゆっくりと首を横に振った。

「帰れません。私は殿下のお気持ちを踏みにじって逃げたのです。この手を取ることなど、いまさら許されません」

できることなら、今すぐにでもこの大きな掌《てのひら》に自分の手を重ねたい。叶うなら、その腕で強く抱き締めてもらいたい。けれど、それはあまりにも身勝手な考えだ。

「なんだ。セレスティナに祈っても、やはり願いは叶わないではないか」

聞こえてきたのは、フレドリックのか細い声だった。驚いたクレアが面を上げると、泣きそうに歪《ゆが》んだフレドリックの顔が見えた。

「殿下……」

悲しませてしまったのだと、罪悪感と戸惑いがクレアを襲う。

だが次の瞬間、フレドリックの眉間に二本の縦皺《たてじわ》が生まれ、不機嫌な表情へ豹変《ひょうへん》した。

「聖女に祈って願いが聞き届けられるのを待つなど、まどろっこしい。こうした方が早い」

そう言うなり、すばやくクレアの手を掴み、力を込めて引っ張った。

立ち上がった勢いで椅子が後ろに倒れたが、フレドリックは気にも留めず、そのままクレアを引きずっていく。

「で、殿下、あの……」

「却下だ。クレアの主張はすべて却下する」

「……まだなにも言ってません」

クレアは転びそうになりながらも脚を動かし、大股で前を歩くフレドリックになんとかついていった。強く握られた手は振りほどけそうにない。

「いいか、王太子の部屋を預かっていたのは誰だ？」

「わ、私がお預かりしておりましたが、今は後任の者が」

「私はクレアを解任した覚えはないし、退職も許可していない。よって、後任の者は存在しない」

そう言いながらフレドリックは振り向き、クレアを半眼で見つめる。

「つまりだ。侍女が留守のせいで、書類は散乱したままだし、茶器は出しっぱなしになっている。毎日届く花は放置していたから枯れてしまったし、窓は曇り、絨毯《じゅうたん》は泥の足跡だらけだ」

「また、泥ですか……」

貴賓室《きひんしつ》の惨状が目に浮かぶようで、クレアの頬は引《ひ》き攣《つ》った。

「当然だろう？　私は毎日馬に乗って、いなくなった誰かさんを探し回っていたのだ。泥を落として部屋に入る余裕なんてなかったからな」

「う……申し訳ございません」

一体どれだけフレドリックに心配を掛けさせてしまったのだろう。

うなだれて足を止めたクレアに、真正面に立ったフレドリックが穏やかな声で言った。

「クレアには、明日からまたしっかり私の部屋を管理することを命じる。だが、侍女の職を辞めたいのなら今ここで申し出ろ」

予想外の言葉に息を詰めて顔を上げれば、琥珀色《こはくいろ》の目と合った。

「幸いにも王太子妃の席がちょうど空いている。そこに転職してもらおうか。言っておくが、これは決定事項だ。前にもそう伝えたはずだな?」

フレドリックはにっこり微笑んで、繋いだままの手をさらに深く繋げてくる。

「え……?」

クレアの胸は苦しいほど高鳴った。

このまま傍《そば》にいて良いのだと、フレドリックは言ってくれる。そのことが素直に嬉しいはずなのに、頭の中が混乱して、どんな表情をすればいいのか分からない。

「私、明日よりまた、殿下のお部屋をお預かりさせていただきます」

今はまだ、彼の傍に控える侍女のままでいい。でもいつか、彼の隣に立って妃《きさき》となる日が来るのなら――。きっとこれはフレドリックの言う通り決定事項なのだ。もう逃げられそうにない。

クレアは困ったような笑みを浮かべて、痛いくらい強く掴むフレドリックの手を握り返したのだった。

第六章　朝の誓い

長かった夜が明け、爽《さわ》やかな朝を告《つ》げる鳥たちがいっせいに飛び出す。

広大な王宮の一画にある使用人宿舎の一室に、クレアはいた。

「おはよう、カルセドニー。今日もいい天気になりそうね」

たった今結《ゆ》い上げたポニーテールの出来を確認しながら、大あくびをするカルセドニーへ鏡越しに声をかけた。

「もう着替えたの？」

「仕事は山積みなのよ。私がいなくなってリゼットたちにも迷惑かけちゃったし、今朝は早く行こうと思って」

荒れ果てて泥だらけの貴賓室《きひんしつ》を見るのは恐怖だが、片付けなければ始まらない。

おそらく、フレドリックは昨夜の後始末に追われることだろう。朝一番にとびきり美《お》味《い》しい紅茶を淹《い》れてあげたい。そう思うのは独りよがりだろうか。

お仕着せの侍女服に袖を通すと、自然と気持ちが引き締まる。

「昨日は本当に疲れたね。僕はまだ眠いや」

寝惚《ねぼ》け眼《まなこ》のカルセドニーが、もう一度あくびをする。

「今日ぐらい、ここでお休みしたらどう？」

「一緒に行くってば！　置いていかないでよ！」

目をぱちくりさせたカルセドニーが、慌ててクレアの手首に絡みつく。

その時、廊下を荒く踏み鳴らす足音が聞こえてきた。

何事かとクレアが考えるよりも早く、部屋の扉がものすごい音を立てて開く。

「えっ？　何⁉」

踏み込んで来たのは、三人の憲兵だった。いきなりの来訪に身をすくませていると、
一番若い兵が声を張り上げる。

「クレア・リンドール！　フレドリック王太子殿下の馬を攫《さら》った件で、貴様を逮捕する！　神妙にしろ！」

あれよあれよという間に両方の手を掴まれて、木製の手枷《てかせ》が嵌《は》められた。

「そんな！　ガッシュはネフェルティス様のお屋敷におります！」

「いや、馬は行方不明のままだ。そう聞いている」

三人の憲兵が向ける鋭い視線に、クレアは震え上がった。

「それは誤解です！　あの馬は今もお屋敷に――――！」

「申し開きは殿下の御前でするんだな。来いっ！」

二の腕を強く掴まれてつんのめりそうになったが、憲兵は気遣うこともない。

手元では、カルセドニーが牙を出してこっそりと手枷を削ろうとするが、クレアは目くばせしてそれを止めさせた。ここで手枷が外れたからといって逃げられるものでもない。フレドリックのもとへ連れて行かれるのならば、そこでガッシュの居場所を伝えて誤解を解くこともできるはずだ。

侍女仲間たちが戸口から不安げに覗《のぞ》いていたが、兵は彼女らを蹴散らし、クレアを引っ立てる。

そして連れて来られた先は、フレドリックの執務室だった。

「失礼します。フレドリック王太子殿下にお目通りをさせていただきたい」

兵士が扉を開けると、書類を片手に立っていたフレドリックとラシェットがこちらを向いた。

二人とも、きょとんとした表情になる。

「クレアがどうかしたのか？　……おい、ちょっと待て、その手はなんだ？」

「おや、この状況は一体どうしたことでしょう？」

睨《にら》んでくる王太子から慌てて顔を逸《そ》らした兵士の一人が、穏やかな様子のラシェットに促《うなが》されて口を開いた。

「殿下の大切な馬を盗んだ犯人を捕らえましたので、連れて参りました」

「……犯人だと？」

フレドリックの眉間に皺《しわ》が生まれて険しい表情になる。すると、三人の憲兵は踵《かかと》を揃《そろ》えて敬礼し、詳細を報告する。

「この女は、殿下の大切な馬を連れ去ったのであります。馬に乗っていたとの目撃者の証言も多数ありました。この女は隣国に馬を売りつけようとしたかもしれません」

馬泥棒を逮捕できたと胸を張る憲兵たちを、フレドリックは咳《せき》払いして黙らせた。

「うむ、ご苦労だった。……しかしだな。私は馬を探せとは命じたが、馬を盗んだ犯人を探せとは言っていない——気もしないでもないが……」

フレドリックは気まずそうに言葉を濁す。

「殿下。馬は見つかっておりません。組織ぐるみでの犯行だったやも知れません。一刻も早く、この女の口を割らせて取り返しませんと」

自分がどんどん悪役に仕立て上げられる様《さま》を黙って見ていられなくなったクレアは、反論する。

「ですからっ！　ガッシュはネフェルティス様のお屋敷に――」

その時、フレドリックのよく通る声が、クレアの声を掻《か》き消した。

「私の馬なら、ちゃんと戻ってきているではないか」

「えっ!?　どちらに!?」

憲兵の問いを無視して歩んできたフレドリックは、捕縛《ほばく》している兵の手を引き剥《は》がし、クレアの腰を強く引き寄せた。勢い余ったクレアは、フレドリックの胸の中に倒れ込んでしまう。

「連れてきてくれたことに礼を言うぞ。ほら、お前たちの目の前にいるのが私の愛する馬だ」

「そ、それは馬ではなく犯人であります、殿下……」

彼らの戸惑う雰囲気は、クレアの背中越しにも伝わってくる。

すると、フレドリックはクレアのポニーテールに指を差し込んで梳《す》いた。

「なにを言うか、よく見ろ。これは確かに、なんとしても連れ戻せと命じた馬だ。このように艶《つや》のある美しい尻尾が付いているではないか。良い声で嘶《いなな》くし、乗り心地だって最高に良い！」

「……え？」

解釈によってはとんでもなく恥ずかしいことを、フレドリックは大声で言う。クレアは、フレドリックをぎろりと睨《にら》みつける。

それを見て、フレドリックはにんまりと意地の悪い笑みを浮かべた。

「ほら、さっさと嘶《いなな》いてみろ。鞭《むち》を振るわれたくはないだろう？」

そう言いながらクレアの顔を覗《のぞ》き込む琥珀《こはく》色の瞳は、楽しそうに揺れている。

どうしよう、と戸惑ったクレアが恐る恐る振り向くと、三人の憲兵は揃《そろ》ってぽかんとこちらを眺めている。

年若い兵は、クレアと目が合いさっと顔を赤らめた。その脇では、ラシェットが口を両手で押さえ、今にも噴き出しそうなのを堪《こら》えている。

クレアの顔が茹で上がった蛸《たこ》のように赤くなった。それを見られたくなくて、首を力いっぱい元の位置に戻し、なんとか口を開く。

「ヒ、ヒヒイイーン……ヒヒヒィィイン……」

「ぶぶぶ……ぶふぉ！」

嘶きを真似る声が、どんどん尻すぼみになる。

ラシェットはついに噴き出し、咳《せき》払いで誤魔化《ごまか》しつつ執務室を飛び出していく。

「どうだ。立派に嘶いたではないか。これは馬に間違いない！」

「…………」

兵たちの哀れむ視線がクレアの背中に突き刺さる。

そんなうそ寒い空気を笑うかのように、「カア」とカラスの一声が聞こえた。

大きく開け放たれた窓の外に目を遣《や》ると、澄んだ青空には似合わない、闇色のカラスがのんびり舞っている。

「あのカラスは白い。そうだよな、お前たち？」

フレドリックは、三人の憲兵ににっこりと笑う。洗練された笑顔のはずなのに、眉間に縦皺《たてじわ》が二本も入ったままで、それが底知れない怖さを醸《かも》し出している。

「お言葉ですが、カラスは黒……痛っ！」

訂正しかけた若い兵の足を、年長の兵がかかとで思いっきり踏みつけた。そして、恭《うやうや》しく敬礼をする。

「殿下の大切な馬が無事に戻り、安堵《あんど》いたしました！　これにて我々は通常の警備に戻ります！」

「うむ、ご苦労。手枷《てかせ》の鍵は置いていけ」

フレドリックが鷹揚《おうよう》に頷《うなず》いてみせると、憲兵は鍵を差し出し、逃げるように退出していった。

思いっきり頬を膨《ふく》らませたクレアに、フレドリックは手枷の鍵穴に鍵を差し込みながら、ちらちらと見る。

「そこまで怒らなくてもいいじゃないか、クレア」

「お、怒ってなんかいません！」

すると侍女服の袖口から、カルセドニーがぬっと頭を出す。

「いくらなんでもやり過ぎだろ！　お前！」

クレアはその言葉に同意して、こくこくと頷いた。

「まったくです！　私、恥ずかしくて顔から火が出る思いをしました！」

「し、仕方ないだろ。ああでもしなければ、クレアは馬泥棒として牢に繋がれて取調べを受けるはめになっていたぞ！」

フレドリックが苦い表情で答えたと同時に、カチ、と鍵の外れる音がした。

ようやく自由になれて安心したクレアだったが、カルセドニーの方は怒りが収まらないようだ。

「ふんッ！　お前に関わるとろくなことがないんだ！　お嬢！　やっぱりこいつと別れなよ！　お嬢は僕が守るんだから！」

牙を剥《む》くカルセドニーだったが、フレドリックはあっさり無視してクレアに顔を向けた。

「クレアは私から逃げて、どこへ行くつもりだったのだ？」

「ええと、その……マルシャ王国です。親戚がおりますので、そこを頼るつもりでした」

鋭い視線に気圧《けお》されてしどろもどろになりつつ、正直に答える。

「いくら私でも国境は跨《また》げないと踏んだのか？　憲兵を派遣すれば外交問題になるからと？」

その通りだが、クレアはどう返事をすべきか迷って、一度開きかけた口を結んだ。フレドリックの声音になんとなく不穏な空気を感じたからだ。

カチリ、と小さな音がまた聞こえて、クレアは目を下に遣《や》った。

外れたはずの手枷《てかせ》が、まだクレアの手首に残っている。

「あの……殿下。また鍵がかかったのは気のせいですか？」

「やめた」

「は？」

クレアはきょとんとフレドリックを見上げた。すると、フレドリックは満面の笑みで言葉を続ける。

「国外に逃げられては困る。手枷を外すのはやめた」

「え」

呆然と立ち尽くすクレアに背を向けたフレドリックは、鍵を窓の外へ投げ飛ばしてしまった。

「鍵が！」

「なんてことするんだよ馬鹿っ！　お嬢、僕が急いで取ってくるっ！」

見事な放物線を描いて消えた鍵を追い、カルセドニーが窓からぴょんと飛び出していく。

振り返ったフレドリックは、突き抜けるほど清々《すがすが》しい笑顔だった。

「また逃げ出すようなら、今度はマルシャ王国と戦争になるぞ、クレア」

「せ、せ、せ、戦争!?　ご冗談を！」

クレア一人を連れ戻すのに戦争だなんて、表現が大袈裟《おおげさ》すぎる。これはさすがに嘘だろうとクレアが笑い飛ばすと、フレドリックは琥珀色《こはくいろ》の瞳を細めた。

「冗談なんかではない。昨日の一件で、教会はクレアを聖女セレスティナの生まれ変わりだと結論付けたらしいからな」

「なんでそんなことに!?」

「顕現《けんげん》した聖女が他国に逃げたとなれば、教会も信徒も追いかけるに決まっている。国がひっくり返るくらいの大問題だ」

フレドリックの説明はあまりにも衝撃的で、クレアは耳を疑った。

「だ……だって、セレスティナ様を宿しているのはカルセドニーであって、私はこれっぽっちも関係ないんですよ⁉」

「カルセドニーの存在は誰も知らないだろう。昨夜のあの状況では、クレアの中にセレスティナがいるように見えたのだろうな」

「そんな！」

この国の人々にとって、聖女セレスティナは伝説であり心の拠《よ》り所《どころ》だ。そんな神にも等しい存在と同一視されたりしたら、どんな厄介なことになるか容易に想像できる。

青ざめて石化したクレアをあやすように、フレドリックは優しく彼女の頬を撫でた。

「だから、私から逃げることは許さない。もう教会はクレアを責めたりしないしな」

そう言ってフレドリックは懐《ふところ》から手紙を取り出した。

「ほら、今朝一番に届けられた、司教の詫び状だ。クレアを傷つけたことへの謝罪と、教会での言葉を撤回したいと書いてある」

「なんて畏《おそ》れ多いこと……」

司教がクレアみたいな一介の侍女に詫《わ》びるなど、立場を考えればありえないことだ。

クレアが感じ入っていると、ふいに枷ごと手を持ち上げられた。繋がった腕の間に、フレドリックが頭をくぐらせる。

「これでクレアは逃げられなくなったな。ようやくこの前の続きができる」

「こ、この前の続き？」

フレドリックの首に縋《すが》りつく姿勢になり、クレアは互いの顔の近さに頬を赤らめた。琥珀色《こはくいろ》の双眸《そうぼう》がなにかを期待するみたいに煌《きら》めいて、つい視線が引き込まれてしまう。

「西の領地から戻った後、私は部屋でクレアを待っていたのに、来なかった。それどころか、王宮から姿を消してさえしまったのだからな」

「……う」

「だがきっとクレアは留守の間、約束した通り宝石の勉強をしていたのだろう？」

「いえ、それはその……」

「欲しい石は見つかったか？　私が贈るに相応《ふさわ》しいものはどれか、ちゃんと調べてきたのだろうな？」

意地の悪い笑みを浮かべられて、冷や汗が出た。確かに以前、宝石を勉強すると言ったのはクレアだったが、それを今蒸し返すなんて。フレドリックは、言葉を詰まらせたクレアの腰を引き寄せ、背中を撫で上げた。

思わず、ぞくりとした快感が背中を駆け抜ける。

「あのっ……あのっ」

「ん？　どうしたクレア？」

クレアの顔を覗《のぞ》き込んで返事を促《うなが》すフレドリックの声は、明らかにからかいを含んでいる。

くすぐったさと恥ずかしさと戸惑いで混乱しつつも、クレアは口を開いた。

「も、もう少しお時間をください！　今度はしっかり調べてご報告しますから……っ！」

「それは安心した。私からの求婚の証《あかし》はちゃんと受け取ってくれるということだな。ここで振られたら、辛すぎて目も当てられない」

欲しい宝石の名を告《つ》げたなら、それはもらう意志があるということだ。

きっと彼は、どんな石でも見つけ出し買い付けて、クレアに贈ろうとするだろう。

欲しい宝石の名を、初めて訊《たず》ねられた時のことを思い出す。

こんなふうにフレドリックを愛しく思うなんて、あの頃の自分なら想像もしなかっただろう。

それとももしかして、二人が出会う前からこうなることは『決定事項』だったのか。

「本当はずっと、私の気持ちは殿下に捕まったままなんです。……というか、もう絶対に逃げられそうにもありませんけれど……」

フレドリックの首の後ろに回った手枷《てかせ》に視線を遣《や》って、クレアは苦笑する。

「なにを言うか。私の方が先にクレアに捕らわれていたんだ。もう互いに離れられない――いや、離さない」

クレアを見つめるフレドリックの瞳には、先ほどまでのからかうような色はない。代わりに抗《あらが》いがたいくらいの熱が籠《こも》っていて、視線が外せなくなる。

自然に二人の距離が寄り、吐息が重なった。唇が触れ合うその瞬間。

「ちょうどよいタイミングじゃ！」

開いた窓の外から聞き覚えのある声がして、クレアとフレドリックはぎょっとして目を向けた。

「カル……セレスティナ様!?」

カルセドニーの前に被さるような格好で、半透明の美しい女性が興味津々《きょうみしんしん》の様子で覗き込んでいる。

クレアは慌ててフレドリックから離れようとしたが、手枷が邪魔で動けない。

「よいよい。こちらは気にせず、熱ぅーいキスの続きをするがよいぞ！」

「気にする！　一体どういうタイミングで出てきたんだ！」

フレドリックは、不機嫌さを隠しもしない。

だが、セレスティナは意に介さず、美しい顎《あご》をつんとそびやかした。

「ふふん、そんなこと知ったことではないわ。ラシェットにさえ見つからねば、誰に文句を言われてもかまわぬのじゃ」

「あああ……クソッ！」

悪態をついて脱力した様子のフレドリックだったが、すぐに思い直したのか、クレアを抱く腕に力をこめた。

「あの⁉　殿下！」

「よし分かった。壊れた大聖堂の聖女像の代わりに、本物の聖女の前でクレアへの愛を誓うとしよう。よろしいか、セレスティナおばあ様」

「お、おばあ……様じゃと⁉」

セレスティナは目を剥《む》く。

「いかにも、あなたは私の偉大な曾《ひい》曾曾曾曾曾……と、数えるのも面倒なくらい遡《さかのぼ》ったところのご先祖様ですからね。おばあ様と呼ぶのが妥当かと」

指折り数えていたフレドリックは向き直り、クレアの頬を片手で包んだ。

「ちょっ、殿……ん――ッ！」

あっと言う間に唇を塞《ふさ》がれて、クレアの困惑と抵抗の叫びは封じられてしまった。

いくら亡くなっているとはいえ、こんな人前でキスなんて――

そう訴えたくても、次第に深くなるくちづけに、全身から力が抜けてなにも考えられなくなる。

――うう、気持ちよくて幸せすぎて、私もう駄目かも。

愛されて求められる幸せを知ってしまったら、もう離れられない。離れたくない。

息苦しくなるほどの抱擁《ほうよう》に身を任せ、クレアもフレドリックへの愛を誓う。

「妾《わらわ》をおばあ様などと呼ぶでないぞ！　これ、聞いておるのか！」

明るく澄んだ青空のもと、セレスティナの絶叫が響き渡る。

こうして二人の恋路は、いついかなる時もお節介な聖女の加護に満ちるものとなったのだった。

書き下ろし番外編
侍女は恋も仕事も忙しい

馬房《ばぼう》の藁《わら》を干すには、絶好の日和だった。

クレアは大きなフォークを持ち上げ、天日に干されてふかふかになった藁を厩舎《きゅうしゃ》の中へ運び込む。重労働だが、幼い頃から親しんでいた作業なので慣れたものだ。

王宮の侍女であるクレアが馬の世話係を兼任するのだから、毎日が忙しい。

それでもクレアは、厩舎の掃除もできる限り手伝いたいと考えていた。

馬の体調管理のために環境をしっかり整えてやりたいというのもあるが、馬について豊富な知識と経験を持つ馬丁《ばてい》と語り合うのが楽しいからだ。

大聖堂が半壊したあの騒動から一ヶ月。一度は侍女を辞めようとさえしたクレアだったが、今は王宮勤めが続けられて幸いだったと思える。

「そこの馬番の娘、王太子殿下はどこ？　フレドリック様はどこにいらっしゃるの？」

クレアがせっせと藁を運んでいると、ふいに背後から声を掛けられた。

馴染《なじ》みのない女性の声にびっくりして振り向けば、クレアよりも若い女性がいる。よく手入れされた髪、楚々《そそ》と見せる丁寧な仕上がりの化粧。身に着けている薄桃色のドレスは仕立ても良く、彼女を可愛らしく見せている。一目で、貴族階級の令嬢だと分かったものの――クレアは首を傾《かし》げた。

ここは王宮から離れた厩舎だ。毎日掃除をしていても、風に舞う藁屑が服の中に入ってくるし、馬糞のにおいは避けられない。

そんな場所に、身分ある令嬢がわざわざ来るような用事があるのだろうか……

返事も忘れてつい考え込んでしまったクレアに、令嬢は苛立ったようだ。

「おまえ、耳が聴こえないの？　王太子殿下はどこ、って訊《き》いているの！」

今にも舌打ちが聞こえてきそうな不機嫌さをぶつけられ、クレアは目を丸くする。

「……殿下は馬の調教にお出掛けですが、まもなくお戻りになるかと存じます」

「あら、そう。じゃあ待たせていただくわ。馬番の娘でもまともな口が利けるのね」

嫌味と共につんと横を向く令嬢に、クレアは言葉を失った。

クレアは馬番の娘ではなく王宮勤めの侍女だ。だが、訂正するのも莫迦《ばか》らしくなる。それに、馬番の娘のなにが悪いのか。やんごとなき令嬢だからといって、初対面の相手になにを言っても許されるものではないだろうに。

そう考えたものの、すぐに頭の中でもう一人のクレアが否定する。

身分とはそういうもの。馬番の娘など、彼女には塵《ちり》程度の存在なのだろう。

面倒なことにならないうちに、令嬢にはお引き取り願わなければ。

「あのう……殿下をお待ちになるのでしたら王宮に行かれてはいかがでしょうか？　こんなところではおもてなしもできませんし……」

「わたくしは道に迷ってここに辿り着いたのよ。疲れていて一歩も動けないわ」

「それはお困りですね。では従者を呼びましょうか？　輿《こし》を持ってくれば――」

「結構よ！　余計なことをしないでちょうだい。わたくしはフレドリック殿下に送っていただくのだから、放っておいて！」

けんもほろろにあしらわれたものの、クレアはようやくこの状況を把握できた。

道に迷った女性がいれば、すぐに家に送り届けるのが紳士たるもの。

それをこの令嬢は期待しているわけだ。送ってもらう道中に二人が親しくなること。

だって可能かもしれない。憧れの王太子と親密になるためのきっかけ作り。

あざといが、いじらしくもある。令嬢の作戦に思わずクレアは感心しそうになった。

だが、しかし――

公《おおやけ》にはしていないが、フレドリックはクレアの恋人なのだ。

目の前にフレドリックを狙う女性がいるのは、やっぱり面白くない。

彼がこの令嬢に靡《なび》くとは思わないが、それでも想像しかけたら、眩暈《めまい》がしてきた。

気持ちを落ち着かせようと周りを見れば、令嬢とクレアの様子を端から見守っていた馬丁《ばてい》たちが、ここぞとばかりに拳《こぶし》に親指を立てる。『応援するぞ』とのことらしい。

クレアと王太子の様子を毎日見てきた馬丁だ。二人の仲に勘づかないはずがない。

恥ずかしさでいっぱいになったクレアは、黙って藁《わら》を掻《か》き集めるしかなかった。

すると、放っておかれた令嬢は退屈したらしく話しかけてくる。

「ねえ、藁屑が飛んでくるし、なにか……におうのだけど。おまえは平気なの？」

「厩舎《きゅうしゃ》ですから当然です。それに、こうして毎日掃除をしていますから慣れています」

「馬番ならそうでしょうね。でもわたくしのような階級のある者には無理だわ。こんな馬小屋で過ごすなんて考えられないことなのよ」

「……」

毎日時間さえあれば馬小屋に来ているフレドリックが聞いたら、笑いが止まらなくなるに違いない。

そこに快活な大声が耳に届き、クレアは仕事の手を止めた。

「やはりここにいたか、クレア！　頼んでいたものを取りに来たぞ」

厩舎《きゅうしゃ》に続く上り坂を闊歩《かっぽ》してきたのは、ラシヌ・フランブルだ。

「お待ちしておりました、公爵様。お話は殿下より伺っております」

「うむ。久しぶりに王宮に顔を出したら、元気のない薔薇《ばら》の木を見つけてな。殿下に許しをいただいて、少しいじらせてもらうことにした」

「それは薔薇も喜びましょう」

クレアがそう言った時、令嬢が小さな咳《せき》払いをしてラシヌの気を引いた。

「おっと失礼。こちらのお嬢さんはクレアの友人かな？」

「違いますっ！」

令嬢はきっぱりと否定してからラシヌに向き直った。

「お会いできて光栄ですわ、フランブル様。モルドー家の娘、リリアンでございます」

「おお、モルドー伯爵のお嬢様か。お父上の具合はどうだ？　なんでも、狩りの際に怪我をされたとか」

やはり貴族の家の娘だったのかと、クレアは令嬢の名前を頭に刻《きざ》む。

そんなリリアンは、クレアに対する時とは違う、愛らしい笑顔を作った。

「おかげさまで快癒《かいゆ》いたしまして。来月には快気祝いにパーティーを開く予定ですの。フランブル公爵様においでいただけたら、父はきっと泣いて喜びますわ」

「むう……パーティーですか。私は人間が多いところは苦手でしてな……」

人前に出たがらないラシヌが言葉を詰まらせる。

そこへ、黒い塊がたっぷり入った桶《おけ》が四つ、馬丁《ばてい》によって運ばれてきた。

「おお、待っていたぞ、これだこれ！」

パーティーの誘いはうやむやにして、ラシヌが顔を輝かせた。

「そ、それはなんですの、公爵様？」

リリアンが恐る恐る訊《たず》ねると、ラシヌは桶を一つ持ち上げ中身を示す。

「馬糞ですよ、モルドー嬢。世話の行き届いた馬の糞ですから、よい堆肥《たいひ》ができそうだ」

「ひっ！」

怯《おび》えた声を上げ、リリアンは慌てて両手で鼻を覆《おお》う。においが強烈だったのだろう。

そんな彼女の様子に気づかないラシヌは、桶の中を確認すると満足げに顔を上げた。

「そうだクレア。ルナーリアが――妻がな、今度ケーキを焼くからお前とカルセドニーに食べて欲しいそうだ」

「まあ、ルナーリア様お手製のケーキですか？　それは楽しみです」

ルナーリアを『妻』と呼んだ一瞬の嬉しそうな表情をしっかり目に焼き付けつつ、クレアも微笑む。

「ではモルドー嬢、私はこれで失礼いたしますぞ。それじゃまたな、クレア」

ラシヌは挨拶《あいさつ》をすると、四つの桶《おけ》を軽々と持ち上げ、駆けるように去ってしまった。

「う、馬番の娘がフランブル公爵様の奥様とケーキですってぇ⁉」

リリアンのうわずった声からは不満げな様子がひしひしと伝わってくるものだから、
クレアは愛想笑いを浮かべるしかない。

そこに、なにもない宙から手が現れ、さらに伸びた腕がクレアを背後から捕らえる。

「やっとクレアを見つけたわ」

「ひ、ひぇっ⁉」

羽交い締めにされてパニックになるクレアの肩越しに、黒髪の美女が顔を覗《のぞ》かせた。

「……ネ、ネフェルティス様、急に現れるのはおやめくださいと何度も……」

魔法を使っていきなり登場するものだから、心臓に悪い。

「やあねえ、クレアがいいかげんに慣れればいいじゃない」

楽しそうにクレアに抱きつきながら、ネフェルティスは目を上げた。

「あなたはどなた？」

「初めまして、王国の魔女ネフェルティス様。モルドーの娘リリアンですわ」

「まあ、モルドー伯爵様の？　こんなに可愛らしいお嬢さんがいらっしゃるのね」

ネフェルティスに艶《あで》やかな微笑みを向けられて、リリアンの顔が凍りつく。

もともと素直な性分なのか、感情が顔に出てしまうようだ。リリアンの心情はクレアにも手に取るように伝わってくる。

ネフェルティスこそが王太子の恋人らしい、というのが社交場でのもっぱらの噂だから、ライバル意識があるのだろう。けれどいざ魔女を前にして、美貌《びぼう》では敵わないことを思い知らされたのだ。同性であっても、香り立つ色気に圧倒されてしまう。

美しき魔女の隣に並ぶには、残念ながらリリアンは幼すぎた。

そんなネフェルティスは、クレアとリリアンを見比べ、意地悪な笑みを浮かべる。

「ふふっ、厩舎《きゅうしゃ》の前で面白いものが見られるというのに、殿下はどこにいるの？」

貴族令嬢のリリアンがこんなところにいる理由も、それに応対しているクレアの複雑な心境も、ネフェルティスはお見通しと言わんばかり。

「あいにく、殿下は馬の調教にお出掛けです」

「あら残念。これをお渡ししようと思ったのに」

そう言いながら、ネフェルティスはバッグから小瓶を取り出した。

「まあ、綺麗な瓶ですこと。それは香水かしら？」

洒落《しゃれ》た形の小瓶に青い液体が入っている。リリアンは興味をそそられたようだ。

「うふふ、これはね、魔女特製の惚れ薬よ」

「ほ……惚れ薬？　どうやって使いますの？」

「惚れさせたい相手の飲み物に一滴入れるだけ。ね、簡単でしょ。あなたも欲しい？」

「い、いただきたいですわっ！」

リリアンの目がギラリと真剣味を帯《お》びた。フレドリックに飲ませる気か。

「ネフェルティス様は、またそういう物騒なものを……。おやめください」

呆れて諌《いさ》めるクレアが面白くないのか、ネフェルティスは頬を膨《ふく》らませる。

「まあ！　愛されていると自信があるクレアは強気よね。でも、この惚れ薬を盛られたら、さすがのあの人もどうなるのか、見てみたいじゃない？」

「ちょ、ネフェルティス様⁉」

思わず悲鳴じみた声を上げてしまう。

そんなクレアの表情がよほど必死だったのか、ネフェルティスはぷっと噴き出した。

「あーもうおかしいったら。クレアの困った顔が見られて楽しいこと。冗談よ、冗談」

「冗談？」

「そう。この瓶の中身は惚れ薬じゃなくて、ただの虫除けの薬」

「……虫除け」

リリアンはあからさまにがっかりし、クレアはこっそり安堵《あんど》の溜息をついた。

「馬に乗るために欲しいって殿下に頼まれたの。クレアから渡してちょうだい」

そう言うネフェルティスから小瓶を受け取ろうとした時。

「そのお役目、わたくしがいたしますわ。わたくしから殿下へきちんとお渡ししますから安心なさって」

リリアンが自信満々に手を差し出してくる。惚れ薬ではないけれど、瓶を預かればフレドリックに会う口実になると考えてのことだ。

「あら、リリアンは親切ね。……でもねえ、やっぱりこの瓶はクレアに預けるわ。でないと、あとで誰かさんに怒られるかもしれないし？」

ネフェルティスのからかい混じりの視線に、クレアはにっこりと微笑み返す。

「稀代の魔女である公爵様を怒れる人間など、この国にいるとは思えませんが？」

「ほら、恐ろしいこと。こういう時のクレアの笑顔が一番怖いのよ」

ネフェルティスは小瓶をクレアの掌《てのひら》に乗せると、笑い声だけ残して消えてしまった。

やれやれと溜息をついたところで、背中に突き刺さるものを感じたクレアは振り返る。

すると、リリアンが怒りの滾《たぎ》った瞳でこちらを睨《にら》んでいるではないか。

「なぜ⁉　なぜなの⁉　フランブル様もネフェルティィス様も、あなたばっかり構って！

馬番の娘のくせに！　私は伯爵の娘だというのに！」

癇癪《かんしゃく》を起こすリリアンに、クレアは焦る。

「そんなつもりではなくて――痛っ！」

「その瓶を寄越しなさいよっ！」

リリアンの美しい爪がクレアの手の甲を引っ掻《か》き、とっさに手を引っこめた反動で小瓶はぽーんと宙に舞った。

「ああっ！」

そのまま小瓶が地面に落ちるかと思いきや。

「おや、どうしたことでしょう？　瓶が僕のところに飛んで来ましたよ」

「……！　ラシェット様！」

いつの間に来ていたのか、王太子の侍従が手にした小瓶を眺めている。

「クレア、いけませんねぇ。物を投げる時は周りをよく確認してからでないと」

ラシェットはやんわりと叱りながら、クレアのエプロンポケットに瓶を落とし入れた。

「申し訳ございません。お怪我はありませんでしたか？」

リリアンとのやり取りを見られたと思うと気まずくて恐縮するが、ラシェットは気にしていないようだ。

「大丈夫ですよ。それより、可愛らしいモルドー嬢にお会いしたってことの方が事件です。今日の僕はとても運が良いらしい。ご機嫌いかがですか、レディ？」

芝居がかった台詞《せりふ》も、ラシェットが言えば様《さま》になる。

ついラシェットに見惚《みと》れてぽかんとしていたリリアンは、さっきまでの剣幕《けんまく》はどこへやら、もごもごと挨拶《あいさつ》を返すだけだった。

「……あ、あらまあ、ラシェット様もご機嫌麗《うるわ》しく……」

「モルドー嬢がこんなところにいらっしゃるなんて、なにかご用が？」

「いえ……ちょっと道に迷ってしまいましたの……」

言いにくそうに伝えると、ラシェットは大げさに目を見開き、驚いてみせた。

「なんと、それは大変だ！　それなら僕が——」

「とっ、ところでラシェット様こそ、こちらになんのご用でしたの!?」

リリアンはラシェットの言葉を無理やり遮《さえぎ》った。ここでラシェットの口から『送ってあげよう』なんて言われたら、断るに断れない。

「え？　ああ、そうでした。僕としたことがフレドリック殿下から決裁のサインをいただくのを忘れてしまいまして。クレア、殿下はどこです？」

そう言いながら、一枚の書類をひらひらと振る。

「殿下は馬の調教からまだお戻りではなくて――」

ラシェットにそう言った時、馬の軽快な足音が聞こえてきた。

見えてきたのは、頭に白い蛇を乗せた青毛馬と、フレドリックを乗せた茶毛馬の二頭が猛進する姿だ。

「おや、ちょうどお戻りのようですねぇ」

「まあ！　フレドリック殿下ですわ！」

リリアンは黄色い声を上げてフレドリックに手を振るが、馬はスピードを緩《ゆる》めることなくこちらへ駆けてくるではないか。

地響きを轟《とどろ》かせて迫り来る馬たちにリリアンが怖気《おじけ》づき、後ずさる。

「ガッシュ、止まれよ！　駄目だってば！」

リリアンの耳には少年の声が聞こえた気がするが、その姿はどこにもないので気のせいだろう。

「きゃあああ！」

黒馬ガッシュは土と草を蹴り上げながら三人の横を猛スピードで駆け抜け、過ぎた先でようやく停止する。リリアンの薄桃色のドレスに、黒い泥染みがいくつも咲いた。

もう一頭のレディ・ミランダは、さすがにクレアの前でぴたりと脚を止めた。

「お帰りなさいませ、殿下」

「またガッシュに負けたよ」

フレドリックが馬上からクレアにぼやく。

大の男一人を乗せている分、レディ・ミランダは不利で勝てるわけがない。

なのに毎日フレドリックはガッシュに競争を挑んでいるのだからおかしくて仕方ない。

クレアが笑いをこらえながら見上げると、フレドリックと目が合った。

「クレア、これから――」

「あ、ちょっと失礼しますよ殿下！　先にこの書類にサインをお願いしたいのですが」

なにか言いかけたフレドリックの前にラシェットが割って入ってくる。

「……ラシェット、邪魔するなよ。で、そちらのお嬢さんは？」

フレドリックは受け取った紙に目を通し、署名しながらラシェットに目をやった。

「モルドー伯爵のお嬢様、リリアン様です、殿下」

「リリアンと申します。フレドリック殿下、どうぞお見知りおきを」

笑顔を輝かせ、泥の付いてしまったスカートの裾《すそ》を摘まみ淑女《しゅくじょ》の礼を取る。

「ほう、モルドー伯のお嬢さんがどうかされたのか？」

　すると、リリアンが口を開くより先にラシェットが答えた。

「レディは道に迷ってしまわれたのです。なにしろ王宮の敷地は広すぎますからね」

「なるほど迷子か。ならばラシェットは彼女を送り届けてくれ。世話になっている伯爵のご令嬢に粗相《そそう》のないようにな」

「厳しいなあ。僕、これでも殿下の信用はいただいていると自負しているのですよ。言われなくても、レディはちゃんとお屋敷までお送りしますとも！」

　胸を張るラシェットの隣で、リリアンの表情がみるみる萎《しお》れていく。

　ろくに会話もしないうちに送り返されるなんて、思ってもいなかったのだろう。

　リリアンに僅《わず》かだが同情してしまったクレアの気も知らず、フレドリックが手を差し出した。

「クレア、丘の途中に山査子《さんざし》の花がたくさん咲いていたんだ。一緒に見に行こう」

「なんですって!?」

　素《す》っ頓狂《とんきょう》な声の主はリリアンだ。陸に揚げられた魚みたいに口をパクパクして喘《あえ》いでいる。

　馬番の娘が王太子に誘われるなんてありえない、あってたまるかと言いたいのだろう。

　一方フレドリックは『なぜ令嬢がこんなに驚いているのか』と眼だけで理由を訊《たず》ねて

くるが、クレアは小さく首を横に振って『分かりません』と答えたのだった。

それから、クレアは差し出された手を握り、ひらりと馬に飛び乗る。フレドリックの後ろに跨《また》がる格好だ。

「お供いたします、殿下！」

「珍しいな。いつものクレアなら、仕事をさぼりたくないって渋るのに、な」

リリアンがいなかったら、きっと今日もそう言って断っただろう。

でも、クレアにだって譲れないものがあるのだ。相手が貴族令嬢でも聖女でも、絶対に、絶対に譲らない。

走り出すレディ・ミランダの背の上で、フレドリックの背を見つめながらクレアはそう誓うのだった。